Ismail Kadaré

雨鼓

[阿尔巴尼亚] 伊斯梅尔·卡达莱 著
黄荭 译

LES TAMBOURS DE LA PLUIE

图书在版编目（CIP）数据

雨鼓 /（阿尔巴）伊斯梅尔·卡达莱著；黄荭译 .
—杭州：浙江文艺出版社，2021.1
ISBN 978-7-5339-5880-0

Ⅰ . ①雨⋯ Ⅱ . ①伊⋯ ②黄⋯ Ⅲ . ①长篇小说—阿尔巴尼亚—现代 Ⅳ . ① I541.45

中国版本图书馆 CIP 数据核字（2019）第 222350 号

雨鼓
YU GU
作　　者：[阿尔巴尼亚] 伊斯梅尔·卡达莱
译　　者：黄　荭
责任编辑：诸婧琦
营销编辑：张恩惠
装帧设计：所以设计馆

出版发行：浙江文艺出版社
地　　址：杭州市体育场路 347 号
网　　址：www.zjwycbs.cn
经　　销：浙江省新华书店集团有限公司
印　　刷：浙江新华印刷技术有限公司
开　　本：880 毫米 ×1230 毫米　1/32
字　　数：211 千字
印　　张：10.25
插　　页：1
版　　次：2021 年 1 月第 1 版
印　　次：2021 年 1 月第 1 次印刷
书　　号：ISBN 978-7-5339-5880-0
定　　价：56.00 元

目 录

奥斯曼帝国的幽灵（中译本序）

一

有一句法国谚语："猫喜欢吃鱼却不想弄湿爪子。"收到《雨鼓》这部小说的时候，这应该也是我的心情。书是好书，但真的要动手去译却不是件容易的事情。

书的作者是2005年首届布克国际文学奖得主伊斯梅尔·卡达莱。1936年出生在阿尔巴尼亚南部山城吉诺卡斯特的他1990年才移居法国，所以1969年底出版的《雨鼓》是他用母语创作的。小说编了一个如假包换的15世纪奥斯曼帝国入侵阿尔巴尼亚城邦的故事：苏丹的大军在图尔桑帕夏的率领下远征阿尔巴尼亚，兵临城下，一攻一防，数月的对峙。我是女人，不喜欢战争，也不喜欢打仗的故事，阿尔巴尼亚离我很远，奥斯曼帝国对我而言就更陌生。卡达莱复调的叙事天才吸引了我，但在这个围城的故事里，陷在等待和绝望之中的是两军对垒的将士，也是被各种查遍字典不见的从土耳其语变身法语的专有或普通词汇层层围困的我。

二

冬天一过，当苏丹的使者再次离去，我们终于明白：战争在所难免。使者千方百计对我们施压，想让我们同意做苏丹的附庸。他们先是花言巧语，许诺让我们参与统治幅员辽阔的帝国，随后又诬蔑我们是法兰克人的走卒，换言之，是投靠欧洲的叛徒。最后，不出所料，他们的把戏以威胁收场。“你们以为你们的城池都是铜墙铁壁，”他们对我们说，“就算它们的确如此，我们也会在你们周围筑起另一层铜墙铁壁，那就是饥饿和干渴。”

战争开始了：信仰基督教的阿尔巴尼亚城邦守卫军把家人送到山里去躲避战乱。“跟他们掏心掏肺地道完别后，我们回到了要塞。在高高的塔楼上，我们一直目送他们走到十字高地，之后，又看到他们出现在陡坡上，最后消失在风峡口。之后，我们关上重重的城门，整座堡垒沉寂了，现在已经没有了孩子们的欢声笑语。我们把第二道城门也一一放下，缩在堡垒里，任由寂静淹没我们。”一片孤城万仞山，留下来的，都是铁了心誓和要塞共存亡的死士。城外，是新月旗和像大章鱼一样伸展着触须把阿尔巴尼亚人的要塞慢慢缠住不放的苏丹大军一长溜一长溜的白色营帐。

力量悬殊的较量，围城旷日持久，强攻、炮轰、断水、断粮、瘟疫、挖地道……阿尔巴尼亚人以寡敌众，用山民特殊的坚韧和彪悍挡住了苏丹军队一次次猛烈的进攻……

三

“我每次写一本书，都感觉是在将匕首刺向专制。”卡达莱如是说。的确，稍微懂点历史的人都看得出来，1969 年的《雨鼓》是借奥斯曼帝国的镰月弯刀来暗喻苏联在布拉格之春后武装入侵捷克斯洛伐克的 20 万华约成员国军队和 5000 辆坦克。1968 年初杜布切克提出“带有人性面孔的社会主义”让苏联老大哥很不爽，政治民主化运动显然是对苏联专制集权统治的公然挑衅。就在苏联出兵捷克斯洛伐克之后，阿尔巴尼亚退出了在 1961 年加入的华沙条约组织，与苏联彻底决裂。就像作者自己说的，对 15 世纪这场战争的描绘不是一部历史小说，而是一部反历史的作品，它刺中的是 20 世纪依然飘着血腥味的并不那么遥远的现实。

伊斯梅尔·卡达莱最初给这本书取的名字是《雨鼓》（*Duallet e shiut*），但阿尔巴尼亚的出版商建议改一个更英勇无畏、更斗志昂扬的名字——《堡垒》（*kështjella*），为了凸显阿尔巴尼亚山民在面对奥斯曼帝国大军压境时抵死反抗的决心。1971 年当这本书被译成法语时，译者 Jusuf Vrioni 坚持把书名又改回成《雨鼓》（*Les Tambours de la pluie*），卡达莱当时还觉得“仿佛天意”。英译本则选了一个折中的书名《围城》(*The Siege*)，貌似不偏不倚，既是奥斯曼帝国的十面埋伏，也是阿尔巴利亚城邦的众志成城。《雨鼓》是通过法语流传到世界各地的第三本卡达莱的长篇小说，前两本是《亡军的将领》和《石头城纪事》。

卡达莱是历史专业出身，或许正是这个原因，他的小说常常散发出一种野史和民间传说的讽喻意味，仿佛那才是被正史篡改、遗忘、湮灭的真相。正如布克国际文学奖评委会主席约翰·凯里所说："卡达莱是在阿尔巴尼亚文学、历史、民俗学、政治学等各领域都留下印记的作家。他描绘了一种完整的文化，继承了荷马史诗的叙事传统。"《石头城纪事》《谁带回了多伦蒂诺》《错宴》《梦幻宫殿》《亡军的将领》和《破碎的四月》都是虚构，又都仿佛是历史，仿佛是现实，仿佛是我们无力摆脱的宿命和魔咒。虽然卡达莱1990年就去国别乡到了法国，题材也纵横捭阖，从苏丹的奥斯曼帝国到法老时代的埃及王国，但他的关注点似乎一直都是集权统治下的阿尔巴尼亚。"写作本身就是一种抵抗。"卡达莱如是说。抵抗命运，也抵抗遗忘。那只高高飞翔的"山鹰"似乎一直未曾离去，它在故乡的土地山川上盘旋，"啄食记忆的腐尸"。

总是同一座石头城："平川、大路、三圣山、无名的一片片雾气，就连高山本身，从此都沉没在黑暗中，都像史前的庞大动物一样，开始搔自己的身躯，笨拙地打鼻息（我们真难以相信是走向一座高山，因为山的轮廓十分模糊，让人以为前面是一片夜色，只不过更为幽暗一点儿罢了)。"

总是同样的故事：“贪婪，接着是战争，是侵略，然后战争结束，‘但颂扬它的歌谣却世代流传，像云、像鸟、像幽灵’。有一天新的战争会再次爆发，因为世界就是如此，合久必分分久必合，人类是记不住教训的物种。”

总是同样一批徘徊在绝望边缘的人：“世界如此的沉闷，不值得让你由于想到会失去它而折磨自己。……他打开大门，走了进去，毫不留恋背后的世界。明天……他用手擦去了窗户上的雾气，可所见到的事物并没有更加清晰：一切都已扭曲，一切都在闪烁。那一刻，他发现他的眼里噙满了泪水。”我们都陷落在和梦境一样寂寞残酷的现实里，而我们都舍不得放弃“樱桃的滋味”，或许一颗桑葚就可以拯救我们，就像伊朗导演阿巴斯在 1997 年拍的那部电影一样。

四

记得去年 12 月 13 日，南京大屠杀的第一个公祭日，早上长长的警报仿佛把历史又生生撕裂开来，天蓝得让人感觉活着是一件很奢侈的事情。记得那天下午约了画家吴湘云和上海的编辑林岚去升州路 118 号的“观筑”看“民国风尚——民国服饰资料展”。我和吴湘云约了先去附近的净觉寺看看，每次从地铁一号线三山街站出来，抬眼就看见净觉寺一面爬了常青藤蔓的白墙黑瓦，却一直不得其门而入，不知内里风光。

问了几个人，拐了两个弯，才找到牌坊一样的寺门，进去了才知道是一个清真寺。明洪武年间敕建，后被焚毁，宣德五年（1430年）郑和准备六下西洋前奏请明宣宗重建，弘治五年（1492年）重修。我冷不丁想起手上正在翻译的《雨鼓》，那个15世纪奥斯曼帝国围攻阿尔巴尼亚城邦的故事。在这座东方同样充满记忆的石头城里，忽然有一种被历史包围的要窒息、要哭出来的感觉。

寺里清幽，鲜有游人，两个展厅冷冷清清，一边展的是“伊斯兰教在中国的传播与发展”，另一边是“伊斯兰教在南京的传承与发展”。一只猫在椅子上睡觉，晒着太阳。路边的银杏树金黄金黄的，映着蓝天格外纯净高远。院落里有像“齐英萃”“蝴蝶厅”这样江南文人喜欢的厅堂，也有刻着“近主阶梯”“归原途径”字样的石头拱门，应该也是教人“向善”“迷途知返”的意思吧。礼拜大殿、望月楼、南北讲堂、碑亭……和平时看到的建筑一样又不一样，仿佛自己走错了地方。

从寺里出来，再走到热闹的街市，竟然有点隔世的恍惚。我们在路边摊买了几块热乎乎的下塘烧饼，和林岚会合后就去了“观筑”。碰到黄梵和几个女诗人已经坐在主人陈卫新的楼上喝茶，于是大家一边聊天，一边喝茶吃烧饼。“民国服饰资料展”也是一个老照片展，没有时间细看，印象中照片上的人都是当时流行的穿着打扮，女的温婉，男的儒雅，不管是旗袍还是学生服，不管是西装还是长衫。最难得的是在那个兵荒马乱的年代，照片上几乎所有人的目光都安静祥和，仿佛不知道灾难正在临近或已然降临……

五

“在我眼里，卡达莱一直是个分裂的形象，仿佛有好几个卡达莱：生活在地拉那的卡达莱；歌颂恩维尔·霍查的卡达莱；写出《亡军的将领》的卡达莱；发布政治避难声明的卡达莱；定居巴黎的卡达莱；获得曼布克国际文学奖的卡达莱……他们有时相似，有时又反差极大，甚至相互矛盾，相互抵触。因此，在阿尔巴尼亚，在欧美，围绕着他，始终有种种截然相左的看法。指责和赞誉几乎同时响起。”（中国社会科学院外国文学研究所编审高兴《卡达莱与〈梦幻宫殿〉》）

《雨鼓》里听到在科索沃战役中穆拉德汗苏丹遇刺真相的史官，《H 档案》里那两个定居纽约却漂洋过海到阿尔巴尼亚寻找荷马史诗的自称“民俗学家”的爱尔兰人，《错宴》里那位在街头说唱的瞎子维希普……这应该都是小说家卡达莱表演的变脸。他戴上面具走进历史，走进坟墓，带回了杜伦迪娜，带回了被埋葬的真相的影子。

以《玩笑》（1967）开场的昆德拉选择了以《庆祝无意义》（2013）收官。卡达莱满腔《青春的热忱》（1954）在漫长凉薄的岁月里渐渐凝固成了《四月冷花》（2000）……

2015 年 7 月于和园

冬天一过，当苏丹的使者再次离去，我们终于明白：战争在所难免。使者千方百计对我们施压，想让我们同意做苏丹的 gwaswales，也就是拉丁人所谓的附庸。他们先是花言巧语，许诺让我们参与统治幅员辽阔的帝国，随后又诬蔑我们是法兰克人的走卒，换言之，是投靠欧洲的叛徒。最后，不出所料，他们的把戏以威胁收场。

"你们以为你们的城池都是铜墙铁壁，"他们对我们说，"就算它们的确如你们所愿，我们也会在你们周围筑起另一层铜墙铁壁，那就是饥饿和干渴。每到收获打麦时节，我们就一定会出现，你们会看见繁星缀满天际，如谷种撒遍田野，弯月高悬夜空，如镰刀横挎腰间。"

然后他们走了。整个三月份，他们的信差像风一样穿梭往来送信给苏丹在巴尔干的 gwaswales，命令他们要么说服我们，要么背弃我们。不出我们所料，他们不得不采取了第二种态度。

孤立无援，我们知道他们迟早都会到来。我们曾经迎战过各种敌人的进攻，但这跟迎战全世界最强大的军队不能同日而语。我们的热血无时无刻不在沸腾，但我们也能想象我们的殿下乔治·卡斯特里奥蒂[①]的忧虑。国内，比如海边的一个个要塞，都接到命令重修塔楼，尤其要注意收集武器和粮草。我们还不知道他们会从哪一边来犯。不过到了六月初，就有消息传来，说他们已经朝艾格纳提

① 乔治·卡斯特里奥蒂（1405—1468）：阿尔巴尼亚民族英雄，以斯坎德培之名广为人知。——译注（本书注释如无特别说明则均为译者所加，以下不再逐一标注）

亚[1]的旧路进发。换言之，也就是朝我们这个方向直奔而来。

一周后，我们的要塞所承担的命运就是抵御他们的首次入侵。为此，斯库台[2]大教堂派人给我们送来了圣母像。一百年前，圣母像曾经赐予杜雷斯[3]的抵抗者力量驱逐了诺曼人。我们都对显灵的圣母院铭感于心，对即将到来的战事感到更加平静、更加坚强。

他们的军队慢慢地挺进。六月中旬，军队越过了我们的边境。两天后，乔治·卡斯特里奥蒂在穆萨卡公爵的陪同下，最后一次视察了要塞并向将士们致意。下达了最后的指令后，他在星期日下午离开了要塞，同行的有他的随行人员和军官的妻小，这样便于让他们到山里躲避战乱。

我们陪着他们默默地走了一段路。然后，跟他们掏心掏肺地道完别后，我们回到了要塞。在高高的塔楼上，我们一直目送他们走到十字高地，之后，又看到他们出现在陡坡上，最后消失在风隘口。于是，我们关上重重的城门。整座堡垒沉寂了，现在已经没有了孩子们的欢声笑语。我们把第二道城门也一一放下，缩在堡垒里，任由寂静淹没我们。

6月18日清晨，黎明时分，我们听到警钟响起。东塔楼的哨兵报告远处出现了一片黄云。那是他们的战马扬起的灰尘。

---

① 艾格纳提亚：地名，位于希腊北部多山地区。

② 斯库台：地名，位于阿尔巴尼亚西北部，是历史名城。1474 年，斯库台受到奥斯曼帝国的攻击。1478 年，整个城池再次遭受了奥斯曼帝国军队的围困。

③ 杜雷斯：阿尔巴尼亚的港口城市。

第一章

第一批土耳其人的军队于6月18日抵达要塞之下。他们一整天都在忙着安营扎寨。到了晚上，军队还没有完全整编好。新的军团源源不断地涌来。人也好，盾牌也好，战旗和战鼓，战马和战车，驮着兵器和所有装备的骆驼都落了厚厚的一层灰土。当部队一到达平原的空地上，特训营的军官们就给每支部队指定营地，在各自长官的号令下，那些筋疲力尽的人马上就忙着把帐篷支起来，好让累得半死的身子骨可以躺下来歇息。

乌古尔鲁·图尔桑帕夏[①]，军队的统帅，一个人站在粉红色的帐前。他凝视着晚霞。现在，巨大的营地都是踢踢踏踏的木鞋声和各种嘈杂声，一长溜一长溜的帐篷，在他看来就像是一只巨大的章鱼，在一一伸展开它的触须，慢慢地、完全地缠住要塞。最近的帐篷离城墙只有百步之遥，最远的消失在地平线上。帕夏的副将们曾经坚持要把他的营帐安扎得距离城墙至少千步之遥，但他拒绝把营帐安顿在那么远的地方。几年前，当他还年轻，军衔

① 帕夏：奥斯曼帝国各省的总督，旧时土耳其人对某些显赫人物的荣誉称号。

也没有那么高时，他常常就睡在距离城墙五十步的地方，几乎就在城墙跟前。但是后来，经历了一次次战役、一次次围攻后，他的军衔一级级上升，营帐的颜色也随之变了，他和城墙的距离也越来越远。现在他的营帐扎在副将们要求的距离差不多一半的地方，也就是离城墙六百步。一千步还远着呢……

这位帕夏叹了一口气。有时候，当他在一个要攻克的要塞前安顿下来时，他会忍不住叹息。这就有点像看到一个女人，在还没有习惯她之前，由最刻骨铭心的第一印象挑起的一个自然反应。他的所有恐惧都由此开始，最终也将被另一声如释重负的叹息所替代。在他朝攻克的堡垒投去最后一瞥时，此时的堡垒就像一个披着黑纱、徐娘半老的寡妇，等着他下达摧毁或重建的命令。

这一次，矗立在他面前的堡垒和大多数基督徒的地盘一样，透着凄凉的气息。从塔楼的布局和外形看，有点突兀，甚至阴森的感觉。这种感觉，在两个月前，当负责战争准备工作的专家把要塞的建筑图纸放在他眼前时，他就已经体会到了。好几次，晚饭后，当所有人都睡了，他在布尔萨①宽敞的居所里，把图纸摊在膝盖上，一看就是几个小时。他对这个地方的所有再微小的细节都烂熟于胸，但是，现在当他亲眼看见它时，他在它面前感到一种不安。

---

① 布尔萨：旧称“布鲁萨”，位于今天土耳其的西北部，拜占庭帝国时期的军事要地。14 世纪，奥斯曼帝国苏丹奥尔罕在此建都（1326—1426），是当时的宗教和文化中心。

他的目光在寻找要塞的教堂上方的十字架，然后是可怕的、绣着黑色双头鸟的战旗。远远望去，那图案隐约可见，看不真切。东塔楼下的陡坡，暗道前的空地，参差错落的雉堞和塔楼，所有景致都慢慢消失在暮色中。他抬眼又看了看十字架，十字架仿佛在发出凄凉的光芒。

月亮还没有升起。他的脑海中忽然掠过一个想法：这些基督徒看到伊斯兰教把月亮拿来做宗教标志后，奇怪的是，他们并没有赶紧把太阳拿去当作他们的标志，却选了十字架这个粗俗的刑具。他们看上去并不像大家认为的那么明智，当初他们信多神教的时候就更算不上了。

天空黑压压的。如果一切都是上天决定的，那安拉为什么还要让他们经受那么多考验，让他们无休无止地流血牺牲呢？他赐予一方铜墙铁壁以自卫，又赐予另一方梯子和绳索来攻克，而他在天上看着一场屠杀，就像观看一场表演。

不过他并不想和命运抗争。他把目光收回到营地上，夜色慢慢吞没了平原，一眼望不到边的白色帐篷就像飘浮在地面的一层雾气。他看着按既定方案列阵的军队的各种兵团；从他站的位置望过去，可以看到土耳其近卫军雪白的战旗，还有他们挂在一根高高的杆上的铜锅。阿金基[①]轻骑兵把马牵到附近的小河去饮水。更远处，有不计其数的阿扎普步兵的营帐；后面是埃斯金基民兵

① 土库曼和鞑靼人的轻骑兵阿金基，意为“袭击者”，边境骑兵。

的营帐，接下来是达基里奇冲锋队、塞登杰斯特勒敢死队[①]和穆色林姆工程兵[②]，最花哨的还是西帕希[③]领主骑兵的营帐；再往后是库尔德人、波斯人、鞑靼人、高加索人、卡尔梅克人的军团；最远处，一眼望过去已经无法辨清的，应该是不正规的杂牌志愿军，几乎没人清楚他们确切的人数。慢慢地，一切变得井井有条。大部分军队已经歇息了。只听到军需处的士兵在卸下骆驼背上的物资。地上摆满了装满铜器和锅的箱子、塞满口粮的无数个布袋子、装油和蜂蜜的羊皮袋、塞满各种装备的大袋子：羊头撞锤、木桩、长柄叉、带钩的麻绳、狼牙棒、磨刀石、一袋袋的硫黄，还有一大堆他甚至都叫不出名的金属工具。

此刻，军队还淹没在黑暗之中，但破晓时分，它就会变得比波斯地毯还要绚烂，向四处摊开。营帐、马鬃、白色和蓝色的旗帜，弯刀会像五颜六色的花朵般绽放，成百上千把铜的、银的、丝绸的弯月镰刀像梦一样从天而降。在这一片五彩斑斓的营地当中，顶着一个像刑具一样的十字架的要塞显得越发灰暗。他从天

---

① 塞登杰斯特勒：志愿的死士，土耳其语为 serdengeçti，是“头可抛”的意思，指让敌人闻风丧胆的抛头颅洒热血的敢死队。

② 穆色林姆：土耳其语为 Musélems，指“不可指摘的、忠诚的军队”，是工程兵，负责修路、铺桥、挖隧道、造船和运送粮草。凡这个工兵团的士兵在和平时期可以免征税赋。

③ 西帕希：来源于波斯语的“sepah”，意为“军队”。西帕希为奥斯曼土耳其帝国的军事封建领主骑兵（也就是依赖地产维护，而不支薪的部队），其地位就相当于欧洲的骑士，不过与欧洲骑士有所不同的是他们的土地不可世袭。他们与后起的耶尼塞里共同构成了奥斯曼土耳其帝国的常备主力军队，是奥斯曼土耳其帝国的两大军事支柱。

涯海角远道而来就是为了把这个宗教的象征推翻。

周遭越来越寂静，只闻坑道兵忙着挖土的声音越来越清晰。他并不是不知道军官们都恨得牙痒痒，巴不得同样昏昏欲睡的他下令停止挖坑。他咬紧牙关，就像那一天在军事会议上，他第一次提到了茅坑的问题时一样。且不说行军打仗，堡主易帜，流血牺牲也罢，不管胜负，一支军队光撒尿就能撒出个江河湖海了。大家目瞪口呆地听他说：很多时候，一支军队的衰退并非是从战场上开始的，而是从一些微不足道的、人们想不到的细节开始的，比如臭味和脏乱。

他在想茅坑里的排泄物，现在茅坑都挖在离河越来越近的地方，早上醒来的时候，河水黄不拉叽、绿不拉叽的……事实上，战争就是这样开始的，并不像首都的女人想象的那样。

想到她们，他忍不住想笑，但奇怪的是，一想到这儿，他的心底涌起一股思乡的愁绪。这是他第一次在自己身上发现这种情绪。他摇摇头，仿佛在自我解嘲。是的，他的确感到对乡土的思念，比想布尔萨的女人更强烈，这种情感包围了他心中整个遥远的土耳其。一路上，他都不停地在回想那些平静而冷漠的高原，尤其是当军队进入阿尔巴尼亚地区，当高耸的山峰出现在他面前时。那是某一天的大清早。他正骑在马上昏昏欲睡，突然听到四周传来“咔嗒、咔嗒”的声音，发音很奇怪，仿佛带着恐惧。军官们都抬起头，扭头四处张望。他也一样，盯着群山看了很久。层峦叠嶂让他联想到一个压迫人的可怕的噩梦，而闹钟却不会响起来解救你。土壤和岩石都愤怒地直插入云，丝毫不顾大自然的法则。安拉在造这个国家的时候一定很生气，他心想。一路行军，他第一百次问自己，此次远征的统帅之职落到他头上是因为他的朋友还是因为他的敌人的游说。

一路上，他注意到这些山峰让他的大多数军官都变得神经兮兮。他们越来越经常地谈到平原，希望尽快看到一马平川展现在他们眼前。军队慢慢地前进，现在它不仅驮着武器和装备，还有群山压抑的影子。最糟糕的是这个影子是无论如何也摆脱不掉的。对他而言，唯一能做的事就是把随军史官召来，表示他好奇地想知道史官要如何去描绘这些山峰。史官吓得浑身发抖，罗列了一堆令人生畏的形容词来描绘，但不幸的是它们并没有讨得帕夏的欢心。帕夏命令他再好好想想。到了第二天清晨，史官红着熬了一夜的眼睛，把他的描写读给帕夏听。他说，山高得连乌鸦都飞不过去，只有魔鬼才勉强可以翻越它，恶魔要走烂他的鞋子，母鸡们要给它们的爪子打上铁掌才可以在山上奔跑。

这番描绘很合帕夏的胃口。现在，行军结束了，夜晚降临，他试着回忆这些句子，但他累了，他的脑子懒得再动，只想休息。这次远征是他戎马生涯中最远、最累的一次远征。古老的道路，有些地方根本不能走，名字也很奇怪——艾格纳提亚，这个名字可以追溯到古罗马时期。他的工程兵忙着修路，好像永远都修不完似的。有时候，在最窄的道路上，军队被堵在那里，直到坑道兵另辟蹊径，然后路又和前一天一样好走了。他的军队，就像两天、四天或七天前一样，继续在尘土中慢慢地前进。现在一切都结束了，但那一层厚厚的、灰色的云层似乎还笼罩在他的记忆之中。

他听到身后的马嘶。运送他的四名女眷的车子一直停在那里，门户紧闭，停在他们的帐篷边上。

在出发前，他在心里多次问自己，应不应该携女眷随军。他的几个朋友并不建议他这么做。他们的观点是：女人在战场上不吉利。这是众所周知的。另一些人的想法正好相反，他们鼓励他这么做，因为这样可以放松神经，让他睡得安稳（因此在战场上也可以睡好）。通常，帕夏在相同的情况下是不会带女眷的，但这次远征是去一个很遥远的国度，而且，各种预测表明，围城一定会持续很长一段时间。可是这些都不是原因，因为就算战争再旷日持久，总能在战场上掳到女人，这些将士用鲜血赢来的女人显然要比后宫的任何女子都撩人。不过，他的朋友们事先也跟他说了，在他要去的地方，很难能掳到女人。那里的姑娘都是大美女，一个曾经在那些地区参加过第一次远征的诗人是这样描写的：天真无邪，可惜，也像梦一般不可捉摸。为了甩掉敌人的跟踪尾随，她们通常会从高高的山崖上朝深渊纵身一跃。诗人煞费苦心的吟唱，让第一批反对他带女眷的人闭了嘴，但他最亲近的朋友们对此都摇头不信。最终，出发的时候，大臣注意到那辆窗户上竖着栅栏的小马车，于是问他为什么要带女人去一个盛产美女的地方。他避开大臣狡黠的目光，回答说，他不想享用他英勇的将士们用血汗换来的女囚。

在整个行军路上，他从来没有想过他的女人们。现在，在淡紫色的帐篷里，长途奔波后她们一定都累了，已经睡下了。

在感觉到雨点打在身上之前，他先听到雨点打在帐篷上。然后，过了一会儿，在营地的某个地方，响起了熟悉的雨鼓声。这凄凉的鼓点，和大鼓和军号的声音是那么不同，让他想到疲惫不堪的士兵们要一边诅咒天气，一边拉扯厚重的篷布把军需用品遮起来。他听说没有哪支外国军队像他们一样拥有一支特别小分队专门负责通知下雨的，除了蒙古军队。兵法中有什么值得一提的，或许都来自蒙古，他一边思忖一边回到他的营帐。

他的后勤兵们已经架好了行军床，在周围摆好长沙发，现在正在铺地毯。门口挂了一块布，上面绣着一句《古兰经》经文。帐篷的顶上钉了几个钩子，是给他挂刀鞘和斗篷的。和他以前想的正好相反，他的位置爬得越高，就越觉得自己的营帐冷清凄凉。

他在一张椅子上坐下来，两只手捧着头，等总务长作汇报。军队几乎全部到达，分配营地的工作现在已经结束，卫兵、哨兵和侦察兵已经安插在各地。简而言之，一切已按部就班安置妥当，统帅可以安心睡觉了。

帕夏听着，一言不发。他甚至没有把手从额头拿开，所以他的对话者看不见他的眼睛，只看见长官中指上戴的红宝石戒指。这种红宝石号称“血石”，因它的颜色而得名。

当总务长走后，图尔桑帕夏站起身，再次走出营帐。雨更小了，不如它在营帐里弄出的声响大。他耳边依然回响着总务长描绘卫兵、哨兵、侦察兵如何部署的话，但是总务长的话，不仅没让他安心，反而让他更加心绪不宁。夜晚总是那么忧伤……他心想。他年轻的时候不知道在哪儿听过这句话，但他的确是过了好几年后才发现这些话跟爱情和色欲毫无关系，而是影射夜里容易发生意外。

夜将他孕育在孤独里。在他营帐右边的几个帐篷里，透出微弱的光。这些人和他一样，也睡不着。可能是些军需官、驱邪者或男巫。通常，他们的帐篷一字排开，一个挨着一个：占星官、随军史官、巫师、驱邪者、占梦人。显然，他们每一个都比他更了解命运。然而，他并不是那么信任他们。

雨打下来的噼啪声越来越响。帕夏感觉自己离天很近，把他和天隔开的只有薄薄的帐篷。他想起家中的卧室，在房间里，再大的风雨声都轻不可闻，这忽然勾起他一股奇怪的思乡之情。通常，他的反应正好相反，在铺满地毯、听不见声响的卧房，他渴望野外的帐篷和盘旋在帐篷周围呼啸的狂风……难道还没到穿上拖鞋、回到他平静的土耳其的年纪吗？还没到急流勇退的时候……

他知道这是不现实的。不仅因为他还年轻，而且，还有一个最主要的原因：他现在所处的位置很微妙。他注定要么爬得更高，要么摔下来。帝国在一天天地扩张，每个人都力争表现、力求上位。成千上万野心勃勃的人就像野兽一样扑向财富和荣誉。他们排挤对手，靠的是八面玲珑，但更多的是靠诡计和毒药。

最近，他已经感到他个人的地位有点不稳。这种动摇表面上看是看不出原因的，也正因为这样，补救无从谈起。就像那些无名的病痛，不知道该如何去治疗。

他大费周章去弄清楚是哪些秘密的势力在策划这些针对他的阴谋，但是白费力气，他一无所获。他的朋友们已经开始用同情的眼光打量他，尤其是当他收到苏丹最近送给他的礼物—— 一套兵器藏品之后。大家都知道这是个不祥的预兆。大家等着他失势，却不料消息突然传开，他被任命为远征军的统帅，又一次要没完没了地行军去和阿尔巴尼亚人打仗。大家都在心里说他应该还有几个位高权重的朋友可以倚仗，尽管他的政敌更强势。不过，与此同时，大家都心知肚明，派他去和斯坎德培打仗，苏丹算是给了他最后一次机会。

皇帝这么做已经不是第一次了。他总是任命那些地位最为不保、只剩下最后一张牌可玩的头目担任远征军的统帅，因为皇帝很清楚，被逼上绝路的人才最有斗志。

帕夏站起身，开始在营帐厚厚的地毯上来回踱步。然后，重新坐下，从一个大皮囊里掏出一堆纸和地图。其中一张是要塞的地图。帕夏把地图摊在膝盖上，开始研究。地图的标注非常详尽，城墙和塔楼的高度、四处地面的坡度、主城门、西南边门、西边的峡谷和河流的构造细节都一应俱全。在三四个地方，绘图师还用红色的墨水打了几个问号，表示这些地方可能有引水渠经过。

帕夏盯着这些问号，视线久久没有挪开。

一个后勤兵用托盘端来了晚餐，但他连碰都没碰。他一颗颗地拨着念珠，和雨声的敲打一样，它们细微的声响更加深了他内心的空虚。

他拍了拍手。太监出现在门口。

“把艾吉尔给我带来。”他交代道，眼皮都没有抬一抬。

太监几乎要把头弯到地上了，却没有退下。他好像有什么话要说，却又不敢吱声。

“怎么啦?”见他一动不动，帕夏问道。

太监动了动嘴唇，却没有发出任何声音。

“她不舒服?”帕夏问。

“不是，帕夏，不过您知道土耳其浴……她或许……”

帕夏做了个手势让他闭嘴。他又看了看他的念珠。这个夜晚就像冬夜一样漫长。

“还是把她带来吧。”他吐出这句话。

太监鞠了个躬，像影子一样消失了。

过了一会儿，他牵着一个年轻的女子回来了。匆匆梳了头，她一副没睡醒的样子。这是他后宫中最年轻的女子。没有人，甚至连她自己都不知道自己的年龄。她最多也就十六岁。

帕夏朝她招了招手。她在床上坐下。她并没有勾起他的任何欲望，但他还是在她身边躺下。她抱歉说因为一些身不由己的原因，她今晚没有沐浴。帕夏明白这也是太监之前暗示的意思。他没有回答她。闻着少女熟悉的芬芳，第一次还混杂着尘土的味道，他脑海中闪过一个念头：在打仗之前，他或许不应该碰女人。但这个念头也只是一闪而过，来得快，去得也快。

他看了一会儿她的私处，很惊讶那里长出了阴毛。通常，太监都会负责把毛剃掉，看来行军路上无暇顾及。被这一小丛毛遮住了私处，少女在他眼中变得有些陌生，但也更加诱人。他常常告诫自己，当国事让他烦躁时，他应该克制自己，不该沉迷女色，但转念又想，做爱或许可以消除焦虑。于是，他不再犹豫。

他温柔地分开她的双腿，和平时相反，他轻柔地进入她的身体，仿佛是怕弄疼她。他对自己的这份柔情并不感到惊讶，尽管这和他往常的风格不符。或许是因为他朦胧地觉得刚经过长途跋涉的少女和他的军队有某些相似之处。

他的动作很笨拙，好像他的欲望游离在他的体外，直到精子像喷泉一样涌出，流进少女温暖的肚子里时，他才感觉自己活跃了一点。快感短暂却热烈浓郁，内敛得像没有枝丫的树干。

少女感觉到他没有多少欲望。或许是因为没有沐浴净身，未被剃尽的黑色体毛更是不应该，她又对他道了歉。他没有搭腔。他用肘微微支起身子，倚在靠垫上，开始数念珠。头搁在枕头上，脸颊绯红，她从下往上痴迷地打量着这个拥有她的男人冷峻而棱角分明的脸。

他完全把她忘记了。他伸手从一堆图纸中抽出要塞的地图，用黑色的铅笔在上面做了两个记号，随后是第三个。少女用一只肘支着身子，美丽的眼睛好奇地瞥了一眼画满奇怪标记的图纸。她的主人灰色而冷漠的目光丝毫没有从地图上移开。她微微动了动身子，非常小心，以免打搅到他。不过，就在她挪动她的胳膊肘的时候，她感到手臂有些发麻，床晃了一下，一条粗粗的辫子几乎要滑到图纸上。她屏住呼吸，但他却毫无察觉。他已经完全沉浸在地图中了。

她的视线从帕夏的脸移向他画在图纸上的记号。她是那么好奇，以至于她竟然大着胆子问道：

“这就是打仗?”

他抬起眼，久久地打量着她，好像很惊讶发现她在自己身边，然后他转过头，重新研究起地图。

他继续在图纸上画了很久的标记。当他再转过头来的时候，她已经睡着了。嘴唇微微张着，深深地呼吸着。她看上去比她的年龄还要小。

雨点继续嘈杂地打在帐篷上。

凝视着第四位妻子的睫毛和苍白颀长的脖子，他不知怎的，想起军队匆忙间挖的茅坑。第一条坑道挖在河边，就像一条水蛇……他掀开被子，和以往不同，仔细看了一会儿少女的下体和她依然湿润的唇瓣。他心想她或许怀上了。九个月后，她或许会给他生个儿子……睡意袭来，他的思绪又飞到现在应该已经被雨篷盖好的装备上，飞到哨兵和第二天要召开的军事参谋会上，随后又回到这个可能正在孕育他儿子的女人的肚子上。长大以后，儿子能想到自己是在一个行军的营帐里被怀上的吗？外面下着雨，在凄凉的要塞脚下，远离故土？……或许他日后也会参军，随着他的军衔一级级上升，他的营帐也会离要塞越来越远，二百步，六百步，一千二百步……安拉！你为什么要让我们这样！他叹了口气，侧了侧头，仿佛侧向无底的深渊。

他们白色的营帐包围了我们的要塞，像一个无比巨大的花冠。他们到达的第二天，凌晨时分，平原仿佛盖了一层厚厚的白雪。再也分辨不出哪里是土壤，哪里是绿地，哪里是岩石。我们登上雉堞，眺望这幅冬天的图景。只有此时此刻我们才意识到，我们的卡斯特里奥蒂和当时最强大的王子穆拉德汗①的对抗有多么悲壮。

他们的营地一眼望不到边。大地在我们眼中消失了，我们心中的火焰熄灭了。从某种意义上说，我们似乎和头上的白云一样遗世孤独，尽管脚下是无数帐篷，造出一道新的风景，如果真要说，就仿佛某个哪儿都不是的所在，像一个噩梦。

在这里，我们可以看到统帅粉红色的帐篷。入冬前，他曾经派了一个使团过来游说我们投诚。他们的条件很清楚：他们不会伤害我们中的任何人，允许我们带着武器和行李离开要塞，去我们觉得合适的地方。他们只要求我们留下城门的钥匙，以便把飘扬在塔楼上的黑鸟（他们这样称呼我们的雄鹰）旗降下来——在他们看来，这是对天空的一种玷污——然后再挂上真命天子的旗帜——新月旗。

这也是他们最近到处所做的事情，他们用一个所谓的象征符号来掩盖他们征战的真正意图。他们把宗教问题当作战争的目的，

---

① 穆拉德汗：即穆拉德二世（1403—1451），奥斯曼帝国苏丹。他于1421年即位，曾两次进入阿尔巴尼亚与斯坎德培交战。

认定宗教会取得胜利。他们的统帅指着钟楼，对我们说，至于那个施酷刑的工具（他们是这么称呼圣十字架的），如果我们愿意，可以保留，当然还有我们的天主教的信仰。你们日后肯定会自己摈弃它的，他又补充说，因为没有任何民众会热爱殉道胜过热爱伊斯兰教的和平。

我们的回答简短有力：鹰也好，十字架也好，都不会从我们的天空中消失；这是我们自己选择的象征和命运。我们要忠诚于它。而且为了让每个人都依照造物主的命令坚守各自的象征，你们剩下要做的事就是离开这里。

还没等翻译官把最后几句话译出来，他们就猛地站起身，气急败坏地说我们不开窍，他们已经说得够多了，现在多说无益，要改动武了。然后他们穿过广场，飞快地朝边门走去，大摇大摆地向我们的人民炫耀他们奢华的衣着。

第二章

梅弗拉·切雷比，随军史官，在离帕夏营帐五十步的地方停下脚步。他好奇地看着军委会的成员一个个走进帐篷。帐篷前杵着一根金属杆子，顶上是一弯铜质的新月，那是帝国的象征。看着这些高级军官，他搜肠刮肚地想，他该在史书上用什么样的字眼去形容他们。可惜形容词都显得那么贫瘠苍白，大多数词语都已经被前人用滥了。而且，如果再把形容统帅的那些词语撇清，那更是所剩无几，因此，在使用任何一个字眼之前，他都要斟酌再三。他拥有的只有一小把宝石，他要把这些有限的词语有节有度地分给数不清的将士。

居尔蒂基，阿金基的上尉，刚从马上下来。一头红褐色头发的大脑袋还没睡醒。跟在他后面的是近卫军上尉，是上了年纪却让人闻风丧胆的塔伏加·托克马克罕，他短胳膊短腿，好像是断手断脚之后草草接上的。阿扎普的指挥官卡拉-穆克比尔在随军穆夫提[①]和两名桑扎克贝伊[②]的陪同下飞快地走进营帐。接着鱼贯而入的是阿斯朗罕、德里·布尔卓巴、乌鲁·贝克贝、奥尔恰·卡拉杜曼、哈塔伊、乌奇·库尔托格穆兹和乌奇·顿基库特、巴克罕贝伊、装聋作哑的塔汉卡和随军阿拉贝伊[③]。切雷比认为他应该在编年史上把所有这些让人联想到金戈铁马、凶禽猛兽、长途行军扬起的黑色尘土、狂风暴雨、电闪雷鸣和其他令人闻风丧胆的景象的将领的名字都一一记录下来。

统帅和卡拉-穆克比尔长着一张讨人喜欢的脸，阿拉贝伊和军队的大多数军官一样仪表堂堂。除此之外，其他人的长相要描写起来还真是有点为难史官。切雷比下意识想到的这些人的某些特征根本都不配载入战争的史册，譬如奥尔恰·卡拉杜曼的麦粒肿，穆夫提的哮喘，乌奇·库尔托格穆兹多长的一颗牙齿，和他同名的乌奇·顿基库特的冻疮，还有那帮凶神恶煞的驼背、歪脖子、长胳膊、鸡胸。而最让人受不了的，是居尔蒂基露在外面粗粗的鼻毛。

他正想着鼻毛，琢磨它们为什么会长成这副模样的时候，有人跟他打招呼：

“你好，梅弗拉·切雷比!”

---

① 穆夫提：伊斯兰教教法说明官。

② 奥斯曼帝国把巴尔干半岛分为二十六个行政区域，称为“桑扎克”，桑扎克贝伊是行政区的军事长官。

③ 阿拉贝伊：奥斯曼帝国的军官，统领一千名骑兵。

史官转过身，深深地鞠了一躬。跟他打招呼的人是军队的军需总管。陪他一起来的是造大炮的铸工、工程师萨鲁加。军需总管脸色苍白，眼睛因为熬夜布满了血丝，他是参加军委会唯一一个披着黑色斗篷的成员，这和他所做工作的神秘氛围相得益彰。

“你在这里干什么?”军需总管问史官。

“我在看赫赫有名的军委会成员到来。”史官大声地回答，仿佛在给自己找理由。

军需总管朝他笑了笑，然后在萨鲁加的陪同下朝营帐走去，哨兵在门口放哨，跟石像一样。

还在为自己刚才的胡乱联想感到自责，史官目送军需总管高大瘦削的身影离开。他是在行军路上认识军需总管的。和平时不一样的是，今天军需总管显得有些傲慢。

最后一个到的是建筑师加乌尔。切雷比看着他走过，惊讶地发现他走路的样子很不自然。谁都不知道这个通晓所有要塞建筑秘密的人的来历和国籍。没人见过他任何亲戚，这对一个外国人来说也很正常，但他的口音加重了他的孤单飘零：他说一口奇怪的土耳其语，很少有人能听得懂。他没长胡须，因此很多人怀疑他是个女人，要么至少是半男半女，或者就像人们说的，雌雄同体。

建筑师是最后一个走进帐篷的。外面只剩下卫兵，他们玩起了掷色子。史官急不可耐地想知道军委会在讨论什么。他想，如果他除了史官，还被任命为军委会的文书的话，那就可以无所不知了。通常，这两个职务都是由同一个人担任的。可为什么到了他这里就缩减成只司一职，他对此的解释有很多种，这都视他当时的心情而定。有时候，他认为这是对他的一种体恤，怕他工作太累，让他可以一心一意地写好史书，名垂千古。有时候，尤其是像现在，远远地看着帕夏的营帐而不得入内，他又觉得自己受到了排挤，感到无比煎熬。

正当他想走开的时候，他看到好几个军委会的成员从帐篷里走出来。军需总管也在他们当中，他看到他，叫住他：

“来，梅弗拉，过来陪我走走，我们聊一聊。军委会现在要讨论进攻的细节，和攻城不直接相关的人员都被请了出来。”

“什么时候开始攻城？”切雷比怯怯地问道。

“一周后，我想。等两门大炮铸好后。”

他们慢慢走着。军需总管的副官像影子一样跟着他们。

“来我的帐篷喝点东西，让我们的耳根子清净清净。”军需总管边说边用手臂在身边画了一个半圆。

切雷比把手按在胸口，又鞠了一躬。

“荣幸之至。”

就像几天前，他被邀请到军需总管的帐篷里谈论历史和哲学，这让他很高兴，但很快这种心情又被担忧所代替，他怕自己令这位位高权重的朋友失望。

“我感到脑子里乱糟糟的，”对方接着说，“我得静一静。我还有一大堆事情要处理。”

史官带着一点内疚的神情听他说话。

“很奇怪，”军需总管继续说道，“你们这些史官，你们总是把胜利的荣耀归功于军事将领。我要提醒你的是，梅弗拉，记好了，除了统帅，就数这颗脑袋最劳心费神了。”他用食指敲了敲自己的额头。

切雷比欠了欠身，似乎是要表达自己的崇敬之情。

“粮草供应，这才是战争的关键问题，”军需总管几乎有点愤愤地说道，“舞刀弄枪，这谁都能干，但在这个荒凉的异国他乡，要保证四万人每天的口粮，这才是对智慧最严峻的考验。”

“说得很对。”史官附和道。

“你要不要我告诉你一个秘密？”军需总管突然冒出一句，“你所看到的驻扎在这里的这支军队只剩下两周的口粮了！”

切雷比抬了一下眉毛，但心里却想，自己的两根眉毛太细了，不能恰如其分地表达对方所希望看到的惊讶之情。

“根据既定的计划，”军需总管接着说道，“陆续有车队从埃迪尔内[①]出发保证军队的供应，这一点我很清楚，但是路途遥遥，能指望他们吗？军需的运输……要是有一天你听说我疯了，那一定是因为这个！”

您这都说到哪儿去了！史官想抗议。他摇了摇头，甚至抬了

---

① 埃迪尔内：土耳其西部城市，埃尔迪内省省会。曾为奥斯曼帝国首都，靠近希腊和保加利亚，号称土耳其西部门户，是军事重镇。

抬胳膊，但这一次，他觉得自己的胳膊也不够长。

“因此，所有的责任都落在我们头上，”军需总管继续说道，“要是有一天，炊事班过来跟我们说已经无粮下锅了，帕夏会找谁来稳定军心？显然不会是居尔蒂基，也不会是老塔伏加，更不会是任何一个将领，只能是我！”他用食指指着自己的胸膛，仿佛那儿有一把匕首。

切雷比的脸上已经镌刻着景仰和专注，现在又加上同情，这对他的脸而言一点都不困难，因为就算是在平常，他的脸就已经布满深深的皱纹了。

军需总管的帐篷驻扎在营地的中心，所以，他们走过去要穿过士兵们嘈杂的驻地。有些士兵坐在帐篷跟前，正在解开他们的行囊，有些正大咧咧地在抓虱子。切雷比想到在任何一部编年史中，他都没有提到过整理行囊和解开行囊的场景。至于捉虱子，那就更别提了。

“阿金基轻骑兵呢？”他一边问一边努力想摆脱心中的内疚感，“不会放任他们去附近打家劫舍吧？”

“当然要去，”军需总管回答，“不过他们抢来的战利品永远都不够维持军队所需的五分之一。而且，那还只是在围攻一开始的时候。”

“奇怪……”史官评论道。

“只有一个解决办法：威尼斯。”

切雷比惊讶地听他这么说道。

“苏丹已经和尊贵的共和国[①]达成了一项协议：威尼斯商人要为我们提供粮草和军备。”

史官点了点头，目瞪口呆。

“我理解你的惊讶，”军需总管说道，“你肯定会觉得奇怪，我们指责斯坎德培是西方人的走狗，而我们自己却背着他和威尼斯人打交道。换了我是你，我承认我也会感到无比震惊。”

军需总管露出一个习惯性的笑容，目光空洞。

“能怎么样？梅弗拉，这就是政治！”

史官低下头。每当谈话谈到敏感处，他都会采用这种方式来逃避。

一队扛了灯芯草茎的阿扎普步兵从他们身边经过。

军需总管的眼睛盯着他们看了一会儿。

“我想他们就是用这个来编护甲，让士兵们穿上来防御燃烧弹的。说真的，你从未参加过围攻？”

史官脸红了。

“我还没有过这种机会。”

“哦！那是非常壮观的。”

“我想也是。”

“相信我，”军需总管用更亲密的口吻说道，“我参加过很多次围攻，不过这里——他朝城墙指了指——将有一场我们这个时代

① 尊贵的共和国：指威尼斯共和国。

最可怕的杀戮。你应该比我更清楚，大屠杀总能让人写出伟大的书，”他深深地吸了一口气，“你的确有机会写一部铁血铮铮的史书，而不是那些从没有到过战场的小文人在火炉边写出来的花边故事。”

切雷比想到自己写的编年史引言，又脸红了。“如果您愿意，哪天我可以给您朗诵几段我写的文字，”他说，“我希望它不会令您失望。”

“很乐意。你知道我对历史很感兴趣。”

一队加尼沙里[1]喧闹着从他们身边经过。

“他们心情不错，”军需总管说，“今天刚领到军饷。”

切雷比想到在这类叙事中，也从来没有人提到过军饷。

几个人正在把椭圆形的帐篷撑开。更远处，马车夫正在一条刚挖好的壕沟旁边卸弹药和粮草。这情景与其说是一支军队在安营扎寨，不如说是一个建筑工地。

“哟，那是鲁梅利[2]老妇人。”军需总管发现道。

史官朝左扭过头，在一块围着篱笆的空地上，几十位老妇人正围着火堆上的锅忙活。

“她们在弄什么？”切雷比问。

“敷在伤口上的膏药，尤其是治疗烫伤的。”

---

① 加尼沙里：原文为 Janissaire，意为“新军”。

② 鲁梅利：指巴尔干，奥斯曼帝国时期，欧洲的部分叫鲁梅利，属于亚洲的部分叫阿纳托利亚。

史官打量着这些年迈、黝黑、不动声色的脸庞。

“我们的战士很快就会遍体鳞伤，”军需总管忧伤地说道，“但他们还不知道这些女人真正的本事，以为她们是女巫。”

切雷比挪开视线，不去看那些正忙着捉虱子的士兵。事实上，他们当中很多人盘腿坐着，掰着脚丫子在检查老茧。

“长途跋涉最受罪的就是脚了，”军需总管有些怜悯，“到目前为止，我还从未在任何一本史书上读到两行描写士兵们的脚的文字。”

史官后悔自己刚才露出嫌恶的神情，但现在为时已晚。

“事实上，这个让我们自豪的大帝国，都是他们长满老茧和水疱的双脚开拓的，”军需总管语重心长地说，“一个朋友常跟我说：我已经准备好跪下去吻这些臭烘烘的脚丫子了。”

史官有些不知所措，幸好这时他们已经走到了军需总管的帐篷跟前。

“到我的窝了，”这位高官显贵换了一种语调说，“进来吧，梅弗拉·切雷比。你喜欢石榴汁吗？这么热的天，没有什么比石榴汁更消暑的了。而且，跟朋友面对面高谈阔论，就像是荆棘中的紫罗兰一样高雅。不是吗，切雷比？”

史官又想起士兵们脏兮兮的脚和水疱，但他很快就平静下来。他心想，人身上有一种伟大的力量，可以把什么都看成过眼云烟。

“您对我这个卑微的史官的这份情谊让我受宠若惊。”

“哪里！”军需总管打断他的话，“你的工作是最光荣的，你是一个历史学家。只有那些没文化的人才不懂得尊重你。现在，亲爱的朋友，给我读几段你写的文字？你答应过我的。”

要不是之前有些尴尬，切雷比一定会开心得面色绯红。客套了一下之后，史官把烂熟于胸的那段文章的开头慢慢地朗诵出来：**“宇宙的主宰，人与神都要听命于皇帝的号召，许多后宫被抛下，勇士们朝阿尔巴尼亚人的国度进发……”**

军需总管说这个开头并非毫无诗意，但他更喜欢看到被抛弃的后宫和与人们的生活更密不可分、对经济更重要的元素结合起来，比如摆杆步犁和葡萄藤。他补充说若再加上几个数据会让内容变得更充实。

就在此时，军需总管的秘书出现在帐篷的入口，他的主人招手让他走到自己身边。秘书在军需总管耳边嘀咕了一会儿，军需总管重复了好几个“好的”，也重复了好几个“不行”。

“我们刚才谈到哪里了？”当秘书出去后军需总管问史官，“啊，对，数字！不过，在这一点上，你要小心，别太在意我的意见，因为我有一个癖好：我只会数日子。”

秘书又出现了。

“来了帕夏的一个信使。”看到主人的脸色阴沉下来，他赶紧说道。

“让他进来。”军需总管说道。

信使走到本宅主人跟前，弯腰俯身在他的耳朵边轻声传了很久的话。然后他支着耳朵听军需总管的回话。

当信使走后，军需总管提议："我们出去吧，在露天聊得更痛快；不然，像荆棘一样的日常烦恼会扼杀我们像紫罗兰一样的美好的谈话！"

外面，夜色降临。营地上还非常热闹。到处都是来来往往牵马去饮水的阿金基轻骑兵。在帐篷顶上，军旗在风中飘扬。如果有花草散发芬芳，这个五颜六色的营地更像一个大花坛。史官没有见过任何同行把军队比作 gjulistan① 的，不过他会。他把它比作草地，或者是一块五颜六色的地毯，一旦收到进攻的命令，就会突然编出很多象征死亡的黑色流苏。

几乎到了营地的中心，他们碰到了工程师萨鲁加。他正心不在焉地闲逛着。

"会议结束了？"军需总管问道。

"是的，刚开完。我困得要死。"萨鲁加揉了揉红红的眼睛说。"我们已经三天没合眼了。今天，帕夏给我们下了正式命令，要在下周把大炮准备好……只有八天时间，"他说，"他想听到炮轰的声音。"

"你们能办到吗？"

"我不知道，但愿能行。但你能想象得到这个工作的困难吗？更何况，这一次还是一种新武器，他们第一次造大炮，我得盯紧了。"

① gjulistan：花园。——原注

“我理解。”军需总管说道。

“你们想参观造大炮的工坊吗？”萨鲁加问，还没等他们回答，他就走到他们跟前领他们朝一块空地走去。

史官很高兴大家都这么信任他。在他出发前，他听到很多关于这个新式武器的传言。和所有秘密武器一样，大家谈论的时候带着憧憬也带着恐惧。它的爆炸声可以让你的耳朵聋一辈子，它释放出来的气流可以摧毁方圆几里的一切……

在漫长的行军途中，他有机会注意到几头运输大炮炮筒的骆驼。士兵们都默默走在骆驼身边，眼睛一刻不离已经浸透了雨水的黑色篷布所遮住的致命的秘密。

切雷比急切地想知道更多有关大炮的信息，但他又担心会引起别人的猜疑。当他最终克服怯懦，向他刚认识的军需总管询问时，后者笑了笑，一边摸着屁股一边告诉他，在骆驼驮的重重的货物中，并没有任何炮筒，只有铁和铜，还有各种各样的煤炭。“你肯定会问我秘密武器到底在哪里，我来告诉你，梅弗拉·切雷比，可怕的大炮就在一个很小很小的小袋子里……就跟我背的挎包一样小……别这样看着我，我没有开玩笑！我可以戏弄别人，但我不能戏弄历史学家！秘密大炮的的确确是藏在一个挎包里，”军需总管凑在史官的耳边说道，眼睛瞥向一个面色蜡黄的男子，“用一件黑色的斗篷裹着。”史官花了一点时间才弄明白，用于浇铸大炮的秘密图纸和配方的确是藏在这个脸色苍白的男子的褡裢里。

铸造大炮的工坊安置在营地的一角，周围围了栅栏，有很多哨兵把守。一道筑堤把工坊和河流隔开，在离入口二十步的地方立着一块牌子，上面写着“禁区”。

“这里日夜都有重兵把守，”工程师说，“怕有奸细来窃取我们的秘密。”

工程师带领他们穿过一长排棚屋，不时滔滔不绝地跟他们讲解。在工坊里，锻炉和熔炉的火焰，虽然才刚刚生起，却已经热得令人窒息。一众工匠光着膀子，皮肤黝黑，汗流浃背地在干活。

地上铺了一堆的铁和铜，还有巨大的黏土模子。

工程师把巨型大炮的图纸给他们看。

两名参观者看着一大堆精心画在纸上的直线、曲线、圆圈，赞叹不已。

“这是最大的一门炮，”萨鲁加一边指着其中的一张图纸，一边说道，“我的炮兵们已经给它取名叫‘balyemeztop’了！”

“不吃蜂蜜的大炮？为什么叫这么奇怪的名字？”军需总管问道。

“因为它爱吃的是人！”萨鲁加回答，“一门异想天开的大炮，或者可以这么说，有点像那些被宠坏了的孩子，在一个美好的清晨对他们的妈妈说‘我已经吃腻了蜂蜜’……现在来看看浇铸它的地方吧。”他边说边退开几步，“这是放黏土模子的大坑，那边的六个熔炉是用来熔化金属的。浇铸的秘密之一恰恰就在这里：六个熔炉都需要达到同样的温度，同时把熔化的金属倒出。不然，无论有多细的裂缝、多小的气泡，我敢说，发射第一炮时大炮自身就会炸得粉碎！”

军需总管忍不住惊叹地吹了一声口哨。

尽管梅弗拉·切雷比同样也大吃一惊，但他很谨慎，没有扭头看军需总管，害怕后者恢复镇定之后会后悔在一个卑微的史官面前失态。换言之，军需总管不该被人看到错愕的脸，他本应该面对什么都镇定自若、处变不惊。

但军需总管丝毫不想掩饰自己的震惊。至于史官，想到工程师萨鲁加正在完成一个神圣的（如果不说是邪恶的）工作，从熔炉中炼出火红的铁水，就像安拉把地心的火借由火山口喷发出来一样，他不禁浑身战栗。通常，这一类非同凡响的作为都会受到命运重重的惩罚。

两人一边听着工程师给他们讲解浇铸的工艺，一边看着他裹在黑色的斗篷里，跟着了魔一样，开始舞动起来，好像在进行某种古老而神秘的仪式。

“这是人类历史上第一次使用这样的大炮。”萨鲁加最后骄傲地宣称，“和它们发出的轰鸣声相比，打雷的声音只能算是摇篮曲。”

他们崇拜地看着他。

“这里即将发生的战争是有史以来最现代化的战争。”他继续说，目光一动不动地盯着史官。

切雷比感到有些不自在。

“眼下，让巴尔干人臣服是皇帝最关心的事儿，”军需总管说，“为达目的，他会不惜一切代价，这是毋庸置疑的。”

“这位是我大弟子。”萨鲁加一边说一边朝一个向他们走过来的小伙子转过身去，小伙子个头高挑，脸色苍白憔悴。

来人冷漠地看了看访客，匆匆做了个手势，很难让人以为是行礼。他在工程师的耳边嘀咕了几句话。

“你们对我选择这个年轻人当大弟子一定觉得奇怪吧？”当小伙子走远后，萨鲁加问道，“很多人都有同感。他的样子一点都不能服众，不过他的确能力很强。”

他们不置可否。

“在那边的棚屋里，我们正在浇铸四门大炮，小一些，但威力不减。”工程师继续说道，“我们叫它们射石炮，它们是以弧线的方式射出去的。和直接轰城墙的炮弹不同，它们像天女散花一样从城池的上空落下，就像一场避不过的天灾。”

他从地上捡起一块炭和一张纸板。

“就当这是要塞的城墙。大炮摆在这里。炮弹射出去的抛物线相对比较紧绷，”他画了一条线，“当射石炮的炮弹发射到空中，看上去就跟玩儿似的，要让我说的话，看起来压根儿不是冲着城墙去的——结果却恰好地落在城墙的后面。”工程师在空中画了两条轨迹，史官看到他的手在微微地颤抖，“炮弹发出的声响就像大海的怒吼。”

“安拉！”史官惊叹道。

“你是在哪儿学的这门技艺?”军需总管问。

工程师看着他，目光有些空洞。

“在我师傅萨鲁罕里那里学的。我曾是他的大弟子。”

“他现在在监狱里，我没记错吧?”

“是的，”萨鲁加说，“苏丹把他关在博阿兹凯森堡。”

“谁都不知道他因何入狱。”史官腼腆地说。

“我，我知道。”工程师回答。

军需总管惊讶地瞥了他一眼。

“最近，”萨鲁加继续说，“这个可怜的老人开始胡说八道。他拒绝加大大炮的口径，说那是不可能办到的，而事实上，他向我透露他只是不想这么做。如果继续加大大炮的口径，他说，大炮就会成为一个让人类灭绝的可怕的武器。谈起大炮，他就会解释说，魔鬼已经诞生了，我们没办法消灭它，但至少我们可以守住它现在口径的尺寸，不再扩大，不然它就会吞噬整个世界。老人中止了他的研究。苏丹就是因为这个而将他逮捕的。”

工程师随手抓起一块黏土，把它捏得粉碎。

“这就是他现在的处境。”他说。

另外两位点点头。

“至于我，”工程师继续说，“我对此的观点不同。我以为，如果我们一直有这类担忧和顾虑的话，科学就会踏步不前。不管有没有战争，科技都要进步。对我而言，谁用这门大炮、用它来对付谁都不重要。重要的是，它应该把炮弹打到我所计算出来的位置上。至于其他事，那是你们的事。”他突然下了这样的结论。

“我听说制造这个武器的钱是苏丹的一个嫔妃提供的，为的是赎罪。”军需总管说道，显然是为了岔开话题。

“赎罪？”切雷比问道，他觉得这个细节值得写到编年史上去。“这要花很多钱吗？”过了一会儿他又问了一句，自己也为自己的冒昧发问感到吃惊。

“这个他清楚。”工程师用手指了指军需总管，“我所能告诉你的，只是大炮的射程和火力。”

史官笑了。

“是的，这门大炮耗资不菲，”军需总管说道，“非常昂贵，尤其现在是战争年代，铜价涨了很多。”

他眯了眯眼睛，飞快地计算了一下。

“要花二百万小银币。”他说出结果。

史官听得目瞪口呆。对铸造大师而言，这个数字对他没有丝毫影响。

“花这么多钱来赎罪似乎代价太大了，”军需总管说，“不过再过几天，等炮弹把城墙打穿，那它就金贵了。”

他的脸上浮现出一个若有若无的嘲讽的笑容。

“在围攻特拉布宗的时候，”他继续说，“当第一门大炮——比这门小得多——发出炮弹，很多在场的人都以为炮口发出‘安拉’的轰鸣声。至于我，可能是因为我一直都想着自己的心事，我以为我听到的那个震耳欲聋的声音是：‘税收！’”

史官再次听得目瞪口呆。工程师却放声大笑。

“你们不知道这个词的分量，有多少事情，包括这次围城，都取决于税收。”军需总管解释道。

“我呢，”工程师说，“当大炮开火，我听到的既不是‘安拉’！也不是‘税收’！我想到的只是堆在炮弹底部火药的威力和爆炸声，炮弹的口径和射程。”

军需总管笑了。至于切雷比，他因为自己结识了位高权重、有学识有教养的人，在心里暗暗盘算像这样推心置腹的交谈还可以持续多久。

“让我们出去透透气。”军需总管建议道。

萨鲁加陪同他们走到门口。

“我们认为这些新式武器会改变战争的性质，它们会让堡垒失去作用。”史官说。

萨鲁加摇摇头，将信将疑。

“貌似如此。有人说，它们会让别的武器变得一无是处。”

“你的‘有人’暗示谁？”军需总管问道，“你自己难道不认为光凭这些大炮就可以取得胜利？”

“我当然这么希望，”萨鲁加回答，“因为说到底，这是我的发明创造；不过，对我而言，我的观点稍稍有点不同。就算它们对将要取得的胜利有所贡献，攻克堡垒的注定是我们伟大皇帝的军队。”

“那当然。”军需总管附和道。

“大炮至少还有另外一个用途，”萨鲁加说，“它们的轰鸣声会让被围困的军队惊恐不安，军心大乱。这一点不容忽视，不是吗?”

“这一点非常重要，”军需总管表示赞同，“不仅仅是这些可怜人会闻风丧胆，整个天主教世界提到这个新式武器都要胆战心惊。大炮已经被冠以传奇的光环了。”

“我很乐意陪你们再走一段，但我今晚还有很多事情要忙，”萨鲁加说，“浇铸工作可能要在午夜前后开始。”

“没关系，谢谢。”两位访客异口同声回答道。

此时，夜色已经降临。在营地上，这儿那儿的，升起了篝火。在一堆篝火旁，暗处有一个悠长的声音在忧伤地吟唱。更远处，两个穿着破衣烂衫的伊斯兰教苦行僧在低声祈祷。

他们默默地走着，史官心想，所有这些千差万别的人都效忠于皇帝，战争让他们聚到这里，在世界的另一头，这真是一件奇妙的事情。

歌声变得遥远，但他们依稀还能听见。歌声在唱：

“噢，命运，命运……”

持续的寂静。不过，因为所有的寂静都隐藏着前途未卜，让人感到沉重。有时候，我们感觉这支保卫我们的军队和我们没有任何关系，仿佛我们的要塞和奥斯曼的驻军只是偶然在这个准平原上对阵，很快就会结束对峙。但我们知道，现在为时已晚。他们当中的一个，军队或者要塞，必将灭亡。

他们在准备围攻。从这里，我们看到他们准备梯子、绳索、钩子、羊头撞锤、木桩，简言之，所有打仗的物件，从古代到最近三四年刚发明的最先进的武器。

铸造厂的烟日夜都在向外冒。他们在那里浇铸新武器，看样子是要用我们来做第一次实验。我们对将士们解释说一个新武器永远都没有我们想象中的那么可怕，但我们感觉到军心在动摇。夜里，山顶上会亮起篝火，那是乡亲在为我们鼓劲。但是，如果天气不好，我们既看不见山也看不见篝火，我们感觉自己正如临深渊。

有时候，看敌人的军营看累了，我们也会几小时盯着天空发呆。表面上看，这种专注和投入会让一些人产生一些遐想，我们很难把这些遐想和信仰联系在一起，但有人坚持说他们看到了阿尔巴尼亚的幸运女神在云中奔跑，还看到其他拿着矛和叉，或手中举着命运天平的神灵。也有人说看到了厄运女神。

这些由于等待和疲惫而引起的幻想，或许也和远古的记忆有关。阿尔巴尼亚人和巴尔干半岛上的其他居民一样，过去都信仰多神教。我们当中很多人都坚信各种圣灵现在就在我们头顶盘旋，而且他们和过去一样，会影响战争的结局。圣灵们希望——不知道为什么——我们这里的天空要比其他地方温暖，离我们更近，像过去一样，会保佑我们的战事。他们说，我们将听到天上战车的轱辘声和翅膀扇动的声音。我们不知道，战争的结局和每个人的命运到底是封存在这片黑黝黝的土地上，抑或是在云端。

第三章

军委会星期天下午召集会议。当帕夏走进营帐，军队的要员们都已经坐在坐垫上围成半圈。帕夏脸色阴沉，没有看任何人一眼，径直走到自己的座位。

文书把笔浸在墨水里，然后提起笔停在铺在他面前的纸张上方。他为了让自己更舒适，轻轻地挪了一下身子，结果胳膊肘碰到膝盖，一滴黑色的墨水滴落在纸上。为了避免有人注意到，他飞快地用衣袖擦掉了这个污渍，因为这个黑色的污迹可能会被理解成命运有意在纸上昭示的不祥预兆。

“我想听听你们对攻城最佳时机的看法。但是，在这之前，我必须告诉你们，虽然我很理解你们大家——他用手指了指阿斯朗罕和军队的穆夫提——对我人身安全的担忧。但是，从今以后，我绝不会听从给自己找个替身的建议……替身也好，或是按照现在流行的说法，化身也罢。”

他的眼神在他刚刚指出的两个人身上停留了一会儿，好似在寻找他们的阴谋诡计，但是他又突然想到，这两人没有一点头脑，他们有找替身这个主意，也是随大流之举。

帕夏觉察到他的将领们面露愠色。我不认为他们愿意为我鞠躬尽瘁，他暗自思忖。说到底，他也没有什么可懊恼的。他自己曾经也做过军官，很清楚军官们都会草草敷衍统帅的替身。他们会对他很不屑，甚至低声辱骂他也不会受到处罚。但这些将领没有想过的是，蔑视统帅的替身会让他们不知不觉地养成习惯，哪天统帅亲自现身，遭受这样的对待就不应该了……这还不是最糟糕的……他想到，某天早晨，将领们可能宣称图尔桑帕夏是另一个人……也就是说一个幽灵……而这时他的尸首，已经被深埋在地下……

统帅用手掌心摩挲着额头。他夜里睡得很糟，辗转难眠，现在头疼得厉害。

“继续谈攻城，”他坚定地说道，“发言！”

他不喜欢冗长的会议，对此他丝毫不掩饰。他双手交叉在胸口，等待着。一片肃静中，只听见文书的笔在纸上记录发出的沙沙声。

萨鲁加第一个发言。没有约定俗成的礼仪性的开场白——军委会的成员早已习惯了他言行不羁的风格——他说道：

“我的大炮明天能准备就绪，但是射石炮得等到星期二。到了那天，我就能开始炮攻。我需要一整天时间轰倒城墙。”

“下一个！”

轮到了穆夫提。他向占星官咨询过了天象：

“加齐[1]图尔桑帕夏!”他边说边夸张地低头致意，“在询问过了占梦人和占星官后，”他用手指着神情猥琐、蹲在角落的占星官，“我认为围攻应该从明天开始。”

“真是蠢货!”工程师低声抱怨道。

“明天，众星相对于月亮的位置排列将十分有利，”穆夫提接着说，“而到了星期二，形势将变坏。另外，昨天晚上，安拉给我托了一个梦：月色下，我看见一只鳄鱼咬住了一头黑色水牛，吞食了它的心脏。黑水牛无疑指的是城池，而且，众所周知，明天会是满月。”

“蠢驴!”萨鲁加又嘟囔了一句，军需总管不得不拉了拉他的衣袖。

“下一个!”帕夏命令道。

“我真是搞不懂，”工程师打断了发言，像是在自言自语，“穆夫提到底在想什么？到底是在攻城之前还是攻城之后去炮轰堡垒？”

军需总管差点扯烂他的袖子。

穆夫提甚至不屑于回应。他和萨鲁加狠狠地对视了一眼。帕夏阴沉的眼神掠过两人，很快便盯住了阿拉贝伊。他也想听听他的意见。阿拉贝伊在军委会没有决议性的发言权，他正式的编制比其他几个成员低，但他是苏丹委任的特派员，这个头衔令他让

① 加齐：圣战者，信仰战士，意为“对付异教徒的信仰武士”。

所有人畏惧。他猜想帕夏意欲平息内讧，便不失圆滑地说道：

“说到炮轰，我认为不必像萨鲁加建议的持续那么久。如果我们的炮弹一上午都不能轰倒城墙，那下午它们也不会强到哪儿去。如果清晨开始炮轰，我认为几个小时后，轰炸一结束，攻城就可以开始，这样做为的是不给敌人时间喘息，不让他们从我们的新型武器制造的恐惧中恢复过来。”

阿拉贝伊含糊其词的回答并没有明确表明支持前面所说的任何一种观点。图尔桑帕夏觉得他的立场也颇有道理，但是此时此刻，他最想做的，是明确攻城的时间。

“下一位！”他说。

“我的加尼沙里新军团等得不耐烦了，”老塔伏加嚷嚷道，“应该明天就开战。”

“明天！”居尔蒂基尖声抗议道。

比起他的声音，他那涨红的脸更显出他的恼怒。他对图尔桑帕夏还未允许阿金基轻骑兵在附近掠夺财物已经大为不满。但是，帕夏根据经验得知，如果阿金基轻骑兵在攻城之前忙着去打家劫舍，那么这些被掠来的财物便会激发他们闲谈的本能，削弱他们战斗的意志。帕夏希望那座城池是一只待猎杀的巨兽，是每个人觊觎的战利品。

军需总管请求发言。

他深深地鞠躬示意，然后，他言辞讲究，论证严密，先是一一列出在他之前发言的人的观点，再依次反驳，除了工程师的意见。他叹息人们不再遵从安拉的指示行事，这并不是人们有意为之，而是因为圣灵的旨意通常是人们可怜的头脑所不能企及的，更不要说他们的眼睛和被堵塞的耳朵了。

帕夏注意到穆夫提不时朝发言者投去憎恶的眼神，而居尔蒂基和老塔伏加则瞪大眼睛，竭力想要抓住可能隐藏在这精心编排的话语背后的诡计。

帕夏意识到，军委会里两派对立的局面已经形成。对立双方之间的仇恨、蔑视或是讥讽都到了直言不讳的地步。他觉得工程师跟军需总管说得有理，但是尽管他信任这两人的智慧，却怀疑他们的忠诚；对那些将领，正好相反，他更看重他们的勇猛，而不是头脑。他认同工程师一方是正确的也无济于事，让自己归附于这一方，也就是意味着与穆夫提和他的两员大将对立，这对他来说，并不是易事。他现在在等待他的第三名大将卡拉-穆克比尔表态，建筑师加乌尔也可以发言。他们的立场不难预测。卡拉-穆克比尔会加入将领们的行列，而建筑师呢，自然是站在他的同行这边。情形不会发生任何改变，他还是得自己拿主意。至于桑扎克贝伊和埃斯金基民兵团的将领的意见，他通常不予考虑，还有那个装聋作哑的塔汉卡，他凶残的眼神总像是在急不可耐地等着进攻，即使迎接他的很明显是溃败。阿拉贝伊已经巧妙地置身事外，帕夏明白一切最终还得自己定夺。

阿扎普步兵的将领请求发言。令帕夏意想不到的是，卡拉-穆克比尔居然支持工程师的建议。他言简意赅，认为攻城应该在一场耗时足够长的炮轰之后发起，炮战应竭尽所有的炮弹库存，这样可以少牺牲很多人。他最后补充说，冲锋要等到城墙出现大面积的豁口之后。他总结道：

“城墙的豁口越大，士兵们受的损伤越轻。”

“卡拉-穆克比尔，你这么说真是不要脸！”老塔伏加用沙哑的声音回应道。

卡拉-穆克比尔气得满脸通红。他是将领们中最年轻的一个，老塔伏加的话惹恼了他。

“我有什么可耻的？”他愤怒地厉声反驳道，“你，你支持攻城，因为你很清楚，我的阿扎普步兵会是最先上战场厮杀的。他们会像苍蝇一样被拍死，你的加尼沙里新军会踏着他们的尸首去攻城。”

老塔伏加急躁地挥动着他的短手臂。

卡拉-穆克比尔平时不是爱记仇的人，此刻他的眼里却喷出火焰。当他意识到图尔桑帕夏并不打算调停，他提高了嗓门，对塔伏加说道：

“如果顺序倒转过来，你就不会这么说了。如果你的加尼沙里新军在最前面冲锋陷阵，我相信你一定会像我这样想，也不会这样大吼大叫了。”

“战事的规矩是无上的皇帝立下的，”塔伏加生硬地回答道，“这还轮不到我们商量。”

卡拉-穆克比尔沉默了。

这时如果建筑师摆出几个有说服力的理由来推迟攻城时间，帕夏觉得自己就可以采取工程师一方的建议了。

“听听建筑师的！”他说。

建筑师加乌尔开始说话了，他毫无生气的脸纹丝不动。第一次听他说话的人都会惊得目瞪口呆。他没有发音困难，也不口吃，单调的词语从他嘴里吐出，就像一串项链上打磨光滑、上了釉的珠子：

“大炮，轰炸，主要连接点，第二个塔楼，和，右面城墙，大门，左面城墙，第一个塔楼……”

他指出了城池建筑的薄弱处。这些肉眼无法辨识的构造，在他的一番研究之后，变得像藏在一层玻璃后面一样一目了然。另外，由于他略去了一些词的前缀和后缀，他的话让久经沙场的将士们联想到残缺不全的尸首。

建筑师突然结束了他的发言，干脆得如同斩钉截铁。这一长串了无生气的词语总结起来就是：他不会按常规行事。图尔桑帕夏努力忍住一声叹息，他的军委会正在走弯路。果不其然，桑扎克贝伊选择了“强硬派”的战线，他们清楚这是使自己免责于所有重大过失的唯一出路。帕夏用眼角余光观察着阿拉贝伊的脸色。显然，尽管此刻观点分歧已经不容置疑，阿拉贝伊还是不打算出面拨动天平的支点。一想到他有可能听命于上面传达的某些秘密指令行事，图尔桑帕夏就不寒而栗。一定是的，有人给过他建议，甚至有意指示过他行事的分寸：出现分歧的时候，不要站在任何一边。

一千五百名甚至两千名士兵的生命就悬在阿拉贝伊的一句话上。难道这些人的命不会让你良心不安吗！图尔桑帕夏思忖着。就在这时，他宣布了他的决定：

“明天天未亮时，大炮开始向城墙发射炮弹。下午，气温升高时，开始攻城。今晚通知所有的军队。军营里要敲响战鼓，教长[①]要向士兵演讲，要想方设法激发士兵的斗志。到了午夜，军队就歇息整顿。”

停顿了一小会儿后，帕夏总结道：

“就这么定了。”

所有的人都起立，向统帅敬礼，然后鱼贯而出。占星官认为自己对刚才差点爆发的论战难辞其咎，灰溜溜地躲开了。他知道那些强权显贵，尽管经过暂时的挫败，也仍然强过他们的下属。这时，他应该保持谨慎，消失在众人面前，而不是在他们面前趾高气扬，炫耀自己的预测被采纳。

夜幕降临了。

占星官在军营里游荡了很久，没有看见一个熟悉的身影。军营巨大无比，要在这里偶遇一个熟悉的面孔很不容易。此外，慌乱中开辟的小路如此之多，彼此之间又没什么差别，要在这里找到一个朋友的帐篷，就算之前拜访过，也跟掷色子押宝一样。然

① 教长：伊斯兰教教长。

而，他急切地想要遇见个什么人，好跟他谈谈“营帐里的最新情况”。但是，事与愿违，他没有遇见任何人。除了军官们的帐篷，入口处用狭长的布带缝合，上面写着帐篷主人的军衔。其他的帐篷都长一个样。当他时不时探头望向帐篷内，他隐约看到，在火把的亮光照耀下的脸似乎都没什么两样。

他听见有人叫他。诗人萨德丹正朝他走来。占星官很高兴。

“你这是要去哪儿？”萨德丹问道。

“我在溜达，盼着能遇见个朋友。你们都躲什么地方去了？”

诗人张嘴准备回答，占星官闻到一股强烈的茴香酒味。

“这么说，你知道了？”萨德丹说，“明天开始攻城。啊！真让人高兴！”

占星官惊愕地站住了。

“你，你怎么知道的？”

“整个军营都传开了，你还不知道？”

“我？”占星官觉得自己被冒犯了，“我是第一个知道的人。决议时，我在帕夏的营帐里。事实上，我甚至在这之前就知晓了……通过观察星象！”

“呃……”萨德丹应了一声。

“在营帐里，刚才大家差点闹翻……”

“我有瓶酒，”另一位打断了他，“来吧，我们去喝一杯。”

除了萨德丹，任何人说这番话，这种亲昵都会让占星官感到浑身不自在。但是，跟萨德丹在一起，他觉得自己完全不设防。

“我们会被人看见的。”

“那又怎样！这是欢庆的夜晚。”

占星官抓起诗人手里的酒瓶，为了避免被人发现，背过身喝了几口。

远远地，不知从哪传来一面鼓被敲响的声音。然后响起了另一面鼓的鼓声。

“军鼓敲响了，消息传开了。”占星官评论道。

“我早跟你说过。”

此刻，鼓乐声在四处回荡。士兵们成群结队地走出了帐篷。到处燃起一堆堆熊熊篝火。

“这个夜晚会很精彩！”诗人感叹道。

他们穿过军营的中心，然后向右转去，到了加尼沙里新军安营扎寨的地方。一名加尼沙里新兵与他们擦身而过，停住了脚步，然后跟在两人后面走了几步，拽住了诗人的衣袖。

诗人以为是他的老相识，转过身来，还没来得及从惊讶中恢复过来，这名士兵便说道：

“兄弟，给我喝一口吧，你还剩一点。”

诗人瞪大了眼睛。

“你怎么知道我有茴香酒？”

“你的口气，老兄！”对方回答道，“不要害怕，加尼沙里新兵从来不告密。”

“你倒像个好奇心太大的加尼沙里新兵！”诗人高声说道，他的手在胸口摸索着。

“等等，”对方说道，“我们找个没人看到的地方，你再把酒拿出来。”

“你叫什么名字？”诗人问。

“图兹·奥克恰！”

“这是个好名字，一个真正的战士的名字。”

确信没有人能看见他们后，他把酒瓶递给了陌生人。

萨德丹接着喝，然后又递给占星官。三人一同在越来越闹腾的喧嚣声中继续前行。

月亮在一个风隘口升起了，就像一只黄色猛兽的头部，窥伺着下面山谷发生的一切。它冷冷的光倾泻在成千上万的白帐篷上。

“梅弗拉·切雷比！”诗人突然叫喊道。

他看到了远处的史官。

“你们在散步吗？”史官问道。

“对，我们只是转一转，”萨德丹回答说，“我给你介绍，这位是我们刚刚结识的年轻英勇的加尼沙里新兵，他叫图兹·奥克恰。”然后，他转向士兵说：“这位是梅弗拉·切雷比，他是个博学之人，帝国聘请的史官。至于我，我叫萨德丹，是个诗人。我这位朋友是军队的munexhimi，或者说，用人们现在的称呼，是占星官；换句话说，就是跟日月星辰互称‘你我’的人。”

加尼沙里新兵目瞪口呆，不敢相信自己突然有这些重要人物做伴。

“你从哪里得到的茴香酒?”切雷比追问。

“我带在身上的,”萨德丹回答道,一边用手在胸口摸索,“来,喝上一口。”

“等等,”史官说,“我们先到角落去。”

“我啊,我更喜欢散步时喝酒。”萨德丹说。

切雷比转向占星官,问道:

“你参加了军委会的会议?”

占星官很高兴能向人卖弄自己消息灵通,跟切雷比低声交谈起来。诗人和近卫军走在前面,离他们几步之遥。

月亮此时照亮了整个平原。在它的光辉下,裹着头巾、手捧《古兰经》的教士在四处走来走去。伊斯兰教的苦行僧正准备开始跳舞。

鼓继续敲打着。

“你们嘀嘀咕咕还没完啊,”诗人转向他的两名同伴说道,“唉,我们再喝一杯,你们说怎么样?”

“他真的能跟星星对话吗?”加尼沙里新兵指指占星官的头,战战兢兢地问道。

“可能是真的。”萨德丹回答。

加尼沙里新兵用眼角偷瞄占星官戴在脖子上的铜牌,上面镌刻着三颗星星。

再往前走,他们又一次避开了大路,轮流喝了一回。烈酒的刺激让他们忘乎所以。诗人把手臂搭在近卫军肩上,他现在称呼他“我的士兵兄弟”。教士在篝火旁朗诵《古兰经》经文。士兵们成半圈围坐在他们身旁，静静地聆听着。远处，老兵和教长正在发表激情洋溢的演讲，他们洪亮的声音几乎要盖过隆隆的鼓声。

“瞧瞧他们主塔楼上的旗帜，”一位教长叫道，手臂伸向城池，“你们瞧瞧，它正因恐惧而颤抖！”

士兵们都望向这个方向。尽管旗帜在月色下显得异常暗淡，还离得很远，士兵们都相信他们看到它在颤抖。这段时间，他们看过太多的旗帜迎风招展，以至他们在幻觉中常常看到旗帜。

“我们的旗帜也在颤抖。”半明半暗处有人说道。

教长朝发出声音的方向严厉地瞥了一眼。

“对，”他以雷鸣般的嗓音说道，“我们的旗帜由于迫切登上战场而颤抖，就像狮子的鬃毛在混战前的颤动一样！”

他们回到路上，诗人继续咕哝着。显然，他在构思诗歌。加尼沙里新兵睁大眼睛注视着他。以前他从来没有见过诗人，更别说正在作诗的诗人了。

“你见过阿尔巴尼亚的年轻姑娘吗？”萨德丹突然问加尼沙里新兵。

“没有，但是我听人谈起过。”

“这些姑娘！”萨德丹用手掌拍了拍额头，“我可以给你描述描述，我，我见过一些。”

“她们怎么样？”图兹·奥克恰问道。

“啊！我忘了你是加尼沙里新兵。我真同情你。苏丹给了你们很多特权，但如果禁止你们亲近女色，这些特权又有什么意思？”

“你说得对。”图兹·奥克恰叹息道。

“可怜的孩子！”诗人叹了口气。

“她们怎么样？”加尼沙里新兵又追问道。

军营里的喧闹声越来越响，现在他们交谈不得不抬高声气，好让对方听见。

“好吧，”萨德丹说，“她们……她们啊……怎么向你描述她们呢，我的兄弟？她们既像云又像牛奶……牛奶上浮现出一个燕巢的黑点……当我躺在上面时，我感觉自己快疯了……寻找鸟巢的时候，我的手颤抖着……在这种情况下，我什么都还没做……就已经体会到了愉悦的高潮……你知道的，近卫军，那感觉就像是在门前就射了！”

“我们夺下城池之后，你会给自己买一个阿尔巴尼亚姑娘吗？”加尼沙里新兵问道。

“当然，不管要价多高。我已经有了积蓄，”萨德丹把手放在了胸口，“所有我用我的诗歌换来的钱。”

“你真走运！”

诗人拿出酒瓶，凑到嘴边。

“别喝了，”占星官对他说，“你走路都不稳当了。”

萨德丹把酒壶重新放回胸口。

“一些事，总是要发生的，在夺下城池的那个夜晚！喧闹！狂欢！男人们欲望得到满足后，将交换他们的女俘。他们享用她们一个小时，然后把她们卖掉，以便重新选购其他的。女俘们从一个帐篷沦落到另一个。会起争吵，也许还会有谋杀！噢，这些都逃不掉的！”

加尼沙里新兵带着愁苦的神情听着。

他们在一条路上走了一会儿，这条路沿线是阿扎普的驻地，他们躺在帐篷最阴暗的角落。

“这些阿扎普，他们厌倦了，”萨德丹说，“我能猜到他们在谈论什么，就像我听见他们说话一样！”

“你怎么知道他们在谈论什么呢？我原以为没人能猜到一个阿扎普脑子里在想什么。”

“我啊，我知道，”萨德丹说，“他们梦想着得到一小块地，或是在这征战得来的土地上种上几棵葡萄树，然后在这里弯腰扶犁，度过余生。”

“每个人都有自己的梦。”占星官总结道。

诗人想要反驳，但他更想喝一大口茴香酒。他继续咕哝着构思他的诗句。

人群越来越密集。鼓声在四面八方轰鸣。伊斯兰教苦行僧不停地扑倒在地上，祈祷，叫嚷。

“我们要向这些被诅咒的叛乱者教授《圣古兰经》，”一位教长大叫道，“在他们犹如恶魔后背一样凹凸不平的土地上，我们要竖起被安拉祝圣的清真寺尖塔。黄昏时分，从这些尖塔传来穆安津[①]的声音，会传到他们粗野的头脑里，并像印度大麻一样，征服他们的思想。我们要让这些不忠诚的人每天朝麦加膜拜五次。我们要用伊斯兰镇定温和的头巾，包裹他们生病了的、躁动不安的头颅。”

“这位教长口才真好！”占星官评论道。

“我也是，我想给他们朗诵一首诗，”萨德丹突然激动地说，“我已经想好了。”

他高声嘟囔着几句难以理解的话：“在图兹·奥克恰看来，作诗要比行军作战费劲！……”

他们费了很大的劲，才在水泄不通的人群中挤出了一条道。到处都是不同派别的伊斯兰教苦行僧，穿着破破烂烂的衣服。瑞法伊的苦行僧开始跳舞了。士兵们为了能更好地看到他们随着鼓乐的节奏不停地跳跃而互相推搡着。这种舞蹈凄凉单调。苦行僧们盘腿而坐，然后摇晃着站立起来，动作迅速，同时发出凄惨的叫声。他们脸色苍白、眼睛微合、眼神迷醉。

“这是最近才有的舞蹈，”萨德丹对加尼沙里新兵解释道，“现在这种舞蹈传到了各地。你喜欢这种舞吗？”

“喜欢，还不错，”加尼沙里新兵回答道，“让人热血沸腾。”

诗人又灌下了一大口烈酒，开始低声嘀咕。

---

① 穆安津：在清真寺尖塔上报祷告时间者，原意为“宣告者”。

再往前，他们遇到了一群干收集营生的人，他们像在市场上一样热烈交谈着。最近几年，收集花样翻新。这些人根据自己的喜好，收集牙齿、手指、发辫、耳朵、指甲、眉毛。战争一结束，他们扑向被屠杀的敌人，把那些他们觊觎已久的东西塞满袋子，然后再转卖到大城市。最抢手的是耳朵。

通常，他们会在战争前一晚讨论他们的买卖，盘算着、预测着市价的浮动，揣度着那些有钱的收藏家的喜恶有没有变化。他们担心离开城市过久，跟不上时兴玩意儿的潮流。

“你想喝点吗?”萨德丹问加尼沙里新兵。

图兹·奥克恰没有回答，接过诗人递过来的酒壶，喝了几小口。四周异常骚乱，没有人注意到他们。

“我们要去哪儿?”史官问道。

“漫无目的，”诗人回答说，“去我们的脚带我们去的地方。”

“酒壶递给我。”

诗人又从胸口摸出酒壶。它几乎空了。

“你有个好名字，”他凑到加尼沙里新兵耳边说道，“我真羡慕你的名字：图兹·奥克恰！我受够我自己的了。所有人都叫我夜莺萨德丹，但是……”

加尼沙里新兵惊讶地听着。

“这场战争结束后，我要换个名字。你知道我想取个什么名字吗?萨佩坎·多克克拉齐·奥尔古索伊。你觉得怎么样?”

“萨佩坎——苦涩的血，嗯，我觉得挺好的。”

不远处，在他们的左方，聚集了一大群人。

“一场争斗，”占星官说，“去瞧瞧。”

他们走过去。

“发生了什么？”萨德丹向边上一名加尼沙里新兵打听道。

这个人耸了耸肩。士兵们看到他们不同寻常的着装，为他们让开了一条道。是两个塞登杰斯特勒敢死队队员跟一小队阿金基轻骑兵发生了口角。

“敢死队队员？”加尼沙里新兵问，“他们在哪儿？”

“就是这两位，”一名阿扎普回答，“他们差点用刀割开对方的喉咙。”

在加尼沙里新军训练营里，图兹·奥克恰经常听说塞登杰斯特勒敢死队队员奋不顾身的事迹。他们上了战场，就没有不胜而归的道理。这是他第一次亲眼看到他们。

“这是全军最光荣的队伍，比达基里奇冲锋队更让人敬佩。”

“我觉得他们挺装腔作势的。”占星官反驳道。

“这正是他们作为死士所享有的特权。”萨德丹说。

“他们真的有军规，战败不得归吗？”图兹·奥克恰问道。

“事实上，”萨德丹冷冷地答道，“就算他们战败回来，也会被自己的同伴杀死……我曾经见过一场这样的杀戮。我再也不愿看到同样的场景了……”

“我们最好远离这里，争斗可能会再起。”切雷比说。

人群中响起了几声叫喊："查乌齐巴齐[1]，查乌齐巴齐！"

总务长骑马前来，后面跟着一小队查乌齐。

"他们会把争斗的人停职。"一个坑道兵说。萨德丹猛地转过身去。

"哪个蠢驴觉得自己有能力逮捕一名敢死队队员？"

"我！"坑道兵大声说。

"现在连挖土工都要来发表意见了！"

"我宁可整天挖地洞，也不愿意被割掉蛋蛋！"坑道兵反驳道。显然，因为他们的着装，坑道兵把他们当作太监了。

阴暗中，听到有人在笑。

"来试试我的威力，泥炭渣！"萨德丹高声叫道。

梅弗拉·切雷比拉住了他的衣袖。

"我们走，萨德丹，你不会跟一块黏土吵起来吧！"

"你说得对，我们走。"占星官说。

不远，各处又响起了马蹄的嗒嗒声，有人喊道："闭上你的臭嘴！"

显然，争斗闹得更激烈了。

"我敢打赌，他们被打得很惨！"有人感叹道，"生吞活剥！"

"我们离这里远点。"占星官重复道。

---

① 查乌齐巴齐：土耳其语为 çavusbasi，意为执行官，在奥斯曼帝国的军队里，一个查乌齐巴齐管十个兵。

他们走开了，头也没回。

此刻，满月已高悬在空中，熊熊篝火黯然失色。军营里传出的轰鸣伴随着生命的欢腾。来来往往的士兵们互相推搡着。听腻了教士们的祈祷，又去看苦行僧舞蹈，看够了表演，再去听教长演讲。萨德丹在一群人面前停住了，突然，他双手颤抖着，眼睛冒着炭火般的光亮，几乎喊叫着诵读了一首自己的诗。

“你们喜欢吗？”结束后他问同伴们。

“我很喜欢，”近卫军回答，“它让人热血沸腾。”

“振奋士兵们的斗志，正是我追求的，”萨德丹边说，边喝干了茴香酒，“多愁善感的诗人才喜欢整天为小鸟和天堂低吟浅唱。我呢，我想要的，是为伟大的皇帝效力。战争的地狱，就是我的天堂！”

他们已不清楚自己身处何方。四周被一个人数众多的军团占据，这些人说着各种方言，他们完全听不懂。

“高加索的军队。”切雷比低声说。

“什么？大声点！”萨德丹叫道。

“我们回去吧，”占星官说，“我们这样走得够远了。”

他们往回走，在人群拥挤中艰难地走着。篝火周围，老兵在给年轻的新入伍军人讲述战争片段和丰功伟绩。

在一个大帐篷的昏暗阴影下，几个人躺在地上，完全不理会眼前的一片混沌。他们把头安放在短小的斧头上，唱着同一曲哀伤婉转的旋律。史官第二次听到这首曲子了。显然，这曲子是新近谱成的，最先出现在帝国的边境，那里盛产最悲伤的歌调。他转向这首民歌传来的方向，但是士兵们的脸深陷在阴影里。鼓声隆隆，人声鼎沸，他听不清唱词。离去时，他却抓住了一些零散的音符：

“噢，命运，命运，被诅咒的命运……”

很长一段时间里，他们在喧闹声中漫无目的地游荡，有一句没一句地搭着话，各怀心事。

“你听！好像是祭司在谈论那个地区的女人。”近卫军拉着诗人说。他们放慢了脚步。他说对了，一名教长正讲到阿尔巴尼亚女人，声震如雷。此人正是他们不久之前听到谈论旗帜的那位。

“我们要把这些女人和女孩身上下流的白衣服脱掉，让她们穿上尊贵的被安拉祝圣的黑色斗篷。我们要用面纱遮住她们的脸，以及她们充满邪恶的眼睛，那眼睛放肆地盯着男人，厚颜无耻地回应着男人们的注目。”

图兹·奥克恰心头还萦绕着萨德丹对这些女人腹部的描述。他感到一阵前所未有的炽热的情欲。显然，比起其他任何事物，战争的临近激起了他对感官愉悦的渴望。

“眼睛，就像毛发一样，是女人身上最淫荡、最令人销魂的东西，”教长嘶哑着声音补充道，“女人暴露的眼睛比光着的身子更让人想入非非……”

不知道为什么，图兹·奥克恰觉得自己几乎快要落下泪来。他长这么大，还没像在这场集会中一样，听到过这么多色情的话。但是，萨德丹的话对他的触动最深。

“……清除她们的野蛮陋习，将我们伟大的习俗授予她们，她们走上邪路的灵魂就能被引向正道，然后，就轮到她们的身体了……”

加尼沙里新兵又一次想要哭泣。他几乎扑倒在萨德丹的手臂上，问道：“燕巢会变成什么样？”这个微曲的黑色旋涡，此刻吸噬着他的所有思想。

“无动于衷。”萨德丹嘴贴着加尼沙里新兵的耳朵说道。

“什么？”

“习俗的替换……慢慢地，年复一年，他们的传统会像苹果树的花一样凋落。他们会适应我们的习俗，他们如此习惯，如果哪一天，真主不允许了，我们离开了这些地方，他们也会很难与这些习俗割裂。”

诗人一直在自言自语。他声音洪亮动听，但是，由于喧闹和军鼓的轰隆，图兹·奥克恰听得不是很真切。苦行僧们的脸时明时暗。士兵们跟着了魔似的，随着鼓乐的节奏拍打着双手，同时附和着舞者的尖叫。

数不清的舞者扑倒在地上，只有其中一小部分直起上半身，然后喘息着拖拽着臀部前行。其他人像强直性昏厥发作，趴在地上一动不动。一些士兵汗流浃背，低声抽泣。其他士兵则四处乱窜。

“多么美妙的夜晚！”萨德丹说，心醉神迷，最后一次把空酒壶凑到了嘴边，然后把它扔在了人群脚边。

袭击前晚，我们被迫面对的一切，比任何战争，甚至所有的屠杀都更令人胆战心惊。夜暮时分，听到他们的军鼓敲响的时候，我们以为他们会不顾当时的战争公约，发起一场夜袭。但很快，我们明白，攻城事宜准备就绪后，他们就开始费尽心机鼓舞士气了。

一阵鼓点之后，我们面前的表演变得难以忍受了。无论是代代流传的旧时的酒神节欢宴，还是我们自己村落狂欢节的夜晚，都不能跟眼前的荒唐相比。尖叫、吵嚷、祷告、舞蹈、献祭，还有我们后来得知的表演：被砍下的人头发疯似的咒骂、士兵们模仿猫头鹰的叫声、鼓声隆隆，所有这些，都像毒气一样朝我们扑来。

月光既使他们不快，又让他们迷醉。亚洲盘踞在我们脚下，它的神秘和野蛮、壕沟和黑暗正准备把我们全部吞没。

城墙脚下吹来一阵恶臭。我们感到心灰意冷，在圣母像前的祈祷无济于事。教堂顶上立着的十字架在我们看来，也因恐惧而显得苍白。但是，恐惧丝毫没有削弱我们战斗到底的决心。相反，我们更加坚信，死亡比我们脚下的阴暗和险恶来得更温和。

我们忧虑重重还有另一个原因：他们人数众多。把他们比作沙滩上的沙粒都不为过。而他们还在竭力扩张帝国的疆土，好让太阳永远不落。也就是说，日夜能永久地同时出现在它的疆域里。他们认为当这成为现实的时候（当他们“把黄雌虎和黑母狼拴在同一条铁链上时”），他们也就统治了时间。

那就会是真正的世界末日了。诚如我们所说的，上帝是不会愿意看到这一天到来的。

快到午夜时，喧闹声停止了，接着是一片死寂。

天还未亮明，东塔楼发出了警报。哨兵觉察到了炮口处的可疑动静，以及火把的亮光。按照指令，我们的士兵匆忙地离开了住所，聚集到地下防空壕。在那里，我们极尽虔诚地祈祷着耶稣基督和圣母，直到一声可怖的轰隆声，震得天地欲裂。不久，一阵猛烈的爆炸晃动了大地。有人喊道："新式武器！"回应他的是一片叫嚷声。接着，我们听见急促的脚步声，朝着天晓得是哪个地方奔去。

战争开始了。

第四章

建筑师加乌尔膝盖上铺着城池的地图，手指着某一处确切的所在。

“应该再轰炸左边的城墙，主城门，希望，大缺口，在这边。”

帕夏转向他的营地副官，做了一个不耐烦的手势。建筑师的说话方式平时就已经让他头痛不已，在轰隆隆的炮声中，更是让他难以忍受。

“他认为，应该再轰炸主城门左边的城墙，”营地副官低声翻译道，“他希望几发精确的轰击能打开一个大缺口。”

“把工程师叫过来。”帕夏命令道。

他的一个副官飞奔而去。

帕夏神情严肃地观察着城墙。多处雉堞已经被摧毁了。城墙上的大裂缝也清晰可见，但是他对此并不满意。他对这几门大炮寄予厚望。他又一次从建筑师手中接过地图，检查用红笔标出的点。实际上，圆炮弹已经精确地打在了目标地点。每次爆炸过后，帕夏都仰头注视着被击中的城墙，期盼着能出现一个前所未有的巨大缺口。已经下午了。攻城应该在几个小时后进行。

他把地图还给建筑师，一边示意自己不想听任何评论。他怀疑建筑师是否计算有误，此外他还怀疑他是异教徒[1]的卧底。这种猜疑，甚至毫无来由，而仅仅是由他的名字引起的。事实上，他为此曾被逮捕过三次，但是，显然，人们随随便便就把他无罪释放了，就像之前随随便便抓了他一样。这和那些挖空心思拼凑出来的指控不一样，一旦罪名成立，就很难洗脱。他那三次则不然，他不仅洗清了罪名，还在重获自由后地位陡升。

几位军委会成员站在帕夏和建筑师身后，他们一言不发，都望向他们首领视线的方向。

工程师到了，嘴里嘟嘟囔囔地咒骂着，来的还有他的助手。他走近后，所有人都注意到他前额的头发烧焦了。他的助手则印堂发黑。

“工程师，”图尔桑帕夏问道，甚至没有转过头看他一眼，“我们从早上开始等的缺口在哪儿？”

“在那边啊。”萨鲁加边说边伸出手指向城墙。

站在被桑扎克贝伊们簇拥着的统帅身后，军需总管咬着嘴唇，忍住不笑。帕夏猛地转过他那棱角分明的脸。

“我看不到！”他吼叫道。

萨鲁加擦了擦额头。

“我是按照指令射击的，”他激烈地反驳道，“我的大炮都打在

① 异教徒：法语拼写为“giaour”，与建筑师加乌尔的名字 Giaour 拼写一致。

了该打的位置。我们整整四天四夜没合眼了。我搞不懂您还要我做什么，帕夏。”

帕夏的视线在铸炮师及其助手疲劳的脸上停留了片刻，他注意到了萨鲁加额头前烧焦的头发。

“我等着破城。”他语气稍稍缓和了一些。

“您不能光指望我，帕夏，您也可以问问他啊。”他指着建筑师反驳道。

建筑师看着这两人，神情冷漠，一副置身事外的样子。

“应该再轰炸左边城墙门……”他用单调的语调絮叨着。

“够了，”帕夏打断道，“你们自己解决。我只要看到城墙上的缺口。”

军需总管向前一步。

“帕夏，”他用谄媚的声调说道，眼角留意着统帅手中地图在微微颤抖，“您不要忘记，最大的缺口，就是今天我们的大炮在这些不幸的反抗者心里打开的缺口。”

帕夏长叹了一口气。他疲惫的眼睛无数次凝视着辽阔的平原，不计其数的将士在那里摆好了攻城的阵势。信使们骑着马来来往往。到处是成堆的粗绳、云梯、笨重的铁杆、盔甲、藤编的栅栏和羊头撞锤。卡拉-穆克比尔骑着马赶到，向帕夏报完信后，又匆忙离开了。萨鲁加和助手与建筑师短暂交谈后也离开了。

“为什么听不到第二门大炮的声音了？”帕夏问道，一动不动。

所有人都耸耸肩。一名待命的随从骑上马，向炮台飞奔而去。

云团状的尘土在城墙上方飘浮着。雉堞上空无一人。据一位专治神经官能症的医生预测，这轮疯狂的轰炸后，被围困在城墙里的人就像受了脑震荡。每一声炮响，帕夏都仿佛看到投降的白旗从尘土中升起。虽然这只是不切实际的幻想，他却不愿放弃这个念头。

打听消息的随从回来了。

“第二门大炮三次没击中目标，炮兵们正在想办法搞清原因。”他报告说，还未及下马。

“那门炮肯定中邪了！”穆夫提凑到帕夏耳旁，大声说道。

也就是说，按历来的军事传统，那门中邪的大炮应受鞭刑。帕夏觉得这刑法并不高明，但他还是下令惩处大炮鞭刑。

随从急忙去传达命令。

商定好的攻城时间就要到了。帕夏一言不发，默默走进营帐稍事休息。

军需总管趁此空隙，从那群桑扎克贝伊中抽身出来，向炮台走去。他走几步，便发现了切雷比，此人照例候在帕夏的营帐旁，满心希望为自己的史书搜罗资料。

“我们去看看工程师吧，梅弗拉。”军需总管对史官说。

史官显得很高兴，他跟在军需总管身后，没有说话。军需总管很担心他的朋友萨鲁加，帕夏的命令肯定会惹恼建筑师，他应该尽快赶过去劝解。

“我今天无事可做，”军需总管说，“可我想上战场。我猜你也是，对吗？成败就在今天了：‘名垂青史的日子’可不是嘴上说说的！”

史官不知道该怎么回答，他尽力张嘴笑着。长时间的僵笑后，他的嘴更像是做出了一副痛苦的怪相，可他对此无能为力。

当他们到达哨兵看守的炮台时，大炮已经开始受鞭刑了。两名力大无比的黑奴，光着上身，抽打还在冒烟的巨大炮筒。萨鲁加的助手和一些副炮手躺在炮架下，敲敲打打，修理一个出故障的部件。铸炮师站在几步开外，嘟嘟囔囔地咒骂着。

“你们看到了吧？”他指着大炮吼道，怒气冲冲，“不要忘了在你的史书上记下这荒唐至极的刑罚。”他又转向切雷比说。

“冷静点，”军需总管对他说道，“这种事谁也躲不掉。”

萨鲁加发疯似的大笑起来。

“总有一天，这些蠢货会把我逼疯的。”他叹息着，手按住额头，然后又自言自语，“我这是栽在什么地方了啊，妈啊？真倒霉，我该怎么对付这帮傻蛋啊？”

军需总管满怀关切地注视着他：

“冷静！”他重复道，用手拍了拍工程师的肩膀，然后又补充道，“我们离这儿远点。待在这里危险。”

他们往外走了几步。向炮台栅栏外望去，史官注意到两名年轻的志愿军团士兵躺在草地上。他们专注地观察着炮口，交谈着，还不时地用尖石子儿在地上画着一些符号。其中一个士兵长着一头红棕色头发。

“这两个士兵好奇心很强，”萨鲁加注意到军需总管疑惑的神情，解释道，“他们几乎每天都过来，待在同一个地方，盯着这些大炮看个没完。或许他们梦想着有一天也能铸造这样的大炮吧。”

“你什么时候把头发烧着了？”军需总管问他。

“第一次开炮的时候，”工程师回答道，一只手不自觉地摁在发黑的额头上，“我没有及时远离炮口。”

“你要当心啊！”

就在这时，大炮发射了一枚最大的炮弹。大地晃动得像地震一般。军需总管和史官捂住耳朵，萨鲁加眼里闪烁着自豪的光芒。

“连天空和大地都为之震动。”他说。

“是的，”军需总管慢悠悠地回答道，“萨鲁加，你所做的事是伟大的，后人会记得你的名字。”

“记起我的好还是我的坏？”萨鲁加带着一丝狡黠追问道。

军需总管笑着。

“管它呢，这世界没有绝对的好与坏。”

萨鲁加的助手和主瞄准手朝他们走来。

“大炮修好了。”瞄准手从远处喊道。

“那就开炮。”萨鲁加命令道。

助手往回走，慢慢地移动着他那细长的双腿。

“他天资过人，”萨鲁加语调疲乏地说，“有些事他甚至比我还在行。我相信他有一天会成为一个伟大的发明家。”

“萨鲁加，你心胸广阔，”军需总管说道，“从来没有嫉妒之心。不管怎么说，今天这些摧毁地平线的武器是你的杰作。”

大炮轰鸣。他们又一次捂住耳朵。工程师视线追随着炮弹的轨迹，炮弹打在了城门左边的位置，石块和尘土立刻崩裂开来。

“你想过怎么描写这大炮的轰鸣声吗？”他问切雷比，史官感到一时词穷。

“我正在琢磨呢。我要极尽忠实地描写这声音，但是要表现如此可怖的炮弹爆裂的巨响，语言是苍白无力的。”

铸炮师笑了。

“当然，”他说，“大炮跟诗歌搭不上边。”

突然，隆隆的军鼓声四起。

“攻城的时间就要到了。”

“我们先走了，”军需总管说道，“你肯定有很多事要做。”

“现在最危险的工作开始了，”铸炮师说，“我们要用射石炮射击了。发出的圆炮弹必须击中雉堞。如果出现一点点计算失误，炮弹都可能落在我们自己人身上。”

“一会儿见，萨鲁加！”

“一会儿见！”

他们很快走开了。

“跟我来，”军需总管对切雷比说，“我们去帕夏的营帐观战。”

“我不敢进帕夏的营帐。”

“你待在我身边，没人会说你的。”

大鼓不停地被击打着。大炮停止了射击，单调的鼓声显得庄严肃穆。它向四周传开，好像要淹没所有人。在营帐附近，他们看到了帕夏的白马，以及佩带武器的随从。这些随从身后，站着没有攻城任务的军委会成员。其中有阿拉贝伊和居尔蒂基。远处，一大群副官和传令官在马背上待命。帕夏盯着城墙的高处，那里空无一人。他又转过身来，望向太阳。太阳刚开始下山。

“帕夏，”身后传来一个谄媚的声音，“时间到了。”

图尔桑帕夏举起右手。穆夫提撇开随行人员，独自往前走了几步。他手里捧着一本烫金封面的《古兰经》，低声说：“以真主的名义！”然后，他打开书，头俯在圣书上。他这样一动不动地待了一会儿后，又突然抬起头来，这时，所有人都能看到他眼里闪着喜悦的光芒。

“感谢真主安拉！我刚刚翻到了这一页：‘胜利必属伊斯兰士兵。’”

“把这个好兆头传开去。”军队统帅冷冷地说道。

信使们向四面八方散开去。

军鼓沉默了。接着是一片死寂，仿佛营地顷刻沉睡了。

帕夏再次举起手。他无名指上的大红宝石在阳光下闪了一下。在他身后，有人在低声说着什么。先是听见一面军旗飒飒作响，突然间，数以百计的军鼓和铜锣一齐轰鸣，夹杂着风笛、号角和小号刺耳的声音，以及向安拉和皇帝祈祷、鼓舞士气和指挥作战的声音。志愿军团打头阵，士兵们在风中挥舞着标枪和军旗。弓箭手们紧随其后，他们的任务是在进攻期间袭击城墙上守卫的敌人。接着，一望无际的特遣兵纵队开始行进，他们的斧头和盾牌在阳光下闪闪发光。绳索、云梯、栅栏、盾牌、长柄叉、插桩、各种名字与公山羊和蝎子有关的器具，还有一些叫不上名字的，在士兵们形成的人海中漂浮着，犹如沉船的残骸一样。

埃斯金基兵团缓慢地行进，到达了特遣兵纵队腾出的位置，等待着轮到他们进攻的时刻。他们背上的箭筒向四面反射着太阳光。远处，威严而庞大的加尼沙里新军按兵不动。志愿军正向城墙大门前的壕沟靠近。帕夏继续死死地盯住看似空无一人的雉堞。他仍在期望着城墙射击口没有防卫兵把守，尽管他明白这个念头荒谬至极。此时，志愿军已经到达了护城河。第一批蜂拥渡河的士兵，化成一波激流，填满了护城河。他们像被卷进了漩涡。从远处看，这情景胜似一场梦魇。突然，帕夏觉得前线静下来了，士兵们行进速度放慢了，照他说，甚至是慢得有点离谱。他们此时要攀爬上对面的河堤斜坡，但是他们举步维艰，始终没能到达对岸。终于有一名士兵翻过了河堤，接着是第二个。突然，帕夏听到一声响动，就像一阵远处传来的微风拂动下树叶窸窸窣窣的声音。原来弓箭手们向雉堞发起了第一轮攻击。他们比帕夏早觉察到敌人的出现。帕夏双眼紧闭，静立了好一会儿，太阳穴的跳动让他感到头晕目眩。睁开眼，他看到成功到达对岸的志愿军向城墙冲去。这时，四枚射石炮轮流轰鸣着，圆炮弹落在了城墙的内侧。“攻城！攻城”的呼喊声此起彼伏。不计其数的阿扎普步兵朝前线涌去。壕沟瞬时被填满了，抹平了。士兵又蜂拥而出，举着盾牌向城墙冲去。一部分冲向大门，另一部分则冲向大门左边的巨大缺口。圆炮弹又开始轰鸣了。军鼓、铜锣和小号的嘈杂声震耳欲聋。在壕沟所在位置，准备进攻的士兵扛着摇摇晃晃的云梯。他们已经把第一架云梯架在了城墙上。这架梯子很短。士兵们又搬来另一架高大的云梯，它慢慢地升起，垂直地悬在空中，仿佛被士兵酣战的场面惊呆了，它直立着停了好一会儿，才被架在墙上。城墙脚下，阿扎普步兵们调整着云梯，手忙脚乱，梯子失去平衡，打滑了，它先是微微倾斜，最终翻倒在了挤挤挨挨的士兵身上。此时，许多城墙缺口处都被架上了云梯。那架高大的云梯又一次被竖了起来，看似某个庞然大物瘦长的脖子。这一次，它被成功地架在了墙上。成百上千的弓箭手不停地向云梯顶端附近射击。一群阿扎普步兵开始爬云梯，一些士兵摔了下来，大多数继续攀爬。第二架高大的云梯在二十步开外的地方架了起来，还有一群人伸直手臂抬着另两架云梯。第一批进攻的士兵到达了城墙高处。成千上万的箭从他们头上飞过，射向被围困在城中的敌人。一名士兵冲在最前面，紧紧抓住一方雉堞的棱角。他往上爬着，然后胸口贴在石块上，不动弹了，他就像突然晕倒了一样。

“他双手被砍断了。”军需总管低声说道，视线没有离开在空中坠落的躯体。

第二个士兵还没来得及伸出手臂，就被劈成了两半。跟在他身后的士兵跨过尸体，动作灵活得像一只猫，越过城墙。

一名土耳其士兵终于爬上了堡垒。图尔桑帕夏闭上眼睛。不要退后啊，战士！他在心里默念着。他马上意识到自己应该向安拉祈祷。尽管如此，他脑子里还是机械地重复着：坚持住，战士！千万不要退后！

当他再睁开眼时，又有两名士兵翻过了雉堞。其中一个被打退了，另一个从城墙上坠落，拉下了一名防卫兵。此时，为防止伤到自己人，弓箭手们不再射击。而守城者则趁机突然出现，十多人一群。图尔桑帕夏觉得他们的长枪比一般的要长。换了其他时候，他可能会询问这件新式武器叫什么，在哪儿铸造的，但此刻他的好奇心烟消云散。

“快，叫埃斯金基民兵团进攻！”他大声命令道。

接着，他目送传达军令的信使骑着马离去。

埃斯金基民兵团的喧闹声不断地从东塔楼传来。一开始帕夏以为自己从中听出了塔汉卡的叫嚷，可他随后便意识到是自己耳鸣了。

此时，搭好的十多架云梯上或密或疏地爬满了人。一些阵亡的士兵尸体还悬在梯子上，姿势很奇怪。

“看看这些悬着的尸体，”军需总管对史官说，“木匠们做工太马虎，很多钉子都没有钉好。”

切雷比听着，吓得目瞪口呆。

士兵们在东塔楼的进攻越发激烈。或许头盔上装饰的蝙蝠翅膀有助于他们攀爬。一架爬满士兵的云梯翻倒了，人们立刻在原来的位置竖起另一架。

“听过塔汉卡在战场叫嚷的人都说，世上没有比他的叫嚷更恐怖的了。”军需总管补充道。

“啊！这些恶魔！”有人附和道，帕夏则一言不发。

这时，从城墙飞下几个发光的物体，形似彗星，一个接一个地落在攻城的士兵身上。

“恶魔燃烧弹！”有人低声说道。切雷比心想，这个说法值得载入史册。“恶魔燃烧弹！”他一遍遍重复着，生怕忘记。

这些看似彗星的东西不断从雉堞上飞落，城墙脚下，成群的士兵骚动着，就像翻滚的海浪。

“这东西是烂布条扎成的球状物，它们浸透了混合着硫、蜡和油的树脂，”军需主管向史官解释道，“被这东西烧伤，疤痕一辈子都消不掉。”

史官对此很了解，很多其他的事他也了如指掌，他经常装作不知情，是为了不扫军需主管的兴，他这位杰出的朋友总是乐意充当解说员。

“一辈子。”他重重地皱着眉头，重复道。

军需总管捋起左手的宽大衣袖，露出前臂。史官忍不住做了个鬼脸。

此时，一些梯子上空无一人。其他的梯子上，将士们继续攀爬着，他们晃动着举在头顶的盾牌。墙脚下，士兵们冲进巨大的藤栅栏躲避，等待轮到他们进攻的时刻。城墙上方，到处都在混战。两架大云梯多处着火，另一架被拦腰折断。然而，梯子的数量却在不断地增加。

一名信使骑马疾驰而至。

“布尔卓巴阵亡了!”他从远处喊道。

没人说话。

射石炮发射的圆炮弹不停地在敌人头顶轰鸣。炮弹继续打在了城池内部，但至关重要的是轰炸雉堞。

“如果萨鲁加能击中雉堞，他就是个天才，”军需总管说道，“但是他十分谨慎，他有他的道理。一两米的失误，都会让我们的士兵被炸成肉酱。”

一发圆炮弹正好击中了雉堞。一队准备迎战新一轮进攻者的护城兵，被炸得片甲不留。他们碎裂的尸体和炸飞的大石块四处散落。

“干得好!”有人在帕夏身后欢呼。

被圆炮弹击中的雉堞，几乎被夷为平地，好一会儿无人防守。阿扎普步兵们趁机加速前进，迅速占领了巡逻线路。其中有一人挥舞着军旗。欢呼声在一片喧闹中升起。旗帜飘扬了一会儿，但是紧接着周围有了动静，长长的黑色标枪突然冒了出来，接着又是一场混战，军旗就这样消失了，像被卷进了一阵旋涡。

其间，城墙大门左边，不计其数的士兵向大缺口涌去。一些人爬上高大的云梯，其他人为了躲避滚烫的柏油和树脂火球，朝栅栏奔去。数不清的阿扎普步兵身上着了火，双手举在空中，奔跑着，像极了大火把。其中一些在地上打滚，想要扑灭吞噬他们的火焰。还有人像疯子一样在人群中蹿动，吓得人们避之不及。这些人匍匐着爬一小段路，又站立起来，然后又摔倒在地，再爬一段路。他们呻吟着，最终只留下一声惨叫。烟雾在这些尸体上萦绕，好似魂灵与肉体难以分离。

切雷比正冥思苦想怎样形象地表现士兵们被火吞噬的场景。他想把他们比作围着火堆打转的飞蛾。可又觉得“蛾”不合适，它无法展现战士们的激情和英勇。但是，他脑中只有飞蛾扑火的画面，而且，如果用伊斯兰蜡烛象征神圣的战争之火——这种比喻是有据可考的——那么，“蛾”也许是恰当的。他可以称呼这些士兵为“圣烛之蛾”。

突然，一声可怕的轰鸣震得大地微颤，他的思绪猛然被打断了。帕夏和他的随从都转向了轰鸣声传来的方向。炮台附近出了意外，一阵黑烟从那里升起。一名军官骑马朝炮台疾驰而去。

帕夏身后，众人压低声音七嘴八舌地交谈着。

没过多久，打探消息的军官回来了。

“一门射石炮爆炸了，”他报告说，“数人死亡，多人受伤。”

“铸炮师呢？”

“他没事。”

帕夏又转过身来，望向城池。众人屏气凝神，不敢出声。

帕夏下令让新军团参战。他注视着波斯人和高加索人军团向城墙进发，看到最前线的阿扎普步兵团和埃斯金基民兵团（志愿军多数还未到达那里），他认为此时命令精英达基里奇冲锋队出征还为时过早，他通常让冲锋队跟在加尼沙里新军后面。

城墙上的混战在持续。架在雉堞或城墙缺口上的大小云梯已经数以百计了。脚下熙熙攘攘的士兵，其中一部分被云梯吸住，向顶端爬去。这些伤痕累累、血肉模糊的士兵，一翻过护墙，或是一冲进缺口，就把盾牌扔掉，那盾牌上流着滚烫的柏油和蜡，士兵们开始挥舞手中的斧子和剑，盾牌砸落在别的士兵头上，他们叫嚷着躲闪。

“他们还在爬墙，”军需总管说，神情若有所思，他的语气好像在说“他们翻过城墙又有什么用呢”，“我觉得我们完全是在吃败仗。”他低声补充道。

“吃败仗。”史官默念着。这三个字真让人毛骨悚然，让人感觉卡在喉咙里。

埃斯金基民兵团仍在城墙边奋力顽抗。他们中很多人从翻倒的云梯上摔下，但这并未削减其他人冲锋陷阵的气势。他们的红色头巾看似在战前就沾满血迹了。

城墙大门附近，正在进行最激烈的进攻。将士们聚集在此，一阵可怕的喧嚣中，一间木质的防火棚迅速被搭建起来。阿扎普步兵们向屋顶扔湿透的公山羊皮，以防木棚着火。士兵们立即在木棚下集结，他们推动一个巨大的羊头撞锤，企图把门撞开，同时，坑道兵和工程兵拿起笨重的金属棍棒，敲打着大门铰链。

又一名信使骑马从战场赶来，风尘仆仆。

“贝格贝伊博泽库托格鲁死了！”他大声叫道。

没有人作任何评论，尽管所有的人都惊讶信使用了“死”这个词而不是“阵亡”。这显然是个土耳其语很蹩脚的卡尔梅克人。

“等等！”信使掉转马头后，图尔桑帕夏叫住了他，“再说一遍。”

“贝格贝伊博泽库托格鲁死了！”信使用尽全力喊道，“中风……”过了一会儿，他补充道。

“心脏骤停，”军需总管低声说，“愿他安息！”

三门射石炮一直不停地发射，圆炮弹继续打在城墙内部，但此时，受伤和着火的士兵的呼喊声如此惨烈，甚至观战平台处都听得清楚。太阳已经开始倾斜了。帕夏盯着他庞大却杂乱无章的军队。这支军队像一个活生生跳动着的器官，城池则是血淋淋的肉体。被烧焦的人肉的气味令人心生畏惧。

一名骑士朝他们飞奔而来。百米开外，帕夏就认出了来人。他是卡拉-穆克比尔。他一只手勒住缰绳，一只手压住血流不止的脸颊。

“我的阿扎普步兵大半战死了，”他叫道，并未下马，“加尼沙里新军在干什么？”他声音嘶哑而生硬。

图尔桑帕夏神情严肃地注视着他，伸手指向城墙。

“你应该在那里，卡拉-穆克比尔。”他说。

卡拉-穆克比尔差点开口反驳，他拉紧缰绳，重新用手按住受伤的脸，猛地，他拉住马猛地打了个转，朝来时的方向飞奔而去，他的随从紧跟其后。

帕夏做了个手势。一名营地副官上前听令。

“下令加尼沙里新军出击。”他说道，一动不动。

不久，这支精英编队向城墙进发。开始，行军速度很慢，然后越来越快。他们高声呼叫。靠近壕沟时，士兵们跑步冲向前方，一边挥舞着他们的标枪和各种武器。

军鼓和定音鼓的喧嚣达到了极致。加尼沙里新军迅速越过了护城河，此时，河里已填满了阿扎普步兵和志愿军的尸体。上岸后的加尼沙里新军就像一大块铁石裂成两半，一半向城墙冲去，另一半向大门拥去。他们向安拉和皇帝的祈祷有一阵盖过了战场的喧嚣。他们没有在城墙前停留，直接穿过阿扎普步兵的编队，毫不畏惧箭雨和火势逼人的树脂圆球，熊熊的火光落在将士们的肩膀和头盔上，就像一场火雨。加尼沙里新军开始迅速地攀爬云梯，云梯此时已空了大半，蒙上了黑色的炭灰和柏油。所有观战的人都在焦急地等待加尼沙里新军到达雉堞的那一刻。第一批加尼沙里新军像野猫一样灵活地行动着。这时，门洞旁的卫兵突然增加了不少。加尼沙里新军有序地、不停地往上爬。有几架梯子着了火，将士们加速攀爬，赶在云梯被火势吞没之前，到达城墙高处。一些阿扎普步兵迅速地把烧毁的云梯换成新的，刚搭好的云梯瞬间爬满了加尼沙里新军。搭建在大门前的防火棚屋顶不时有燃烧的尸体落下，另一部分阿扎普步兵则负责清理这些尸体。尽管已被浸湿的兽皮盖住，防火棚还是多次着火，阿扎普步兵们成功地把火扑灭了。四处响起了“大门！大门”的呼喊声。昏暗的大门上柏油不住地往下流淌，仿佛城门淌下了黑色的泪水。吊诡的是，尽管撞锤看似无法抵挡，城门依然顽强抵抗着这个妖魔的攻击。士兵们奋力敲打着铰链，一片嘈杂。铁羊头撞锤巨大的冲击声和士兵们的吆喝此起彼伏。伴随着一声悠长的响动，城门被撼动了。还未等城门被撞毁，最前线的加尼沙里新军就穿过城门裂口，其他士兵紧随其后，向城内拥去，他们意气风发，行进之勇猛，好似笨重的城门被瞬间推倒，就像一张薄薄的铁皮一样。

帕夏身后，所有的人都在低声祈祷。他们本意显露出高涨的情绪，但统帅肃穆的身影像是在警告他们压低声音。只有建筑师绝望地叫着：

“不要越过那边城门，危险陷阱，不要进城门，快，撤回！”

“他在叫嚷些什么啊，这个乌鸦嘴。”有人说道。

帕夏懂他在说什么。他知道正门后有一片狭窄的、呈梯形状的空地，空地尽头是第二扇城门，它比起正门稍小，却同样坚固。他还知道他的部下会在那儿成为瓮中之鳖，他们会全军覆没。但眼前近卫军正以不可阻挡之势拥向城门，帕夏心里燃起了一丝希望，也许，加尼沙里新军能创造奇迹。成百上千的加尼沙里新军不断地拥入空地。没有人能看见里面发生了什么。人们只听见从城内升起的惨叫和惨叫沉闷的回响，这些喊叫的回声异常诡谲，或许得归咎于空地四周的围墙。

又一位信使骑马而至，扬起漫天尘土。

“哈塔伊阵亡了！”他说道，说完便跟其他的信使一样，掉转马头，消失在来时的方向。

图尔桑帕夏明白，一决胜负的时刻到了。他必须加紧对整条城墙线上的进攻，好使更多在瓮城防守的敌军分散出来应战。在那里奋战的加尼沙里新军就像被捕鼠器夹住的老鼠，这是唯一能帮加尼沙里新军摆脱困境的方法。

“时间到了。”他几乎高声喊出这句话。每场战争都有这样的时刻，军队统帅的谋略，就在于他能否在混战中觉察出这个时刻。不能早，也不能晚，他默念道。他觉得自己头脑既清醒又模糊，这让他不寒而栗。

帕夏一口气下了数道军令。鞑靼人的精英部队向城墙进发，紧随其后的，是蒙古人和卡尔梅克人军团。这些军人只要看到石块就会怒气冲天，战争在他们看来不过是帐篷和城墙的交锋罢了。

有一段时间，刚加入混战的军团就像汇入大海的溪流，被战场吞没不见了。但没过多久，他们的军旗就飘舞在云梯高处了。

达基里奇冲锋队！帕夏感到话已到嘴边。他很清楚：只要他一声令下，达基里奇冲锋队就会像决堤之水，气势汹涌，横扫一切。在他眼里，战争有时就像一个建筑的结构，楼层连着楼屋、房梁、屋顶，直至屋脊。所有的事都不例外，最要紧的是遵守一定的顺序，兼顾进展和速度。

“达基里奇冲锋队！”他叫道，又在心里默念，愿圣书上所写成真！

达基里奇冲锋队参战后，帕夏修屋脊的材料就所剩无几了。

战事工程结束了。

达基里奇冲锋队向左右两边塔楼进发，他们的旗帜镶着厚厚的流苏，显得格外有分量，这也喻示着他们在车队里的地位。

帕夏望向落日。此时太阳在他正对面。他想到，不计其数的垂死者正盯着这凄凉的落日，去往另一个世界。

发黄的背甲，像极了虎皮，在城墙顶上浮现。再进一步，图尔桑帕夏默念道，再进一小步，噢，命运！

冲锋队之后，帕夏仅剩下一小队士兵待命——敢死队。他们是最后的希望：屋脊，封顶。

他犹豫了一会儿。之后呢？他思忖着。然后，他闭上眼睛，默默地祈祷：愿安拉保佑他们！最后，他语气低沉地发出命令："塞登杰斯特勒敢死队！第一和第二分队！"

随军史官简直不敢相信自己的耳朵。帕夏身后的人群一阵骚动。他们瞪大眼睛，就像见到外星生物一样，注视着在蓝色军旗下跑步前进的塞登杰斯特勒敢死队士兵。士兵们盾牌的饰章，和及膝的羽毛装饰都是天空的颜色。

切雷比哽咽了。塞登杰斯特勒敢死队成员已佩戴好圣物，好让万能的神在芸芸众生中不费劲就能挑中他们，带他们上天堂。

图尔桑帕夏觉得战场的喧嚣减弱了，而塞登杰斯特勒敢死队的军号异常响亮。他一直注视着敢死队前进，直到他们消失在等待援助的士兵中间。帕夏想象着一些士兵恭敬地为敢死队让路，另一些则不以为然："不过是徒有虚名！"

敢死队军团已经到达城墙脚下，开始爬云梯。“现在你该见识一下奥斯曼士兵的真本事了！”帕夏这话是对脑海里一个长着两个头的半人半鹰的怪物说的。帕夏情绪低落时，总觉得它就是阿尔巴尼亚的象征。

太阳下山了。人们感到攻城的硝烟在一阵阵激战之后，开始熄灭。城墙上方，防卫兵增加了不少。他们是从瓮城转移过来的，加尼沙里新军此时应付敌军会容易许多。老塔伏加没什么好抱怨的了，以后，他也不能再指责他偏袒军队的大公们了。

敢死队到达右边塔楼时，帕夏暗中注视着他们。他开始疑虑敢死队是否出征过早，但他还未有定论。他的视线转向城池正门。士兵们还在不断地拥入。人群上方浮着云梯、绳索和羊头撞锤。城墙脚下的士兵都应该知道敢死队到达了城墙上方。整个城池，从地基到屋脊，都被他的军队包围了。

帕夏精神高度紧张，期盼着不久能听见宣告第二扇城门被攻破的欢呼声。但是从瓮城传来的声音一成不变，单调乏味，就像一阵持久的雷声隆隆。他知道他的军队每分钟要损失上百人。他想象着幸存的士兵拖着战友的尸体，摆放在道路上，血淋淋的肉体铺成了地毯。尽管如此，他还期望着听到胜利的欢呼。涌进正门的巨浪多少给了他一丝希望。对，一定是这样。

帕夏开始观察城墙。此时，落日已经完全消失不见，在城墙上奋战的士兵越来越像幽灵。

他的视线又转移到正门处。

塞登杰斯特勒敢死队大部分士兵此时都已离开了人世。好啊，看到他们战死沙场，你们现在都满意了吧？帕夏暗自抱怨道。他已不知道当初让敢死队参战是出于必要，还是为了平息众人的妒意。

夜晚降临了，推倒的城门像极了火炉口。

“现在，那里就是地狱啊。”军需主管低声对史官说道。

切雷比早已吓得不轻。一阵阵风不时吹来燃烧的肉体的气味。

“得等过好几天，士兵们才愿意再吃肉，”军需主管接着说，“像这样的屠杀过后，总要经历这样的事。”

“安拉！”史官惊叫道。他暗自思索，军需主管如此关心军需供应，竟认为这场苦战有利于节省军需开支。

图尔桑帕夏双臂交叉，注视着平原。一名信使正在赶来，他帽檐压得很低，像是来宣布一则新的讣告，也许是塔伏加阵亡了。他身后又来了一名信使，没人知道他带来什么消息。但帕夏不需要任何消息，他知道进攻大势已去，再也不能发动新的进攻了。他感到战争最悲壮的时刻到了，云梯被烧焦，上面几乎空无一人，倒塌在四处，折断了，像是被截去了双腿。他不再看城墙废墟。院子里不停地传来低沉的响声，就像一口盛满沸水的大锅在翻腾。在帕夏看来，这扇通红的城门不仅通向城池、城墙和塔楼，整个世界都在此聚集。他的命运被挡在门外，一会儿蒙上阴沉的黑影，一会儿映照出血迹斑斑。

“天啊！”他自言自语道，“一片废墟，一场灾难！”

他就这样待了很久。

终于，他明白自己没有任何理由再徒抱幻想了，他下令撤军。

骑上马背，他感到自己的焦虑已被死寂般的麻木取代了。他没有向任何人告别，径直朝自己的营帐骑去。

军号吹响了撤退的乐调，号声拉得悠长，不时有简短的停顿，仿佛它们的喉咙被突然割开了。

“该死的堡垒!”一名桑扎克贝伊吼道，嗓音嘶哑。

这是他们第一次进攻。天知道接下来等待我们的命运是什么。

在一场可怕的炮轰之后，他们像是地震引起的海啸一样涌向城墙。尽管几个月来我们一直都在等着这一刻，但看到他们像熔化的铁水一样翻滚着涌过来，咆哮着，挥舞着武器、徽章和长期威胁我们的利器时，我们都觉得此生不会再看到太阳了。

在另一边，他们肯定认为这些可怕的轰鸣声会让我们的许多将士发疯。而事实上，我们头脑呆滞，处在半聋状态。就这样，我们登上城墙防守，他们则开始往上攀爬。第一个用剑去和土耳其弯刀交锋的是基翁·巴尔德齐，他的灵魂已经在圣母身旁安息。在附近看到这场决斗的人报告说两种兵器碰撞发出的声音不同寻常，好像钟声一样。然后是杀戮，有好几次，我们都以为我们要完蛋了，而我们的溃败会葬送整支军队，甚至整座城邦。

当敌人吹响撤退的军号时，我们双膝跪下，感谢拯救我们的上帝和好心的仙女。也只有在这个时候，我们才发现教堂已经被毁了一半，十字架倒在地上，好像是为我们挡了一劫。尽管如此，在废墟当中，虽然我们刚经历了战火、洒了热血，我们还是做了一场 Te Deum①，为阵亡的将士祈祷，愿他们安息。

夜幕已经降临了，那些离天地最近的人在忏悔和领圣体。因为我们没有地方安葬死者，明天我们将把他们的尸体火化，把骨灰装在瓮里，就像我们祖先所做的那样。

---

① Te Deum：感恩赞。

乔治王子在山顶上点了火给我们报信，但因为有云雾的遮挡，我们看到的信号并不真切。总之，今夜，我们已经不再是今晨的自己，对我们而言，有些东西已经永远改变了。我们用武器对付武器，用残酷对付残酷，用死亡对付死亡。他们喷射的鲜血常常溅在我们脸上，我们的鲜血也洒在敌人的身上。很多事情都无法用语言去表达、去形容，尤其是那些敢死队的死士，奋不顾身，知道自己无路可退，唯有一死，打起仗来像恶狼一样凶猛。但他们最终也倒在我们的刀刃下。

现在，他们的营地沉浸在一片寂静和黑暗之中。只听到他们板车的咕隆声，一直推到我们的瓮城来运尸体和伤员。第一辆板车上竖着一面白旗，不过就算没有这面白旗，我们也不会攻击这些板车；他们把尸体和伤员运走对我们有好处，这样腐烂产生的疫气就不会让我们感到窒息，也不会招来一群乌鸦搅得我们心神不宁。明天，我们或许会交换尸首，用他们还留在城墙上的士兵的尸体去换我们摔到城墙下的士兵的尸体。不过明天就已经是另一天了。今天，黑夜还没过去，打破寂静的只有四周不时传来的嘶哑的喘气声和烧毁的云梯倒塌的声音。

第五章

帕夏离开后，那群一直在他身后观战的桑扎克贝伊也散开了。只剩下军需总管和切雷比两人待在原地。夜幕降临了。城池被黑暗掩盖。自从撤退的军号吹响，柏油、煤油也不再从城墙高处泼下来，这座堡垒就跟被施了魔法一样，在夜色中隐匿了。鏖战时的呼喊和喧嚣退却了，此刻那低沉的嗡嗡声像是巨人的呢喃，又像一头巨兽，挪动着它的千万条手脚，不紧不慢地、不停地在地上磨蹭着。军队正在有序地撤退。

军需总管长叹了一口气：

“我们走吧，梅弗拉！”

史官跟在他身后，没有说话。他们沿着军营的中线走着。军需总管的话像幽灵一样挥之不去。营地被黑暗包围，静得出奇，大部分帐篷都还空着。

两人长久漫无目的地晃荡着。史官听见四处传来说话的声音，夹杂着催促人们加紧撤退的命令。两名骑马的传令官从他们身旁经过。数不清的板车嘎吱作响，不远处，传来踢踢踏踏的脚步声，成百上千的脚步声。

发生了什么？梅弗拉·切雷比心想。谁下的这道命令？难道一切还没有结束？

一名信使如风疾驰而过。再往前走，他们又听见马蹄嗒嗒的声音，接着是焦急的号令声。随军史官感到一种奇怪的感情在酝酿，和他的错愕之情纠缠在一起：对祖国强大的敬仰和隐隐的担忧。这些在黑夜里缜密的军令和行动不就见证了，即使是在这样危急的关头，他们也能掌控局势，统领军队。

车轮的嘎吱声越来越响。所有的板车前面都竖了个小火把。数百辆板车鱼贯而行，那微微颤抖的火光使人心情沉重。

一队士兵徒步跟在板车后面。切雷比惊奇地发现他们没有拿平时必备的标枪，而是拿着铲子和十字镐。

“这些坑道兵，”军需总管说，“他们要去挖坑，好掩埋死者。”

“葬礼今天晚上就开始？”

“已经下令了。看这情形，马上就会开始掩埋了，尽管天还黑着。”

不久又来了一队坑道兵。

“我们大概损失了多少人？”史官小心翼翼地问道。

军需总管心不在焉，没有立即回答，他在想，接下来的两三天里，欺诈、假账和其他形式的挪用公款的伎俩又会轮番上演。每天都有数千名伤员死去，这让军队编制变得很不稳定。所有人都晕头转向，心惊胆战，没有人能清楚地记住每个士兵死去的日子，以致这些天，将军们和各自军团的军需官勾结，谎报人数，甚至连德高望重的阿里·伊卜辛本人都不能分辨真伪。

“你说什么?”

“我们大概损失了多少人?”

军需总管思索着。

“从攻城的激烈程度和时长来看,”他冷冰冰地说道,像是在谈论一笔钱的数额,“我估计这场战争中,我方至少有三四千人丧生。”

又一队坑道兵经过。

“明天,我们能看到一份准确的报告。”军需总管补充道。过了一会儿,他接着说:“今天晚上,只有一件事是确信无疑的,我们损失惨重。”

军队已经回到营地了。道路、帐篷和楼阁逐渐填满了沉闷微弱的呼吸,成千上万的单调的脚步声,还有无穷无尽的呻吟。他们俩在一条小路旁站住,注视着在夜色中移动的无数的黑影。这时,月亮从地平线升起。它的清辉最先洒在城池的塔楼上,照亮了高高的城墙。不久,如同一团巨大的云雾,它覆盖万物,平原、营地、帐篷顶,还有他们自己。

士兵们来来往往。许多人扶着战友,把他们的手臂搭在自己肩上,还有人背着伤者。他们中大多数人低声呻吟着,不时发出凄厉的叫喊。月光下,人们很难分辨出血迹和柏油的污渍。这些伤痕累累的头颅和脊背上沾满了各种污渍,它们发出煤油的气味,烧焦的皮肤的气味和焦臭味。一些人一回到帐篷,就扑倒在地上,如同死人一般。一些伤势严重的，则被带到军队诊所医治。

军需总管放慢了脚步。史官猜想他正忙着在心里算计，他从军需总管的眼神中看到一丝微弱的、不祥的光，这眼神他以前也见过。

“一些军团大概损失了三分之一的编制。”

史官不知道该说些什么。

“还有的看似损失过半。”军需总管接着说道，眼睛一直紧盯着长长的队伍。切雷比认为经过的是达基里奇冲锋队。以前他从没见过这些编队，那时他们顶着百战不败的光环。经过这次惨败后，史官很难把他们从战火堆里爬出来的灰头土脸的模样跟他们出征前的英姿联系起来。

“塞登杰斯特勒敢死队！”军需总管语调怪异地喊道。

史官浑身战栗，像听见鬼怪嚷嚷一般。这怎么可能？他心想。他们只能带着战胜的荣耀回来。他们肯定会被处决的。

“在哪儿？”他气若游丝地问道。

军需总管早已伸出了手臂。他指着一辆板车。史官睁大眼睛。车上堆着数不清的旗帜，浅色的、天蓝色的。没有人跟在这辆车后。

梅弗拉·切雷比明白这情形的寓意了。死神的未婚夫——史书上这么称呼他们——信守了诺言：他们忠诚于誓言，最终投入死神的怀抱。板车推过，切雷比注意到这些军旗多处烧焦，沾满了血迹。他嗓子哽咽了，尽力忍住啜泣。

两人沉默了许久，注视着编队行进。他们在人群中发现了踽踽独行的占星官，他看起来一脸焦虑。史官本想叫住他，但看到军需总管眼里的轻蔑，他低下头，以免这位占星官和自己打招呼。他知道军需总管对占星官抱有敌意，不想看到他俩对峙。

一匹马在他们俩身后停住。

“加齐。”有人叫道。

他们转过身。来人是帕夏的一名信使。

“有什么事吗？”

“军委会马上要开会。您被传召了。”

信使恭敬地俯身致意，然后骑上马离开。

“梅弗拉，我要走了。你呢，你有什么打算？”

“我再走一会儿，然后回去休息。”

等军需总管一走远，史官就冲入人群去找占星官。他很乐意与高层保持联系，但在这样的夜晚，他需要跟亲密的朋友待在一起。与他们闲聊，不必字斟句酌，不用担心他们突然面露愠色，就像脸上写满了古代文字。梅弗拉·切雷比找到了占星官。

“怎么样？你最近好吗？你刚刚准备去哪儿？”

占星官心不在焉地打量着他。

“刚才我看到你了，”他对史官说，“但你跟军需总管在一起，我想他根本就不待见我。”

史官耸耸肩，像是在说：很有可能，但那又能怎样？

他们又闲逛了一会儿。

“昨晚我们过得多开心啊，”占星官说，“今晚，到处死气沉沉。”

“安拉没有给我们戴上胜利的桂冠。”

“但愿这场惨败不是安拉有意惩罚我们！”

“该死的堡垒！”

他们满怀悲伤地注视着军队行进，队列好似没有尽头。此刻经过他们面前的士兵显得格外沧桑。他们也许是负责搬运云梯和用羊头撞锤撞击正门的。

“看，那不是图兹吗，那个加尼沙里新兵！”占星官叫道。

年轻人抬起头。除了额头上的擦伤，他身上没有伤口，也没柏油的污渍。他搀扶着一个人。

“谢天谢地，你还活着！”史官大叫道。“这个不幸的人没事吧？”他盯着伤者问道，这人眼睛缠着一小段头巾。他的脸被柏油涂黑，头发全烧焦了。“啊，安拉，这不是萨德丹吗？”他询问道，语调完全变了。

图兹·奥克恰点头致意。

“他失明了。眼睛被烧伤了。”

他们咬紧嘴唇。加尼沙里新兵继续说着，就当萨德丹听不见他们的谈话一样。

“我是在嘈杂的人群中偶然发现他的，他正向瓮城奔去，那会儿我们刚刚撞倒正门。”加尼沙里新兵解释道。他是最早一批越过正门的士兵之一。

他们无法把视线从这张缠着布条的脸上移开。

“后来我又在混战中看见了他，他一只手按着额头。那边简直就是地狱。所有人都撒腿飞奔，只有他在烟雾中兜圈子……”

加尼沙里新兵声音疲惫、嘶哑。一定是战斗时叫喊用嗓过度。

“我再次看到他时，他那只手还搭在额头上，另一只手像是在空气中找寻什么。他周围的人推推搡搡……”图兹·奥克恰长叹了一口气，“我刚说到哪儿了？”他低声问道。

“萨德丹四周挤满了人……你看见了他……”

“啊，对！人群推动着他，那时，他朝我这边挥着手，不知道为什么，我想起我的一个婶婶，她咒骂别人时，不会直接恶语相向地说‘咒你瞎眼’，而说‘你要瞎摸索，才能摸到墙壁’！那一刻，我猜到他身上发生了什么。”近卫军继续说着，语气平和，“我靠近他时，发现他脸上有熔化的柏油淌下来。我抓住他的手，费了九牛二虎之力，才把他拖出这地狱。”

萨德丹像一尊石像一样，呆立在那里。要不是他还站着，人们也许会把他当成死人。

“我要送他去就诊，”加尼沙里新兵说，“噢！他的眼睛没得救了，但或许可以稍微减轻他的痛苦！”

“我们陪你们过去。”

军队诊所的帐篷前一晚刚搭好，现在简直成了屠宰场。为了让污血和淋巴液流走，衣衫褴褛的士兵们被安置在倾斜的手术台上，一个紧挨着另一个。他们的呻吟和哀求此起彼伏：“兄弟，还是成全我吧！”“冲我胸口来一刀吧！”这些哀号不时被凶恶的斥责打断：“闭嘴，懦夫！”不远处，鲁梅利老妇人手忙脚乱地把一桶桶药浆倒在伤口上。这里的呻吟和号叫更加惨烈：“给我水，妈妈！”“杀了我吧！”“闭嘴！”“土耳其士兵才不会哭喊！”

史官感到一阵恶心。他转过头，不再看这些血肉模糊的躯体，但他胸口一阵阵发紧。

他们等了很久，才轮到诗人萨德丹。在简单的诊疗过程中，他没有发出一声喊叫、一丝呻吟。包扎完眼睛后，朋友们扶着他的双臂，把他送到了帐篷。他们让他躺下，他马上沉沉睡去。

他们走出帐篷，在无边无际的黑暗中晃荡了许久，沉默了许久。

“你到过那里，”史官说，伸出手臂指着掩映在黑暗中的城池，“跟我们说说。”

那个加尼沙里新兵看着他，面露惧色。他们等着他的回答；三人沉默着往前走了一小段路，他才又开口说话，像在自言自语：

“太可怕了。”

“什么可怕？”

“那里。”他说，一边伸出手臂，就像史官刚才做的那样。

“我想起了昨天晚上的美好。”占星官说。

士兵们的身影在四处游荡。没人大声说话。只有窃窃私语和躲闪。

“我忘不掉他的眼神，”图兹·奥克恰突然大叫道，“昨晚他说话的时候，他的眼睛多么闪亮！”

“他准备为这场战役写一篇伟大的诗文。”史官想到自己的职责时，突然说道。

“也许正是为了这个他才冲在最前线，为了见证攻陷城门的那一刻。”占星官解释道。

“真让人伤心啊，”切雷比说，“他不仅才华横溢，还是个无所畏惧的人。”

“天啊，昨天晚上他的眼睛多么明亮！”加尼沙里新兵低声重复道。

“对，”切雷比忧郁地回答道，“那双眼睛闪着光，就像预感到那是它们最后一次看这个世界。”

“虚假的世界。”占星官接话道。

“那眼睛发出的光芒，已被柏油永远地涂上了一层黑幕。”

昨晚谁提到过“黑幕”这个词？史官累了，头脑一片混乱。

占星官观察着星空。

“星象预言了些什么？”加尼沙里新兵问道。

从战场归来，加尼沙里新兵已不再拘谨，能自如地跟他们交谈，把他们当作老朋友。

“不祥的预兆！”占星官答道，“有一阵狂风不停地扰乱着星象。”

事实上，他发着烧，形销骨立，以至于在他眼里，群星正摇摇欲坠。“不要坠落，我的星星……”他以前在哪儿看到过这句话？他对这场战役寄予厚望。要是他的预测准确的话，回去后还能设法谋一个体面点儿的职位，甚至是一个显赫的位置。宫廷御用占星官，为什么不呢？这一战可是近年来最重要的一场出征。整个大帝国都把目光投向这些雾岚蒙蒙的山峦。他多么厌弃外省的生活！在那个泥泞的小镇，两年里，每个礼拜五被瓦里[①]发福的妻子叫去，测算阿卡希尔什么时候会有信来。他热爱都城那朝气蓬勃的日子、街道上的人群、层出不穷的新闻、时尚、女人。天空能给予他所有，同样也能拒绝他。“坚持住，我的星星……”当看到烧毁的云梯一架架倒塌在城墙脚，他好似看到自己的命运终结了。可怜鬼。整个下午，这个词就像一枚钉子一样钉在他的心口。

他脑海里回荡起各种咒语，他开始恐慌起来。

“图兹·奥克恰，你刚刚说过一句话？‘你要靠瞎摸索找墙壁？’我们那儿，咒语也不同。比如我们会说：‘愿你四肢冰凉！……’”

“这关我什么事？”另一个反问道，“这是些什么咒语啊？你为什么要让我知道？”

加尼沙里新兵的反驳开始夹杂着啜泣。史官抓住了占星官的胳膊。

“不要说了，”他在占星官耳旁低声说，“你没看见他不对劲

① 瓦里：奥斯曼帝国的行政长官，相当于省长。

了吗?”

“事实上，他需要治疗。或许比萨德丹更需要……”

在长途行军途中，梅弗拉·切雷比听说过军队有一支特殊的编队，由兼通医术和巫术的教士组成，负责疏导战后士兵的心理问题。以前，这些士兵会被处决，就跟那些怕上战场哭鼻子的人一个下场，但是，一年前，军队采取了更宽仁的政策。

“昨天晚上，我们还是四个人，”梅弗拉·切雷比说道，若有所思，“今天，只剩我们三个了。”

不远处，传来板车轱辘嘎吱嘎吱的声响。这跟不久前它们朝城墙开去的声音完全不一样，这是一种沉闷的、笨重的声音。可以想象它们负重而归。

“我们去看看他们怎么掩埋死者吧。”史官提议道。他们一言不发，走了很长一段路，赶上了板车的队伍。微弱的月光照在成堆的尸体上。其中一辆板车上，有一具尸体缓缓地滑落在地上。跟在它后边的车停下，有人捡起尸体，扔回板车上。

空车从对面开回来。它们要再去运一回。木板上沾满了红色或已经发黑的血迹。再看看地上，三人才发现这条路已经被血浸湿了。

“还好吗?你脸色煞白，”占星官对史官说，“要不我们回去吧?”

“不!我一定要参加这些亡灵的葬礼。我要把它写进我的书里。”

这是他们行进途中唯一的交谈。远处开始传来教长祈祷的声音，悠长又哀婉。这声音越来越清晰，此时已盖过了铲子和十字镐的声响。

当他们到达目的地时，坑道工早已挖好了三个巨大的方形的深坑。他们正在开挖另外四个。板车在方坑周围停下，一群医生慌慌张张地检查着尸体，然后扔进去。第一个坑已经满了，工兵开始填土。教长不停地俯身，抓起一把把土扔在这个快填上的大坟墓上。现在尸体在第二个方坑堆积。苦行僧们光着上半身，双手和前臂沾满了血，迅速敏捷地抓住尸体的手和脚，把他们扔进坑里。板车一辆接一辆被清空了。马儿们受到血腥味的刺激，不停地昂起头。教长继续念着祷文。医生时不时把一具具躯体放置在一边。这是还有生命迹象的活人，被人误堆在死人中间了。

占星官和图兹·奥克恰不时地转向他们的朋友，看他是否还愿意继续待在那里。他呢，史官明白至少在这些时刻，自己成了朋友们关心的对象，他一点也不着急走。

最终，还是他先起身往回走。其他两人紧跟在他身后。他们又穿过一片被血侵染的土地，板车在上面艰难地行驶着。一些车上只有一两具尸体，显然是军官。一辆板车上的火把正倒在死者的脑袋旁，小火苗在打翻的煤油上乱蹿。死者的轮廓被歪扭着映在发亮的白布上。他的脸浸在魔鬼的汗水般的煤油里，火苗在那里舞动。这张脸似乎面临着一个残酷的抉择，重获生机或是永远熄灭。

加尼沙里新兵抓住切雷比的衣袖。

“这个人会着火的!”他低声说道，“我的天啊，我确信他是我们新军的指挥官苏雷曼!”

实际上，煤油的火势已经快蔓延至躯体了，但史官强调对此没必要担忧，这不会造成多大的伤害。他又解释说，前人就是以火葬表示对死者的尊敬的。

图兹·奥克恰转过头来，不再看这场惨象。他相信尸体已经开始燃烧了。

“这又是什么声音?”占星官问道，“莫非是我的幻觉?”

“不。他们加强了夜间巡逻。”加尼沙里新兵回答。

向军营中心靠近，他们觉得笼罩着的焦虑气氛更加令人窒息。远处有几个身影游荡。两名骑士策马飞奔，他们的长袍上佩戴着信使的标志。

“很可能是斯坎德培发起了反击。”加尼沙里新兵解释道。

“你看，又增派了卫戍士兵。”占星官说。

“要对斯坎德培保持警惕啊,”占星官说，“尤其是夜袭。”

“晚上，一切都会更加可怕。”加尼沙里新兵回了一句。

“帕夏丝毫不输于斯坎德培,”史官打断他的话，“在都城，他是最勇猛的战士。”

“谢天谢地!”

这时，他们惊奇地发现，他们面前正是帕夏的营帐。

“会议还在开?”占星官问一名路过的信使。

这人起先不愿回答他，但借着月光下认出他的着装后，冷冷地回答道："是的。"

愿你四肢冰凉！占星官暗自低声抱怨道，他并不清楚这咒语是对谁说的，对哨兵、自己还是对军委会的全体成员。他焦躁不安。他想到自己的保护者穆夫提，可这也是徒劳。他会在这场会议上为他开脱，还是不管他死活呢？

事实上，这期间军委会的重大会议正在激烈进行中。将帅们坐在铺着兽皮的长沙发上。他们大多数人都负伤在身，四肢缠满了绷带。有三名军委会成员牺牲在战场上。建筑师坐在帕夏正对面的角落里，他正涂画着圆顶方坟头的草图，根据传统，烈士碑要立在殉职的将领的坟墓上。在开会的时候做这项工作，他也不觉乏味无趣。

军需总管发言。他要求罢免占星官的职位，并罚他做劳役。尽管他措辞委婉，所有人都明白，他矛头第一个对准的就是穆夫提。萨鲁加之前不时地打盹，现在却聚精会神地听着。有一会儿，他还打断军需总管，要求处死占星官。一些受穆夫提控制的桑扎克贝伊则试图为卜卦的失误辩解。还有人提议只罢免他的官职。各军团统帅，只有卡拉-穆克比尔要求处死占星官。他面部可怕的刀疤让他的表达十分吃力，却也正显示了这话的分量。穆夫提、老塔伏加和居尔蒂基都沉默不语。随军阿拉贝伊赞成撤占星官的职，却没有提及其他处置。帕夏无动于衷地听着。是否处死占星官，对他来说就跟踩死一只蚂蚁或是放过它一样轻而易举。他知道问题不在此人身上。今天，他对这场军委会上两股对立势力的暗中较量熟视无睹，而这种对立，在以前总会让他感到揪心。他只想着一件事：现在该怎么办？

他当场宣布判决，结束了这场讨论：占星官被撤职，此后专挖壕沟。文书正在记录判决，居尔蒂基发话了。他提议依照传统，发动一场报复性的袭击，洗劫附近山区的村落，以制造恐慌。他扬言这样的行动在此时必不可少，反叛者因战胜而气焰略胜，他们必须打消敌人的自信。

“我要把咱们今天流的血都讨回来，”居尔蒂基吼道，“我要让这个地方倒在血泊和火海中。我要让它变成地狱！”

图尔桑帕夏盯着他红棕色的大脑袋，好似他顶着一团烈火。帕夏确信他能说到做到。

“同意。”帕夏说道，一边示意文书记录下这个决议，与往常不同的是，他并未征求军委会成员们的意见。

“帕夏。”这声音小得都快听不见了。

一位红棕色鬈发的男子请求发言，显然，这是他第一次参加军委会会议。

“塔布杜克·巴巴，情报部门的阿加[①]，”图尔桑帕夏做了介绍，他注意到军委会大多数人惊奇地瞥向这位陌生人，“说话啊，阿加！”

① 阿加：土耳其人对上层军政领导的尊称。

这人佯装没有注意到一些与会者对他的蔑视。

“我们一直在讨论处罚占星官，”他说，“但是还有其他人应该受到惩罚。我得知有人想要窃取新式武器的秘密。我还收到一封指控这该千刀万剐的奸细的匿名信。”

“什么是匿名信？”阿斯朗罕问道，“我从没听说过这东西。”

“就是未署名的信，”塔布杜克·巴巴解释道，“我还收到一封类似的信，信里说城池很有可能被诅咒了。”

“看吧，看吧。”两三人附和道。

图尔桑帕夏微微点头，表示赞同。

在这令人颓丧的时刻，情报部门的阿加成了最真实的抚慰。其他人重又兴致盎然了。这场败仗可不能归咎在他们身上。

“如果真是这样的话，那还干等着干什么，把这奸细推上断头台。”阿斯朗罕说道。

“等等，”帕夏回答说，“得先查清他的罪行。对不对，法官？”他对一个满脸皱纹的矮个子男人说道，这人也是头一回参加军委会会议。

“处置奸细并不是什么容易的事，”法官强调道，“我敢保证这很棘手。”

“不敢苟同。”情报部门的阿加反驳道。

图尔桑帕夏任他们争吵了一会儿，然后说道：

“好了，够了！把奸细关进牢里，暗地进行调查，不得走漏风声。关于开庭的事，之后再商定。但我建议要公开庭审。”

“在这样的时刻，公开庭审总是大有用处的。”军需总管笑着说，笑得意味深长。

图尔桑帕夏假装没有注意到他：

“如果有可疑的、值得追查的线索，你全权负责。”他对情报官塔布杜克·巴巴说。然后，一阵沉默之后，他补充道：“不管是谁！”他注意到自己话音刚落，一众人都在互相使眼色，大家都明白了这句话的含义，“现在，来谈谈最紧要的问题，也就是我们至上的皇帝派我们出征到这里，到这僻远之地的初衷：我们该怎么拿下这个堡垒？”

老塔伏加、塔汉卡、穆夫提和其他几人认为应该立即发动一轮新的进攻。他们宣称，战功赫赫的奥斯曼军队，之前拿下过十多个看似无法攻克的城池，他们不能忍受哪怕一丁点侮辱，更别提长期被困在这道城墙面前了。其他人都在等着看这座堡垒覆灭。必须拿下它。然而，军委会的大部分成员都反对在现在的处境下发动进攻。他们辩驳道，若再次进攻失败，不仅会让军队人数锐减，还会完全消磨掉军队的士气。他们提议，抛开正面进攻不谈，目前应研究其他可能攻陷城池的方法。他们认为，胜利就如点缀在军队荣冠上的珍珠，没必要计较这颗珍珠是怎么得来的。

军委会会议持续到深夜。众人都根据自己经年的从军经历，一一列举攻陷难攻的堡垒的计谋，其中有智谋两全的对策，但也不乏稍显卑劣的手段。有些甚至是可鄙的伎俩。例如，移动碉堡、传播霍乱病菌、假装撤退然后反戈一击、用人质要挟、向城内投射粪便，各种千奇百怪的花招，还有提议让阿金基轻骑兵乔装成阿尔巴尼亚人，假装袭击土耳其军营等。

图尔桑帕夏想象居尔蒂基戴着斯坎德培的山羊形头盔，默念道：“决不！”

一共提了十多条计策，众人对其中的每一个都再三斟酌、权衡利弊。一位受伤的军委会成员晕倒了。急救医生叫人把他运到自己的帐篷里。最终，大多数人都赞同建筑师的提议，也就是挖一条地道。帕夏对他做了一个手势。加乌尔从角落里起身，从一个大布袋里取出一叠发黄的纸板，走到了众人中间。情报部门的阿加嫉恨地打量着他，只差伸出爪子把猎物抓住了。建筑师把图纸铺在地毯上，开始讲解他的计划。没有人试图听他说，众人都知道，即使他们聚精会神，也是徒劳无益。他们只在他晦涩的长篇大论中抓住了一个词：“小道。”也就是“长廊”，建筑师还会不时把它变换成“隧道”或“涵洞”，他说的次数最多的要数“地道”了，这词是他从异教徒们被诅咒的语言那里借来的。

众人只盯住他苍白如蜡的手在这些奇怪的图形上移动，不禁再次感叹：那座真实、具体、庞大的城池居然能用几根可怜兮兮的线条来表示，不仅是肉眼可见的，还包罗肉眼看不见的构造——塔楼的楼梯和地基。尽管伊斯兰教明令禁止用图画表现计谋，但他们不得不依赖于这些图纸，他们以前就对萨鲁加设计的大炮样图深信不疑。建筑师的手不停地在图纸上移动。他正讲到广场周围的土质，松软的土质便于挖掘，但存在塌陷的危险，而土质夯实的，虽然会加重工程难度，却少了这方面的担忧。他又指出了地道刚开挖时的深度，以及经过堡垒地基时应该达到的深度，还有在一个出口被堵的情况下，怎么改道找到另一个出口。最后，他确定了挖地道必需的时间，以及一定时间内在地道通行的士兵数量。

众人对他的讲解摸不着头脑。再说，他们根本没想弄明白，毕竟没人能对这个地道战的计划提出修改意见。他们只盯着图纸上一个红色箭头符号看，它从广场外面的一点一直延伸到广场的地基处，就像一个人俯在地上，从门缝钻进去，最后溜到了地窖和地牢的深处。所有人的眼神都发出同一个疑问：这只磨尖的箭能刺穿城池的胸膛吗？

建筑师继续他的讲解，这期间，穆夫提为了表明自己的不屑，坚决不把头转向铺在地毯上的图纸。老塔伏加忧心忡忡地注视着这两人，暗自思忖：这些人和图纸会逐渐在战事中占得一席之地，战争会丧失它不可侵犯的壮烈，在不知不觉中沦为一连串的计谋，出谋划策的又尽是虚伪奸诈和来路不明的人，就像这该死的满嘴胡言乱语的建筑师。模糊的直觉告诉他，如果帝国太过信赖这些图纸，只会日趋衰败。它的根基不再以将士们骁勇善战为给养，而是扎在复杂晦涩、枯燥无味的唇枪舌剑里，这当然会让一切衰败凋零。老塔伏加眼睛半闭着。他脸上的伤让他很难受，他睡着了。加尼沙里新军上尉正强打起精神，努力苦思冥想着什么，而军需总管用眼角余光不时瞟着塔伏加、穆夫提和居尔蒂基，他在想，如果帝国想要继续生存，必须与时俱进，并逐渐把领导职位从这些人手中收回。但也许正是他们保留着战斗的意志，而他和他的同僚，虽然满腹经纶，面对这群目不识丁的蛮汉也只能手足无措？也许一个有良好教养的人和一个野蛮之人为同一事业奋斗时，会结成比两类人各自为营更坚不可摧的联盟，就像青铜比组成它的铜或锡都要坚固一样？

会议结束时，已经过了午夜。散会之前，帕夏特意交代大家一定要严守机密。大家都点头回应，不论各自军衔和职位的高下。帕夏站起身来，冷静地说道：

“既然从高处往这城池里扔炮弹行不通，现在我们要像蛇一样，从地底钻进去，趁其沉睡之际咬它。”

军需总管感到身上一个激灵。

几天来，他们一望无际的营地早已面目全非。这个军营，现在看起来更像一个喧闹的集市。第一天，他们在平原驻扎，那阵势就像大地冻结，然后，那场狂欢夜的喧嚣吵得我们无法入睡。之后是短暂的沉寂，最后，袭击那天突然爆发出怒火，不断催生出恐惧和死亡。我们很难适应眼前的景象。我们宁愿相信这不是原来那支军队，而是另一支，属于另一个时间、另一队势力。他们突然盘桓在我们脚下，天知道他们是怎么来的。

起初，我们还饶有兴致地望着这了无边际的调色盘，步行的、骑马的人纵横交错，三色三角形装饰旗插得遍地都是，望着出发去训练或在一首军令和祷歌的合奏曲中归来的军团，慌乱中建成的清真寺木质尖塔，它们粗糙得跟玩具似的。还有那些让我们黯然神伤的长笛、军鼓和铙钹的鸣响。

我们中许多人都被搅得心神不宁。他们不禁在心底盘问：这些土耳其人还不愿放过我们吗？他们还没有收到皇帝的命令——他们嘴里的圣旨——从千里之外的皇宫？大家开始祈祷：但愿他们尽快从我们眼前消失！

总而言之，见过那么多荒唐之后，当我们看到数十名士兵挥舞着在军营货摊买到的花裙和女性小饰品成群结队地走来走去，我们觉得自己在做一场噩梦，要不就是他们失去了理智。于是，我们集合手下士兵，告诉他们最好别去看城下发生的一切。我们还指出，眼前的军队今天像一帮子粗人，明天像一支铁骑，后天又变成一个荡妇，这种军队一定是稀世罕见的恶魔之师。它明天会呈现什么面貌，是一头暴怒的母狮，还是一只力竭的狐狸，只有老天知道。

我们想起祖先流传下来的故事：食人妖魔、多头龙怪、多面巫师，以及魔鬼。所有这些魔怪都在某些方面和眼前这支魔军相像。它有时笑，有时哭，有时吐烟，有时阴着脸不作声。我们不能对他们制造的喧闹掉以轻心，它的安静更值得我们多加戒备。

第六章

阿金基轻骑兵们要出发了。先锋部队已经上路。几千号士兵走出营帐看轻骑兵离开，其中有不少人是为了送别朋友。

史官骑在一匹矮马上，和轻骑兵一样。他裹着羊毛毯，目光在四周游移。

他面色苍白。自从阿拉贝伊下令让他随军出征，他一直睡不好觉。起初，他简直怀疑自己的耳朵：他这把年纪了，还要跟随阿金基出征！他到底犯了什么错，被扔到这片蛮荒之地？

阿拉贝伊解释说，派他去山里不是流放，恰恰相反，是赐予他更好地了解和描写战争的机会。史官不希望别人当自己是胆小鬼，于是大谈他的健康状况：他的脊椎不好，当然了，另外还有令他夜不能寐的五脏六腑。阿拉贝伊假装没听到，继续说，从今往后，历史不应该在都城的安乐窝里书就，而应在沙场上挥写而成，诸如此类说了一通，结果，梅弗拉·切雷比最终谢过阿拉贝伊和众人给他这个机会与荣耀，让他能亲眼见证赫赫有名的阿金基轻骑兵作战。其实他来的时候本打算装出一副羡慕别人出征的样子。

此时，他骑在马背上，等待部队出发，不经意听着周围人的只言片语。

“不知道他们能掳回来多少女人！”

“乌鲁，别忘了我托你的事儿！”

“他们肯定要弄回来一大批漂亮姑娘！”

“到时再看吧！”

“你这是什么话？烂舌头！”

“你才烂舌头，混账！啃泥巴去！”

“喂，你们俩，能闭嘴吗？今天可是好日子。听见鼓声没有？行了，伙计们，高兴些吧！”

“我的话，兄弟，不管花多大价钱我都要买一个女人，只要她是金发、身材窈窕的。”

“六百小银币你也买吗？”

“对，六百也买。”

“屁眼儿送给阿扎普步兵捅去！”

“住口，你这乌鸦嘴！没见着今天这天儿有多好吗？”

“你上哪儿去弄这么多钱？”

“你别问了。我有办法。”

“我偏要问，你们部队里头每天的军饷只有两个半的小银币，你要怎么弄？”

“我能搞定。”

“搞定才怪。”

切雷比很好奇，慢慢转过头来。说话的两人一个是骑在马背上、留着长胡子的阿金基，另一个是站在地上、手搭在他坐骑肚子上的坑道兵。

“六百小银币，你根本攒不起来的，”阿金基一字一顿地说，一双黑眼睛怀疑地盯住这个士兵，“告诉我吧，你该不会……？”

士兵的脸红到了耳根。

阿金基轻蔑地一挥手。

“噢，那就是了！我真没想到你会堕落到这一步。”

士兵没有应答。

“你听说没有？巫师今天一大早被捕了。据说是因为他没有正确地完成诅咒。他伸出右手，掌心向前，可是方向偏了，范围只覆盖了堡垒的一半。

“你说什么？”

“他被捕时还在喊：‘当心我的手，那可是我的饭碗！’这就好比你要被砍头了还惦记你的马！有人传言，所有嫌疑人都要被抓起来。”

“他们都是自找的！”

“你就算去偷去抢也好过……”

“你得理解我：我想女人都想疯了。”

“你再这样下去，总有一天会对女人没有胃口……”

“为什么？”士兵的声音变了，“为什么？”

这时，部队敲响了战鼓，士兵一排排出发了。居尔蒂基骑在马背上，威风凛凛地经过他们身边。他有一群士兵护卫，还有穆夫提陪同。到最后，切雷比看见了图兹·奥克恰。他正同一名阿金基交谈，那人似乎在向他保证什么。这家伙是不是也和他的同志们（现在时兴这样讲）睡过呢？史官木讷地转头望向城池，看见城墙外面挂着一层沥青，像葬礼上的黑幔布。

“一路顺风，梅弗拉！”身后传来加尼沙里新兵的声音，他总算瞧见了史官。切雷比抬手表示感谢。他心里满足得不得了。显然，这样一声祝福是他此刻最需要的东西。“你也一样，祝你好运！”他悄声低语道。

图兹·奥克恰看了一会儿战马扬起的灰尘。最后一支部队渐行渐远时，他掉头回营。途中，他听到一群群来送别阿金基的士兵在谈论他们，讨论他们答应自己会带回来的商品。图兹·奥克恰很清楚，不少士兵和阿金基们说好，让他们带女俘虏回来。他听年长的士兵说，通常像这样的出征，部队回来后的几天里，营地会变成买卖战俘的市场，尤其是女俘虏。士兵们品位庸俗，争先恐后买好花裙子，准备给他们的女囚穿上，解决饥渴之后，又把她们贱卖，再买新的。为长途征战提供的服务，在前期准备军需时，除了生活用品、大炮、被褥和骆驼，一向少不了几千条为战利品女囚预备的花裙子。

图兹·奥克恰听人讲，对于没有经验的士兵来说，女囚交易是一桩乐趣与风险并存的买卖。价格并不固定，时刻变动。这主要取决于女囚的人数。士兵们对女人的品位因地区而异，因此优劣并无固定标准。有人喜欢肚子上有赘肉的胖姑娘，有人偏爱竹竿一样的瘦姑娘，还有些士兵十分迷恋旁人难以接受的丰腴乳房。再说腰围、眼睛、年纪、脖子、手臂，尤其是阴毛浓密的程度，同样众口难调。

只有对金发女人的偏好是几乎一致的。有时，金发女囚的价格涨得太高，只有高级军官，或者是敢死队的士兵（他们军饷最多），才能享受这样的奢侈。

女囚的价格在出征部队刚回营时还非常高，有时第二天早晨就开始猛跌。士兵们和女囚在营帐里过了夜，现在后悔出那么多钱买她们了，于是带出来在帐篷外头卖掉。士兵们厌了，心情也沮丧，打算半价处理。有经验的狡猾买家专拣这样的黎明时分多买几个，他们很清楚，黑夜还会裹着寒风降临，行情也会随之回落。

即便是最初的饥渴已经得到满足，行情还会有大幅波动。有时候，价格甚至会直线飙升。比如当这些姑娘精疲力竭，相继在营帐里死去，或者疯掉。

走近营帐时，图兹·奥克恰想到不能参与激动人心的战俘买卖，心中一紧。加尼沙里新军是不允许参与这项交易的。他想安慰自己说，就凭他微薄的收入，反正也买不起。可他又想，其实可以找同伴合买，哪怕找两个人。他听人说，这样的做法并不少见。

他在营帐之间慢慢踱着步子。有一些满面春风的加尼沙里新军迎面走过。今天是领薪水的日子。他一边走向军需总管所在的营帐，一边在脑子里盘算，以他四十五个小银币的薪水，要攒多少个月才能存够二百啊。那是普通姿色的女囚一半的价钱，或者金发女囚的三分之一。

女囚到底值不值，在图兹·奥克恰心里，波动也很大。白天他走路充满激情，比方现在，他会觉得把一年的积蓄挥霍在一个被人用过的女人身上，这简直是发疯。但是有些夜晚真让他难以喘息，如果可以尝到鱼水之欢，别说是一年，就是一辈子的积蓄，他也可以拿出来。欲火焚身的时候，他想起一支从加尼沙里老兵口中听来的轻佻歌谣："雪在下/风在吹/朋友在叫着喊着找朋友。"让图兹·奥克恰感到惊讶的是，歌里唱的第一个"朋友"被另一个指女人私处的词语给替换了，而第二个"朋友"被男人的阳具给替换了。图兹·奥克恰心想，那就是说女人的私处在下雪的冬日里像母狼一样嗥叫。但他确信男人欲火难耐时的狂躁才是无可比拟的。他体会过这种燥热。那时他感觉就凭那种兴奋和狂热，男人足可以捅破少女的小腹。他的一对睾丸让他躁动不安，弄得他像个醉酒的粗野大兵，难受得他想放声大喊。

有时候，他一想到或许这辈子再也没机会品尝男女之欢，立即一阵惶恐。这种时刻他不但愿意倾其所有，就算折些阳寿也心甘情愿。

他长吁一口气，尽量让自己想点别的。

他看到离要塞不远处新搭建的面包炉。这已经是他近一星期里第二回注意到它了。图兹·奥克恰走过面包炉的时候，好奇地发现其周围布满哨兵。两三个地方设有禁止进入的指示牌。几天前，有传言说敌方一名奸细在面团里投毒未遂。现在这里戒备森严，显然是因为这件事。此外，这个面包炉一定是为军官们供应面包的，因此自然要多加防护。

他走开的时候听到身后有一阵马蹄声。他一转头，吃惊地看见一位高级军官在三个人的陪同下往面包炉而来。他停下步子看他们。还有几个士兵也停下来看，很快又有其他人围过来。

“是帕夏！”有人低声说。

图兹·奥克恰睁大了双眼。他常听人谈论统帅，但从来没见过他。他踮起脚来张望。周围人在悄声议论。

“他看起来真阴郁！”

“没错，的确是。”

“那他右边是什么人？”

“我不知道。他左边那是阿拉贝伊。”

“那人是建筑师，”有人说。

“他长得真怪！脸像个鸟蛋。”

“听说他偶尔发癫痫。”

“不管怎样，就搞建筑这回事，他的水平是帝国内数一数二的。”

“这我相信。发癫痫的人不是傻瓜就是天才。”

“他们来面包炉做什么？”

“谁晓得！这是国事。”

“听说面团被人投过毒，他们展开了调查。”

“投毒？”

“对。你没听说？你太不了解情况了！告诉你：很显然，投毒就已经够坏了，可似乎还有更糟糕的事。巫师应该不是单独行动的。”

“那这样说，事情就复杂了……”

“是啊，兄弟。谁能厘清这些呢？”

一名哨兵走过来。

“走开！此处禁止人群聚集。”

士兵们散开。

这时，帕夏、建筑师和阿拉贝伊一起走进一个建筑。帕夏的副官随后进来，旁边跟着一名哨兵。两个卫兵守在门外。

帕夏由一名手持火把的工程兵带路，走下一段窄楼梯，进入地穴。刚才的一小队人紧随其后。里面既没有面粉也没有面包。那里是地道的秘密入口。地面上的面包炉只是为了掩人耳目。烟囱不论白天黑夜都在冒烟，但里面并没有在做面包。外面的入口处不断有盖着篷布的板车推进来。人们都以为它们装着一袋袋面粉。只有非常有经验的耳朵才能听得出板车是空的。板车满载而出，但装的是比面包重很多的东西：无数袋挖出的土。这些要运到很远的林子后面倒掉。

这一小队人进入了地道。通风口间隔很远，上面是冒出地面的烟囱，被营帐掩盖着，时刻有人看守。坑道里的空气味道很重。越往前走，帕夏越感到难以呼吸，但仍继续他的视察。每走一段距离就有一个桶，里面装满浸了汽油的灰土，火光勉强照亮地道。不时有人推着装泥土的搬运车迎面而来。

昏暗中，帕夏像一个幽灵。

“到这儿都没问题，再往前就不行了。”建筑师宣布。

“他说我们不应该再往前了，因为坑道支架只搭到这儿。”副官重复一遍。

他们停下。

帕夏抬起头，看见上方潮湿的梁柱。十步开外的地方一片昏暗，从那边传来挥动锄镐的沉闷的声响。建筑师从囊中取出一份图纸。哨兵把火把举过来，加乌尔开始进行解释。副官为他翻译：

“他说我们所在的地点离城墙有二十五步。在前线挖地道的人离城墙仅七步之遥。今晚我们就能挖到墙体地基处。”

建筑师指了指图纸上的一个点，它已经快靠到表示墙体的那条线了。

帕夏注意到，隧道在这个位置突然变深，形成一个斜坡，人在上下的时候必须抓住绑在内壁上的绳子。往下望时，能看见火把的亮光，像是从井底映出来。灰尘弄得这亮光模糊不清，下面的人仿佛是旋涡里的幽灵。

建筑师加乌尔还在滔滔不绝。

“他说，”副官翻译，“地道从城墙下面通过时，要想它与地基的距离至少达到城墙高度的一半，这个斜坡是不可或缺的。这样一来我们只需要损坏内墙的很小一部分。”

帕夏紧紧盯着眼前的人影。作业前线灰尘有时太过厚重，这个洞口甚至让人联想到地狱之门。

“这些人在底下工作多久了？”帕夏问。

阿拉贝伊犹豫了片刻，答道：

“除了坑道兵之外，其他人都被判了刑，所以……”

“我明白了。”帕夏打断他的话。

地道尽头飘过来一大股呛人的味道。

“什么东西这么难闻？”帕夏面露恶心。

建筑师解释说：

“这是浇在地基上的盐水的味道，它可以溶蚀岩石。”

他指出图纸上的另一个点，但是烟雾很呛人，帕夏看不清。他做了个手势，举火把的人过来把烟驱散。

“过了地基这一关后，”副官报告，“地道又将恢复到原来的深度，到了计划作为出口的地点时，会非常接近地面。”

“我们要怎样掩盖锄镐挖土的声音？”阿拉贝伊问。

建筑师毫不迟疑地回答：

“过了地基后，继续挖地道只能用手扒土。”

“这样太慢了。”帕夏指出。

“要想不被发现，只能用这种方式向前推进。”

“要花多少天？”帕夏问得很干脆。

“十二天。”建筑师回答。

为了解释得更详尽，他还指出地道将从广场的哪个地窖通出去，并能够让几十个士兵迅速出去。即使围城里的人在最后关头发现他们，并鸣响警钟，这些士兵也应该能守得住出口，好让另外几百号士兵从地道出去。

帕夏在一行人陪同下往回走。他们出来的时候正值日暮。帕夏眼神迷茫，穿过营地朝自己的营帐走去。他经过时，军官和士兵们都怔住了，眼睛睁得圆圆的。帕夏很少走出营帐，手下大部分人都从没见过他，包括一些下级军官。

他走到自己的营帐前，脑海中还是地道里灰尘弥漫的场景。事实上，这世界就像一个三层建筑。地上的人生活在中间层，他们妄以为自己了解事物，甚至能在一定程度上掌控事物。实际上，一切都是在上一层决定的，在天上。至于所有的秘密，它们都深深埋藏于地下，就和死人一样……但死去的人或许可以帮助他们，保佑地道一路掘到要塞中心。他心里一直保存着这一丝模模糊糊的希望。

回到营帐，他坐在沙发上浏览了当天的报告。这些报告千差万别。情报处的阿加报告了巡逻队记录的昨晚发生的两名桑扎克贝伊之间的争斗。还有些内容微不足道，比如一名法官请求给两名军需官判处极刑，理由是他们私吞了阵亡战士的军饷（他没耐心读完这份文件，只看了看末页军需总管的签名）。有四项处罚请求，理由是不服从命令，此外还有总务长提交的对不同部队士兵或军官的处罚请求，情节较轻，事由也五花八门，主要是打架闹事。他匆忙批准这些处罚，在留白处备注："送到下面。"这几个字是指地道，他写的时候，体会到一种人所共知的权力感：他可以把其他人打入深渊。他知道自己的命运牢牢攥在另一个人手里，这个念头让他更想掌控别人的命运。他很早之前就明白了，世界不过是权力的金字塔，谁先放弃行使自己的权力谁就输了。

他把两份最长的报告放在一边，打算认真看。其中一份来自军需总管，是关于物资和军饷储备情况的。另一份是阿拉贝伊写的，他谈论的问题是军队士气。这份报告写得非常详尽，作者大量使用了从塔布杜克·巴巴的情报员那里得到的消息。阿拉贝伊不仅提出了建议和总结，还在报告中加进许多日常琐事以及士兵之间谈话的片段，以印证他的论点。他甚至附了一页纸，抄上近日军中流行哼唱的一支歌谣的歌词。浏览报告的过程中，帕夏从这许多记录下来的小事和士兵言谈中看出，有一些不正经、不温不火的情绪，完全不符合军队的军纪、军阶、军旗、军号。简而言之，不符合所有显示出战争之伟大的东西。这种情绪像有害的湿气，正在渗入他军队的骨髓当中。尽管阿拉贝伊措辞极尽委婉，帕夏还是立即就明白了情况。做统帅的经验使他明白，在围城的过程中，手下人吃了一次败仗，进入消极等待时，军中必然会产生这种精神状态。在巨大的营地前面，被围的城池日日夜夜都杵在眼前。帕夏知道，这座城池压在士兵的心头，越来越重。他还知道，在这种情况下，为了避免懈怠，人们通常编造虚假的危机，开展所谓的秘密调查，比如针对巫师的这次调查（现在军中上下都在关注他的命运）。接下来会有审讯和大张旗鼓的处决，还要在不同部队的统领之间挑拨分歧，而这种不和在军官和士兵当中早已司空见惯。所有这些，帕夏都能做到。如果不是把所有希望都寄托在地底深处那条日益延长的蛇一样的地道上，他早就这么做了。他手下的士兵已经患上厌战的暗疾，如果在一个宁静的夜晚，来一次不流太多血、不费太大力气就突然取得的胜利，在这样颓丧的状态下，将给他们带来双倍的安慰。

他再次浏览阿拉贝伊的报告，又读了一遍摘录士兵言论的段落。来自远处无数营帐的牢骚，像大海的声音，在他耳中久久回响。他习惯不和手下的人有任何交谈。在艰难的行军途中，他看着他们负载沉重的装备和跨越两个大陆的风尘，一排排、一对对地前行。他甚至从未思考过，这些被剃光的一模一样的脑袋里到底装着什么。他可能会觉得，这些人的脑壳子里只是一把灰，可能还有几个名字，母亲、父亲或者其他家人。除了加尼沙里新军：他们连这几个名字都没有……然而，第一次攻城那天，他看着他们爬上城墙，看着鲜血和土灰混在一起，从他们背上淌下来，这时他头一回好奇地想知道这些人心里在想什么。你是一个了不起的统帅，当他把这项使命交给塔布杜克・巴巴的时候，后者这样对他说道。在你之前，没有哪个帕夏会费心思考手下人的想法。这或许就是他们最终被打垮的主要原因。

而现在，他听到他们的低声议论。他回想起第一次看见大海的那个遥远的夏天。这种嗡嗡低语和大海的声音相似，但有一个区别——它能撕裂人的灵魂。如果它持续存在，这支看似完美的军队将会军心涣散、消沉气馁。

他还在思考究竟该立即行动，还是等地道竣工。这时，传令官进来通报，西里·色里姆医生有要事求见。

帕夏对这么晚的拜访感到很惊讶。他放下报告等他进来。

流行病学专家走进营帐，出于个子太高，也出于阿谀奉承，身子早已弯下。

“尊敬的帕夏，原谅我这么晚来打搅您。”医生的声音较粗，和他在营帐里面伸不直的瘦长个子很不相称。

“确实很晚了，”帕夏说，“有什么事吗？”

“我来见您是因为一件紧急的事。”医生继续说。

他看到帕夏询问的眼神，抬手伸出食指，指向营帐入口，停顿几秒钟后问：

“您听见了吗？”

帕夏撇了撇嘴：

“听见什么？”

“狗叫声。”

帕夏点了点头。

“我就是为这个而来。”

图尔桑帕夏脸色一沉，仿佛是说：大晚上的开什么玩笑！这竹竿子太高了，我还不太好罚他去挖地道。阿拉贝伊告诉过他，将要潜入要塞的人，不光坑道兵，就连加尼沙里新兵也得挑长得像矮冬瓜的送下去。

长官的耐性总是有限。医生见帕夏不耐烦了，赶紧解释说：

“我们现在听得到狗叫声，有时甚至是狂嗥。这些狗前天扒开了我们埋死人的一个大墓穴。”

帕夏挥了一下手，表示嫌恶。

医生继续说：

“它们挖出死尸，又将其咬碎。可能会暴发一场瘟疫。”

听到“瘟疫”二字，帕夏脸上闪过恐惧的神色。

“尊敬的帕夏，坑道兵没有好好完成任务，墓穴挖得太匆忙了。我今晚去看了一趟，发现有些地方盖在尸体上的土只有一尺厚。”

帕夏咬牙切齿地骂了一句。他拍了一下手。

传令官出现在帐门口。

“传乌鲁·贝克贝。让他即刻过来见我。”

传令官退下。帕夏有一刻默不作声。医生站在那儿，像钉在地上。左边某个地方，远远地隐约传来一声犬吠。

“昨天，它们也叫了一夜。”图尔桑帕夏说。

“是的，帕夏，但没人知道为什么。我的一个下属今晚向我报告，他下午偶然听见一个推搬运车的人说起内情。”

营帐里再次安静下来。只听得外头一阵急匆匆的脚步声。工程兵上尉乌鲁·贝克贝气喘吁吁地走进来。没等他行完应尽的礼数，帕夏就嚷嚷起来：

“你听见没？听见没？混账家伙！”

乌鲁一言不发。

“野狗在挖我们阵亡将士的尸体。”帕夏继续严厉地说。

乌鲁脸色煞白。他明白了。

“我们的英雄为了奥斯曼帝国的光荣献出了生命，可你呢，挖一锹土把他们盖好都不乐意！”

统帅的话语间杂着打嗝一样的声音，无情地落在乌鲁·贝克贝身上。帕夏继续骂，骂他是狗东西，还讽刺他故意把墓穴弄成这样，好让自己的同类去吃之类的话。但是乌鲁·贝克贝并没有感到受辱，他在心里默念：“我这是罪有应得！”还有就是“愿真主保佑！”他情愿帕夏骂得再凶一点，说他是豺狼也好，鬣狗也罢，甚至拿鞭子抽他都行，只要他别再听到这该死的犬吠。

帕夏骂完，狗叫声又一次响起，就像从营帐后面传过来似的。乌鲁以为自己大限已至。他很想跪倒在帕夏面前，或者解释说自己日夜和坑道兵守在地道里，不免疏忽了旁的职责。可是，他已经吓得动弹不得，什么都做不了，只能垂下眼皮静候。或许这样的态度能使他获赦。

“要是到明天早上，坟墓上的土仍不够四尺厚，我就把你活埋了。你可以退下了！”

乌鲁·贝克贝低头告退。营帐里能听到他的脚步声，先是飞快，接着愈加急匆匆了。

脚步声几乎听不见之后，帕夏开口了："西里·色里姆，真有发瘟疫的危险吗?"

"不，暂时没有，尊敬的帕夏。"医生胸有成竹地回答。

他从帕夏的目光里觉察出一丝鄙夷，感觉自己的警报或许夸大其词了，赶紧补充道：

"不，今晚补救还来得及，要是等到明天，或许就太迟了。"

帕夏低下头。西里·色里姆告辞，弯腰退出营帐。

帕夏双手交叉，定定地站了很久。狗叫声断断续续，从同一方向传来。他两眼牢牢盯住地毯上的一个点，竖起耳朵凝神细听。直到狗叫声突然停止，帕夏估计乌鲁带着他的手下已经到了墓地，这才深吸一口气，放下心来。他半闭着眼倚在靠垫上，疲惫的灵魂仿佛出了窍，在巨大的营地上慢慢游荡。他的魂魄没有在无数的帐篷里多作停留，而是跟随出征的阿金基去往可怕的山里，又回到岗哨，沿城墙走了一遭，来到淡紫色的营帐，接着又遇到野狗和墓穴，再回到淡紫色的帐篷里，在金发少女下体的荫丛逗留片刻，接着倏地离开这一切，悄悄溜到地下，潜入昏暗潮湿的地道。他睡着了。传令官踮着脚尖上前，为他盖上一件软和的大衣，同时满含敬畏地端详他疲惫瘦削的脸庞。

我们最终明白，士兵手中的花裙子有所昭示，土耳其阵营的安静暗藏玄机。裙子和饰品表明阿金基轻骑兵团即将展开一次袭击。这些士兵显然准备买俘虏。而他们的平和，正是杀戮的前奏。

最先引起我们怀疑的是面包炉，他们在我们城墙旁边莫名其妙地搭建了一座。我们派人监视。不断有搬运车推进去，烟囱也一直冒烟。有经验的人一眼便能看出，进去的小车虽然走得很慢，但实际上是空的。同样，通过观察冒出的烟柱，尤其是浓烟之间的时间间隔，也就是说每次动灶的间隔（浓烟表示炉子生火或是熄火），我们的面包师们一致认为，没有哪个面包炉会是这样工作的。很显然，这地方既没有运面粉，也没有在烤面包，可是搬运车却满载而出。装的是什么？只能是土。

可以肯定，土耳其人在挖地道。这是他们围城时的惯用伎俩。我们没有片刻迟疑，立即控制了所有的地窖，并到处部署了侦察兵。他们没日没夜地趴在地上，耳朵贴着地面等候。不少人病倒了。这时我们想起来，用铜制的传声筒可以放大地下的声音。有了它，侦察兵就可以整夜监听地下传来的声音了。有时，由于神经太紧张的缘故，他们出现幻听。不过我们终于找到了围攻要塞的人。他们在地底下已经越过城墙几尺远了。与其说他们在挖地道，不如说是在艰难地啃噬泥土。听上去就像一头野兽在大地深处挠抓。

我们的侦察兵趴在冰凉的石板上，耳朵紧贴地面，一点一点跟进敌人地道的每一步进展。他们挖得非常小心，声音几乎消失不见。但是他们一直在那儿。地道延伸出两条分支，像一条双头蛇在前行，在我们脚下不断往前爬。我们竖着耳朵，听着那从未间断的声音。

第七章·中章

阿金基轻骑兵们回来了。听到他们鼓声阵阵，气氛昏沉的营地迅速活跃起来。士兵们赶紧走出营帐，一边喊醒正在休息的同伴。先前和轻骑兵谈好要换个女人或者别的什么的人，这时都跑得上气不接下气。其中有人手里早已拿好从军队集市上买的花裙子，打算给女囚穿上。图兹·奥克恰穿行在人流中，正后悔自己没准备一件。他原本觉得提前买裙子是操之过急，甚至不吉利，可现在他看得手痒，而且估计裙子早已售罄。看到远处有纵队出现时，他有两三次很想冲向货摊，只是担心迟了走开了会见不着那个答应卖给他一个女人的轻骑兵，这才打消了念头。

周围人群嘈杂。士兵们说笑着，言语粗俗，脏话连篇。黑人太监哈桑打这儿经过，一手拎着一只空水罐。士兵们用手肘碰一下同伴，示意对方太监来了。

“他要去装水给**她们**。”

“**她们**？”

“对啊，你没瞧见水罐吗？”

“这些娘们儿嫌热。她们想凉快凉快！”

“嫌热，真可怜！那我们呢，我们难道不热？”

“我们热得比萨鲁加的炉子更能把铁熔化！”

“嘘！当心别人听见。”

太监一脸不屑地穿过那群士兵。他们炽热的目光追随着他。说来也怪，这个男人让他们感受到女人的神秘，有些士兵一看到他就两眼放光，双膝颤抖。不过今天，对阿金基轻骑兵的好奇让他们无暇关注太监。

最先到的几支纵队现在进入营地了。居尔蒂基那颗红头发的、半睡半醒的大脑袋随着他坐骑的步子慢悠悠地晃动。他被卫队簇拥着穿过人群时，周围爆发出喝彩，可他眼睛半闭，既不停下也不搭理别人的问候，骑马走向统帅的营帐，下马进去。

风尘仆仆的阿金基轻骑兵排成长列，像一条疲惫的河流，慢慢注入由阿扎普、加尼沙里新军以及其他士兵组成的人群中。此刻，图尔桑帕夏正在他的营帐里，一边鄙夷地听取居尔蒂基的简短汇报，一边把手指扳得咔咔作响。

“就这些？”居尔蒂基一汇报完帕夏就问道。

“是的，就这些。”

帕夏深吸一口气，好不容易才忍住没往居尔蒂基左边唇角尚未愈合的伤口上吐一口痰，而是吐在了地上。居尔蒂基猜到长官的心思，抬手擦了擦脸上这块地方。

“叛徒、畜生、狗娘养的、蠢货！”

居尔蒂基没有作声。他估计，统帅如果有权决定他生死，一定会处决他的。尽管没有明说，但是他知道帕夏不能动他，就像不能动塔伏加、穆夫提和阿拉贝伊一样。话虽如此，他也不是不明白，自己要是跟帕夏顶嘴，这位统帅生起气来照样可以向上级请示要了他的脑袋。

与此同时，精疲力竭的阿金基轻骑兵在兵营的空地前下马找到同伴，或者安静地回到自己的营帐。他们的头巾满是灰尘且残缺不全（不少人扯下碎布包扎伤口）。图兹·奥克恰半张着嘴看这些编队陆续返回。他的目光在搜寻黑色鬈发——那人和他谈好了买卖。他注意到不少人和他一样显出不耐烦的神色。

“女俘虏呢？”身后有人问。

“估计马上就到。”

突然，他看见了切雷比。

“梅弗拉！梅弗拉！”他高兴地叫道。

史官蜡黄而憔悴的脸上堆出笑容。加尼沙里新兵伸出手扶他下马。

“你病了？”

“没有，可我累坏了。”

“看得出。”

他们听见身后有个声音在焦急地打听一个叫乌龙的人。梅弗拉认出了这位身穿工程兵制服的英俊小伙。一个阿金基轻骑兵眼神黯然地把那个令人伤心的消息告诉了坑道兵，后者用双手抱住头。

“死了很多人吗?”加尼沙里新兵问道。

切雷比阴郁地看了看他，有气无力地回答:

“别问我这个。”

看来不少等候的人都问了同样的问题，刚才欢乐而嘈杂的人群逐渐吵吵嚷嚷起来。

“你们和斯坎德培打仗了?”加尼沙里新兵问道。

“也许吧。”

“什么叫也许?”

“我们屡遭袭击，尤其是夜里。”

切雷比端详着加尼沙里新兵，像以前没见过他这个人似的。有一瞬间，加尼沙里新兵感觉和自己说话的人神志不太清醒。

“我跟你说了，图兹·奥克恰，也许是斯坎德培。袭击通常是在夜里。那么黑，怎么看得清袭击者是谁呢?”

“真怪了。那你们弄到女俘虏了吗?”

史官苦笑。

“差不多两打。”

“这么少!”

“我觉得已经很多了。”

图兹·奥克恰心想，幸好没有早早买好花裙子。他周围有十来个神情沮丧的男人，手里把弄着这些现在不知有何用处的女人玩意儿。

“女俘虏!”有人喊道，“她们来了!”

人群推推搡搡，每个人都想瞧上一眼。听到有人喊：“来了!”她们四五个一组，被铁链拴着，衣服上沾染了泥渍，头发也是。

周围人开始起劲地吵嚷。她们被糟蹋过啦，我的天！已经被强暴过了，可怜的小娘们！你问为什么？难不成留着让你去干她们？要是真留给你，那真得谢谢他们的老弟！快看，那儿有个金发的。还有那个，棒极了！红头发，苏雷曼喜欢的就是这样的。可惜呀，被人玩过了。那又怎样？她的小鸟儿又没丢了，怎的，不还在那儿吗！喏，我愿意出三百小银币。快看这个笑个不停的。我敢肯定，她已经疯了，可怜的东西。好啊，阿金基，你们干得不错嘛！看猎物就能知道猎人棒不棒了。

人越围越多。有些士兵拿鼓鼓的钱袋在姑娘鼻子底下晃，还有士兵低声说些猥琐的话。听到好几个声音在喊：“让条路出来!”但士兵们没有散开。大多数人看上去都醉了。他们当中许多人是第一次看见不戴面纱的妇女。这些女人被链子缚住，眼睛却任由别人看，这让他们感觉奇特。这时候，就是一把绿宝石撒在地上给人随便捡，也不能叫他们动心。有几个人发出尖细的声音。他们以为自己在笑，实际是在啜泣。或者相反。“是那些眼睛使他们这样。”史官背后有人说。

“让开!”一个声音喊，“闪开，士兵！按惯例，女囚要放到集市上去卖的。这么少？都在这儿了？”

“这对于饥渴的沙漠来说只是一滴水。”切雷比说。他为自己还活着而感到高兴。

“她们今晚就会死，撑不过半夜。”后头有人说。

图兹·奥克恰转过头，不由自主地问：“为什么？”

“为什么？”一个壮年神射手回答，“每当女俘太少时都会这样。她们估计能活到晚上，最多到半夜。”

“你是说，他们都要上吗？”图兹·奥克恰问。

“当然了，以往都是这样。”

图兹·奥克恰看到从河边回来的太监站在不远处，显然是在看阿金基。水罐放在旁边地上，他惊恐的目光跟随着女囚。加尼沙里新兵被他身上散发的香气吸引住了。

史官也转头想看看是谁身上的气味这么好闻，恰好此时，一只手搭在他肩上。

“大人。”手的主人轻声对他说。

史官转过身，看见说话人是军需总管的传令官。来人在切雷比耳边低语几句，史官转向图兹·奥克恰说：

“我先告辞。我一个高官朋友请我去他帐篷。稍后见。”

切雷比突然来了精神，他走开的时候，根本想不到没过多久，他就将和他位高权重的朋友坐在软软的座位上，喝着石榴汁，谈论引人入胜的重要话题，而不再受恐惧和寒夜之苦。事实上，他已有好多天没和人交谈，舌头已经干枯。不过现在安拉把他从这漫长的苦难中解救出来。突然间，周围的世界，从他踩着的路边浅草到身后传来的搬运车的声音，对他而言变得比任何时候都要美好。

“天哪！你瘦了这么多！”切雷比一踏进帐门，军需总管就叫起来。

史官看出朋友目光中的关切，深感欣慰。

“坐下吧。你看起来很累。要不要沐浴？”

切雷比面露愧色。对方一定闻到了他的汗臭味，而且在对方这么热情的招呼之后，他浑身一热，气味一定更重了。

“怎么说呢……请原谅我……这副样子过来……”他嗫嚅起来。

但是主人打断他：“原谅我没等你稍作休整就叫你过来。我想尽快见到你，好听你亲口介绍这次出征的情况。而且我也担心你。”

史官几乎有一种幸福的感觉。

“您的友谊对我而言就像宝石一样珍贵。”

军需总管笑了。每每谈及金钱或是宝石，他的脸上都是这种笑容。

“去沐浴吧。不仅可以清洁身体，更能净化心灵。”

史官起身，垂首走向站在一边的中士，中士递给他一把梳子。沐浴的地方很小，但东西一应俱全。史官感觉像在做梦。

沐浴过后，史官看到中士摆在他面前的一罐石榴汁和一个装着酥糖的银器，又感觉在做梦。

“说说看，山里发生了什么？”军需总管终于发问了。

史官没有立即开口，他抬起疲倦的眼睛，望着朋友温和的眼神愣了一会儿。

“对我你可以说真话。”军需总管不放弃，“史书是留给后人看的，或者供埃迪尔内[①]的夫人们消遣的。”

片刻的沉默，然后，他的目光没有离开朋友的眼睛，又问道：

“怎么样？”

“可怕极了。”切雷比哀伤地摇头说。军需总管继续询问山里发生的事，切雷比的回答基本就是他预备写进史书的章节。

对方似乎走了一会儿神，又突然开始发问：

“你们见到阿尔巴尼亚人了？”

“当然了。”

“跟我说说。”

切雷比半闭上眼，答道：

“外表来看，他们比我们要高，也更瘦。发色比较浅，晒得跟掉了色儿似的。他们的小孩和我们的不同，几乎都是金发。”

“别的呢？他们的外表我已经知道了。”

“怎么说呢，”史官嗫嚅道，“他们性情易激动，脾气暴躁。很难想象颜色这么淡的头发下面，长着那么刚强的脑袋。”

“很英勇？”

“我打算就在史书里说，他们不能忍受半点压迫和统治，云朵

---

① 埃迪尔内：旧称哈德良堡或阿德里安堡，因罗马皇帝哈德良所建而得名。是土耳其埃迪尔内省省会，位于邻近希腊和保加利亚的边境。

从头顶飘过，他们也会像狮子般跳起来把它们撕碎……”

“听我说，梅弗拉·切雷比，我告诉过你，我想从你口中听到实情，而不是含糊其词的回答。我这可不是随便说说……”

史官感觉嗓子眼堵住了。

“这不能怪我，”他的嗓音细若游丝，“我只是个史官，我没有……我不懂……就是说，有很多事情我没法正确描述。”

“来，别客气！”军需总管指指酥糖。

切雷比开始向他详细介绍这次出征。他着重描述了山中的寒冷、劫掠、厮杀还有桩刑。讲完这一切之后，军需总管让他再吃些酥糖。切雷比很饿，但是主人没邀请的话他是不会吃的。更何况主人自己并没有吃，他清澈闪亮的眼睛只是定定地看着石榴汁映出的红光。

切雷比心想，对暴力和苦涩的描述可能太多了。他的朋友估计更想听到不那么粗野的，或者比较有哲理的思考。于是，他开始谈阿尔巴尼亚人的语言，他在行军途中常听人说起。

“他们民族的语言简直太奇怪了。我们语言里，词语之间的顿挫很明显。可是他们的完全没有，就好像安拉在上面蒙了一片薄雾，让他们无法进行区分。”

他滔滔不绝地说起这门语言的音调，却发现他的朋友没在听。

“面对这样的民族，我们占不了优势。”军需总管总结道，“不仅他们，所有巴尔干半岛的民族都是。”

“我们将毫不留情地打败他们，让他们从世上消失。”史官回答。

“是，我知道。但问题是在哪儿打，怎么打。还有最重要的：为了什么目的而打。你说要消灭他们，那我问你三个问题：第一，消灭一整个民族可能吗？第二，如果可能，怎样才能做到？第三——别忘了，切雷比，第三个问题往往最阴险——我问你，这样真的好吗？确切地说，这样做有必要吗？”

史官努力集中精力听对方的话，这让他的脖子一阵剧痛。不仅在当代，就连以往任何时代的史书里，剿灭敌人都被视为巨大的胜利。可眼下，他听到有人说出几乎相反的话。要不是说话人地位重要，切雷比早已头也不回地走开了。他的关节已经开始作痛，手臂像是被木槌捶碎了一样。

“看得出，我让你感到不自在。”军需总管没有掩藏得意的神色，“我们依次来看刚才我提出的几点，以及你非常关心的剿灭的事儿。”

老天爷！我掉进了怎样的陷阱啊！切雷比心想。难道我遭遇的那些险境和困苦还不够吗？现在我又得面对这种带刺的谈话。

“我没说我很关心这事……”切雷比小心翼翼地说，“只不过……”

“先听我说完，”对方打断他，“我们先看消灭一个民族的计划，这可行吗？”他摇头表示否定，“很难，我的朋友，非常难。通过战争是办不到的，军队做不到。想想都很愚蠢……别这样目瞪口呆，切雷比。我来给你解释一下。来，再吃点酥糖。”

军需总管啜饮几口石榴汁，可是史官连饥饿感都没了。

“现在你听我说。世界上所有的民族从人数上说或多或少都在增长。一般来说，每一千人，一年就会增加二三十口人。”

切雷比头一回听到这样的数字。他平常所读的书不讲这些。

“比方说，快速算一下就会发现，五百年之后，阿尔巴尼亚人就会有几千万。”

史官像头痛似的，皱起额头。

“亲爱的朋友，这个数字足以让我们睡不着觉。现在你是否明白什么叫作控制一国人口的自然增长？塔伏加这个老家伙，还有居尔蒂基，他们完全是榆木脑袋，包括装得很有学识的穆夫提。这些人会觉得战争和屠杀足以粉碎一个民族。但这是行不通的！假设一场战役杀死两万敌人，这对咱们的大军来说是不小的胜利了吧？可是准备那么久，花那么多精力，这场战役杀死的敌人数目不过是他们一年就会增长的人口，这样一想，是不是很心寒？”

史官想用双手捧住脑袋。

“换句话说，我们的军队，包括咱们的朋友萨鲁加著名的大炮，一起在战场上消灭的敌人，远不及他们的女人生养的人数。”

不由自主地，史官想起在山上行军时听到的那一堆关于女人私处的脏话。士兵们经常用石灰或木炭描画女性下体的图案，并不忘在其正对的位置添上男性的军刀（这是他们的说法），其形状的确让人联想到弯刀，有时甚至是大炮的炮管。

“因此，与其朝这个痴人说梦的目标努力，不如说，我们能减缓他们人口的增长就已经该感到高兴了。讨伐、杀戮、屠城、驱逐和流放，还有抢来他们的孩子培养成我们的加尼沙里新兵，这些都能削弱他们的人口增长。但这远远不够。这些民族就像野草，到处扎根生长。必须采取其他手段，要更阴险。我只管计算，至于这些问题，皇帝自会派人手去研究。这些人肯定考虑得面面俱到，毕竟他们是剿灭其他民族的专家，正如萨鲁加是攻城的高手一样。”

军需总管的思绪一时间断了。这一情况让切雷比十分不安，他感觉一旦谈话出现小意外，打个喷嚏，打翻一只杯子，甚至过长的沉默，都可能归咎于他。

“对……他们是侵蚀，或者说腐化其他民族的高手。可是朋友，你要知道，一个民族不但可以分散，更可以凝聚。面对外来的侵略（这次是我们发起的），他们不但不会受损，反而会变得更加强大。倒是他们自己滋生的内忧，那才是能够消灭他们的病患。你明白我说的话吗，切雷比？你这次出征，沿途看到设有石头座席和柱子的坑状建筑。那些是过去的剧院。那你知道为什么上千号人在石座上一待就是几个钟头吗？只为了看那五六个被他们称作演员的人表演，听他们说话，听他们讲述为什么人要互相残杀，以及人应当如何互相残杀……他们还讲，这种残忍的行径，做得最好的人头上便会得到一顶王冠，表明他将得到众人尊重……这种习俗简直让我们大开眼界。这就是为什么，这个民族的人口不会增长，基本上一直都保持不变。就像某些永远长不大的狗，埃迪尔内那些异教徒的女人家里通常就有这样的狗。你倒是吃呀!”

军需总管这是头一回和他聊这么长时间,话题还这么微妙。感谢老天,他没有发问,切雷比甚至感觉他已经忘了自己的存在。

“但即使如此还是不够,”军需总管不容置疑地大声说,就像在驳斥一个对手,“我们在尘世费力厮杀,然而真正的战争在天上。”他举起一只手,“如果不能征服一个国家的天空,就不能算打败了这个国家。我说的这些,你或许感到费解,觉得像诗人的呓语,但它并不是!”

听到这里,切雷比觉得血一下冲到脑门上,他有的就是这种感觉。不过值得庆幸的是,另一个还在口若悬河,完全不在意客人在想什么。主人不把客人放在眼里,史官心想,有时也有它的好处。

“所以说,最激烈的战争是在天上。”总务长继续说,“人们往往把贵重的物品放在别人难以触及的地方,同样的,每个民族也会把它最珍贵的东西置于天穹:他们的神灵、信仰,最高尚、不容玷污的东西。我所讲的这些东西是更高的境界,超越了日常生活,我们每每提及它们,用的都是显灵这类模糊的说法,简单讲就是和灵魂相关。总有一天我们会攻下所有要塞,我们一定能打败他们。但这还不够。说到底,那不过是些石头罢了,我们能从他们手中抢过来的,他们也可以用同样的方式夺回去。对于一场战争,胜利完全在于其他东西……不知道你听明白没有……”

切雷比不但没听明白,他整个理不清这团乱麻了。不过,他又点点头，心里却想着自己的帐篷。他常说它不好，可这会儿却觉得它是天堂的一隅。

“你有没有想过，一个你从不觉得重要的东西，其实可能很可怕？比方说一首歌。像上个月那场战役，就有人给唱成了歌。全世界都有这样的做法：有一系列的事件、斗争，包括宫殿里的那些，人们就能弄出几行歌谣来，就像用葡萄酿酒一样。葡萄果实，包括葡萄树，最终都会死朽。然而葡萄酒不会变质，相反，时间过得越久，酒就越醇。战争亦是如此。战争会结束，但颂扬它的歌谣却世代流传，像云、像鸟、像幽灵，随你怎么说。有一天它会孕育新的战争，因为世界就是这样，所有事物周而复始。怎么可能让这只黑鸟消失呢？……再说他们的语言。不知你想过没有——我觉得有，鉴于你是有学识的人——语言是多么伟大而神秘的创造。是的，语言就是这样，尽管我有时会想——安拉宽恕我！——如果没有语言，世界会太平许多。刚才我对你讲的天空，当中有一块区域就和语言紧密相关，因为和其他东西比起来，语言与它关系更为紧密。再吃点酥糖吧！刚才你向我描述他们说话时轻微的鼻音，我就在想，就连你说的这种鼻化口音，都很难被改变一丝一毫。这很难，切雷比，比破城门、攻城池要难得多。另外，要想做到这一点，也无法借助于掠夺、大炮或是建筑师加乌尔的图纸！”

看到史官惊呆了的样子，主人开始大吃起来。看来，这番累人的高谈阔论弄得他饥肠辘辘。

“高层对这个问题有两种态度，”他用餐巾擦擦嘴，继续说，“但是很显然，目前我们阵营更占优势。”

切雷比愈来愈不自在。两种立场是什么，两大阵营又是什么？此外，他不明白这个“高层”指的是哪些人。

“围绕这个问题的争论持续了很久，”对方继续说，“巴尔干半岛这些民族的宗教和语言，我们要取哪样、留哪样呢？有些人认为应该将二者都剥夺，还有人觉得应当都留下。自然，人们提出了种种论据，直到最后，我们这一方获得优势。也就是说，我们将允许这些民族保留其宗教。至于他们的语言，目前我们只是禁止使用它的文字，现在禁止他们说他们的语言还为时过早。”

切雷比睁大了双眼，因为军需总管把香喷喷的脸凑到了他的跟前。

“可能我让你感到有点倦了，但是，我这样直抒胸臆是因为我把你当作朋友。我很久没能像今天这样推心置腹地谈话了。现在我要告诉你一个秘密，希望你能守口如瓶。”

史官非常不安地想，到目前为止，他所听到的话就已经够多的了，他受尽折磨的脑子再也装不了更多东西了。

“是这样，亲爱的梅弗拉，我要告诉你，军需总管的职务只是我的副职。事实上……”

安拉！史官心里叫了一声。这正是他曾经怀疑过的，但他之前成功地打消了这个念头，为的是不让自己完全陷进去。长期以来，军营里虽然没有明说，但人人都在琢磨谁才是这支军队真正的统帅。什么稀奇古怪的猜测都有。有些人说，真正的统帅是衣衫褴褛的苦行僧，还有些人倾向于聋哑人的塔汉卡，当然，他既不聋也不哑，只是假装而已。更有其他人认为这两人都不是，真正的统帅应该是照顾帕夏女眷的黑人太监。然而，现在他发现事实并非如此……

“也就是说……您……也就是说……”

史官结结巴巴，军需总管也注意到了。

“你怎么了，梅弗拉·切雷比？”他柔声对他说，“喝点石榴汁吧。”

“不，我没事……老天爷！”

“哎？……你现在感觉好些了吗？那好，我正准备告诉你我的主要职务。这项职责不仅和这支军队无关，也和任何类似的军队没有关联。它关系到一项范围比这大得多的行动。皇帝成立了一个最高议会，某种官方机构。这个议会的任务是回答一个重要而困难的问题：怎么处置巴尔干人民？我就是为这而来，梅弗拉·切雷比。”

史官感觉到口干舌燥，大着胆子自己伸手去拿盛满石榴汁的杯子。

“您的信任让我深受感动。”他嘟囔了一句。

“现在我要讲到那第三个问题。我对你说过，这是最棘手的问题：该不该消磨他们的意志？要说消灭他们，我想你已经同意那是痴人说梦。我们要做的是削弱他们，让他们元气大伤。但是问题就来了：这样做本身正确吗？”

“这人要把我逼疯了！”切雷比心想。

对方带着仿佛蒙了层透明薄纱的审问的目光，牢牢盯着他。

“我们的阵营不这样想。巴尔干人是我们伟大帝国的征途上冉冉升起的一颗新星，这是命运的安排。”

史官逐渐意识到，这场谈话正变得越来越麻烦。战争进行到一半，仗打得正激烈，说什么同巴尔干人结盟！……一个地下深处的洞穴，听说占星官正在那儿赎他的罪：剥皮的刑罚，撕裂的四肢。还有一个问题：你呢，当他宣称应该热爱我们的敌人时，你要怎么回答他？——所有这些景象像钉子般扎入他的大脑。

“我完全有理由相信，我们的阵营终将获胜，”对方继续说，“阵亡者尸骨未寒，死亡的乌云还在我们头顶飘荡，不过这是暂时的。终有一天，一切会变得明朗。”

真的，这家伙已经疯了，切雷比心想。而我居然还在听他讲话，我真是比他更疯狂！

“你不舒服吗？”主人问道，“你嘴唇发紫，要不要我叫医生？”

“不不，我有点头晕……一会儿就好。”

“你这是累的，朋友。那么，我刚才讲到哪儿……噢，对，讲到命运让巴尔干人出现在我们的征程上。土耳其的士兵是世上最优秀的。他们像大地一样坚忍，也像大地那般忠诚和驯服。但是他们需要首领。然而平坦的大地孕育不出最优秀的领袖，唯有像这片土地一样张扬和疯狂的地方才可以。再吃些酥糖吧！”

史官现在尽量不去听他讲话……我感觉自己不太舒服，尊敬的法官贝伊，因此很多东西都没听进去，尤其是这剂精心包装的毒药……

“你知道，六十年前，我们和巴尔干人在科索沃平原打仗。我父亲当时就在场，他一辈子都不停地提起那场战役。当时，我们看到巴尔干人团结在一起：塞尔维亚人、阿尔巴尼亚人、波斯尼亚人、克罗地亚人、罗马尼亚人，他们联手对抗我们。诚如你所知，那场战役持续了十小时。人们头一回看见这样两支军队对阵：一个扎根于土地和服从，另一个受骄傲和鲁莽驱使。我们的战士没有封号也没有军衔，有些人连姓氏都没有，只有一个名字，他们战胜了骄傲的男爵和伯爵们。现在，切雷比，你想想看，土耳其的高贵土地和这些迸溅火光的石块相结合，将有多美妙！你明白我的意思吗？我们需要彼此。他们需要我们的高贵，我们需要他们的英勇……我想，你一定读了不少描述那场战役的史书吧？”

“当然了，”切雷比回答，“而且伟大的苏丹——穆拉德一世就是在那次战役中英勇牺牲的。”

他谈起这位君王的英勇牺牲，希望借此改变谈话的走向。但总务长的眼神变得越来越呆滞。

“这个平原……”他悠悠地说，“掩藏着我们帝国最悲哀的秘密……”

史官已经听不懂对方的话了，不禁心想：他又开始了！总务长的眼睛变得混浊，好像里面蒙了一层雾。

“你是历史学者……你读过很多历史……”

“当然，大人。”

“那好，史书对此怎么讲？……我是说，关于他的死去……关于这起谋杀！”

史书上对这一天的记载切雷比记得滚瓜烂熟，尤其是黄昏时分，得胜的穆拉德苏丹在随行人员的陪同下骑马走在遍地尸骨当中……突然，一个巴尔干士兵……

他讲完这一切，然而，谈话人的表情不但没有变得明朗，反而更加阴沉。

“然后呢？……发生了什么？”

军需总管的声音变得遥远模糊，史官心想此前一直存在的怀疑没有错，自己又得受一番问讯。

“苏丹去世的事没有声张，以免军心涣散。”

“然后呢？”

“然后苏丹的一个儿子，亚库普，被杀死了。”切雷比说。

“谁杀的？”

史官不知道为什么，看了看自己的手。他听人说，有时候神会开玩笑，让无辜的手上流出鲜血。

“是大臣议会决定的，大人。为的是消除王储之争。”

“你没说实话，史官！”

切雷比感到帐篷砸在自己的脑袋上一样。他又看了看双手，还伸出来一些，让对方也看到，好像为了表明这些故事并非出自他的笔下。

“你没讲真话!”军需总管冷冷地重复道，“你刚才提到苏丹的两个儿子中有一个被杀，通常这种情况下人们都会以为被杀的是次子，你却并没有讲清楚，死的是长子。”

“您说得对，大人。”切雷比回答，“死去的是长子，王位的合法继承人。而次子巴雅泽则登基成为苏丹。”

“换句话说，一切都反了，不是吗？也就是说……”

说话人的脸凑了过来，近得让人无法忍受。

“也就是说，另外一起谋杀……苏丹之死……不是巴尔干人所为……而是……啊，不幸的人，你颤抖了！……听着，我来告诉你事情的真相……”

史官这时候再想做任何动作，扭头、捂耳，甚至戳穿耳膜，统统都来不及了。对方几乎是掐住他的脖子，往他耳里灌进一剂足以使帝国里所有史学家失去理智的毒药。让我变聋吧，哦！安拉，让我听不到这些可怕的东西，他默默祈祷。然而，那些可怕的东西还是深深地渗入他的躯体。他着实晕头转向了，此刻假装昏倒那是轻而易举的事儿。但他该死的好奇心不会允许他真的完全失去意识。

终于，他还是心有余而力不足。军需总管喋喋不休的可怕的话停止了，取而代之的是熟悉的话语：“梅弗拉，我可怜的朋友，你怎么啦？应该是太累了……对，疲劳……估计是……”

他的额头感觉到一块湿布，是中士细心敷上去的。接着，他睁开眼，看见俯身过来的军需总管的熟悉面孔，容光焕发、神情专注。“别担心，”他说，“你只是一时不适。我已经派人去请军委会的医生过来……”

“哎哟！今天可真疯狂！”医生匆匆走进来，“告诉我，库尔德，发生什么了？”

除了医生的亲切语气之外，库尔德这个名字也让史官很震惊，他还是第一次听到这名字。

“不，今天这种日子，我是不会为了自己去打搅你的，”军需总管说，“不过，我的朋友病了……梅弗拉·切雷比，随军史官，我想你应该听人说起过他……”

医生对这些话的漠然态度，以及他扒开史官的眼皮观察瞳孔的动作，都让他明白这人一点都不尊重史学家。这些人习惯了只为重要人物看病，他气愤地想。但是当医生解开他的衣服听诊时，史官还是为自己身上散发的香气而感到一丝自豪。

“这是双重疲劳所致。”医生转头对军需总管说道，似乎他的病人纯粹是个笨蛋。他抬起食指按住太阳穴，又说了一遍：“双重疲劳。”

切雷比又一次感觉受了羞辱。我倒想看看，我的小医生，让你听到这些可怕的东西，你会怎么样！他悄悄嘀咕了一句。

“给他喝点这个。”医生从囊袋里掏出一个小药瓶，对军需总管说。接着，两人开始低声聊天，好像史官不在场一样。最后，帐篷主人问了一句话，医生回答：“很好，我给你的镇痛剂要继续用。那行，回头见，库尔德……”

不，我永远也进不了他们的圈子，梅弗拉·切雷比苦恼地想。“那行，回头见，库尔德。”他像学习外语一样重复着这句话。确实，他偶尔能从军需总管说话的语气里觉察出轻微的异域口音，但是他和大多数人一样打消了这个念想……库尔德这个名字在奥斯曼人当中不是挺常见吗？

不管过多久他也不能自然地说出这句话：“那行，回头见，库尔德。”这个人对他表现出友谊，只为向他灌输任何人都无法独自承受的毒药，诚如他刚才的所作所为。

在其他情形下，他会因为对方托付这样一个秘密而感到骄傲。刚才，他却惊恐万分。而现在，他感到自己受了冒犯。谁知道将来的他对此事会留下什么印象呢？

“刚才你感觉不舒服的时候，我们聊到哪儿了？”军需总管问。他的语调漠不关心，但切雷比感觉，在他的目光中有种像钟乳石一样冰冷的光芒。

“我记不清了……”他回答，“我想，是说到巴尔干人民了，谈到斯坎德培……”

“哦，对，斯坎德培。”军需总管的表情再次活跃起来，“你没有听到其他话吗……那样更好！”他又补充说道。

切雷比感觉舒了一口气。虽然遗憾又提起刚才说给他听的秘密，但这还不足以扰乱他刚刚恢复的平和的心境。

军需总管仿佛也松了口气，心情不错，他建议切雷比稍事休息，待会儿派传令官送他回帐篷。在那之前，他们还可以继续刚才被打断的谈话。咳咳！刚才谈到……斯坎德培！军需总管说他的一个朋友曾在秘密举行的和平谈判期间见过斯坎德培。那次谈判是在阿尔巴尼亚首领拒绝向土耳其臣服之后进行的。伟大的皇帝穆拉德汗发出的邀请以“我的儿子”开篇，可斯坎德培拒不归顺。“可恶！”史官插了一句评论。军需总管继续讲，斯坎德培在那场谈判当中只说拉丁文，以显示自己与他们断绝的决心。

“可恶！”史官又说，“悖教者！”

“不仅是背叛宗教！”军需总管说得更厉害，“他还击碎了我们帝国的一个梦想。你知道是什么吗？是那个最美的梦想：让阿尔巴尼亚的天主教徒皈依伊斯兰教。”

“他们的皈依将是一个奇迹。没错，他们人数并不多，只是一小撮，但别忘了，他们的基督教传统由来已久，十三个世纪以来一直依附罗马教廷并服从于它。他们皈依伊斯兰教，就是一个明确的信号，我们成功地在基督教的堡垒上打开一个缺口。帝国里的民众从来没听到过比这更好的消息。但是梦想很快就被乔治·卡斯特里奥蒂·斯坎德培击碎了，这位有着两个名字的魔鬼……”

史官听得张大了嘴巴……

“他的一切都是双重的：从名字到头盔上的一对羊角，再到王旗上的那只双头鸟。你是否还知道，他一旦开始统治其他王公之后立即做了什么。他以屠杀作为威胁，下令让皈依伊斯兰教的阿尔巴尼亚人回归原先的信仰。他说得出做得到：那些刚穿上第一件伊斯兰教服装的新教徒，他又把他们拽回到基督教里去了。就是这样，切雷比……”

“真是个长两只角的魔鬼！”史官也说，接着他又问斯坎德培长什么样。

“长什么样？”高官继续说道，“我记得当时也问了朋友这个问题。他说这人长相没什么特别之处。那天他嗓音沙哑，估计受了凉。谈判期间，他脖子上的围巾一直没有取下来过……”

“脖子上围着围巾。”史官机械重复了句，昏昏欲睡……

“越是其貌不扬的人，我越是当心。”军需总管说。

他的声音产生了一种不同的回响，似乎帐篷的空间大小迅速发生了变化。

自医生离开后的第一次沉默。军需总管的长手指比平日更加快速地拨弄念珠。所有珠子里头，有一颗看上去没有光泽。

“在我心里，阿尔巴尼亚人和犹太人、希腊人一样，是最可能归顺我们的民族之一。”与手指的动作不同，他的声音缓慢沉稳，“但就是这个斯坎德培在跟我们作对。”

“我明白。”史官说。

他脑海里有一幅画面在展开：日暮时分，科索沃平原上尸横遍野，穆拉德汗骑行其间……他必须消除这个画面，把它从记忆中删除，如果他不想自己出事的话。

“阿尔巴尼亚必须摆脱斯坎德培，这是唯一的办法，”军需总管继续说道，“可他拼尽全力阻止这一情况的发生。他很清楚自己最终会战败，可他还是牢牢攥住阿尔巴尼亚。”

“让他和阿尔巴尼亚都见鬼去吧！”史官心里这样想，但不敢大声说出来。

“他现在所从事的是一桩不寻常，甚至是非凡的壮举。我先前对你说起天空，各个民族都将圣物寄托于上苍……那么他，从现在开始，他就在朝那个方向努力……不知你是否明白。他在努力创建另一个阿尔巴尼亚，没有人能够触碰得到，可以说不可捉摸。结果是，世间真实的这个阿尔巴尼亚，有一天会覆灭，但另外那个幽灵一样的，它的影子将继续在苍穹中游荡……你明白我的意思吗？（实际上，史官越来越听不明白。）他正在致力于一项前无古人的创举，他要在打败仗中汲取教训。或者，也可以说是，他一直在战争中反省、完善自我。”

切雷比感觉脑子里一片混乱，他心想对方这是故意让他发蒙，好叫他忘记科索沃平原上苏丹的白马。就算你不讲，我自己也会忘记，他暗下决心。

军需总管的手指几乎要把念珠扯下来了。

“你明白，梅弗拉，他想让我们同它的影子作战，也就是说让我们去打败一个幽灵，打得它溃不成军的样子。但我们真的能打败一个失利，一个败仗吗？这就像去挖一个坑。但它本来就已经凹陷进去了，再挖也不会有变化，而你，你一不留神却会掉到坑里去……不过，说这么多，我看你已经累了，朋友。或许该让你回帐篷了。我的传令官会送你回去。”

确实，他感觉精疲力竭，脑袋里都是乱糟糟的想法。夜幕已经降临。巨大的营地里，生活起居一切照旧。人们像蚂蚁一样来来往往。他正沿主道走着，听见身后有几辆板车的声音。转头一看，占星官在其中一辆车上。他不想打照面，于是加快步伐，但听见车队声音逼近，他干脆拐进志愿营帐篷之间的一条过道里。

到了自己的帐篷，他和衣倒在兽皮毯子上。当他昏昏欲睡的时候（占星官这时正在板车上悲叹自己时运不济），他心中突然涌上这样的感受：不管怎样，生活还是美好的。占星官此时也有这种感受，但是不无苦涩。他下了车，准备与坑道兵一同进入地下，去换前一拨人的班。进地道之前，他频频环顾四周，遗憾不已，奇怪自己以前竟然从未发现世界的美好。他一生都不满足于命运的安排，心里想的总是用尽一切办法往上爬，却从未好好品尝过目标达成带来的满足感。现在，命运将他推入阴暗潮湿的地下，他这才明白，从前度过的许多日子都应该是美好的，可他出于对更完美的幸福的不灭渴望，让它们变得黯淡无光。

每下一级台阶，对于再不能回到地面上的恐惧，像匕首一样吓得他直冒汗。工程进行得再小心也不够（现在不再挖土，只轻轻扒土），他们时刻担心被围城里的人发现。这是第一种危险。第二种，是出去之后要面对的。不幸要率先出去的人可能为此付出生命。再说，即使他们打开出口时不被发现，不必一出去就遭遇流血的惊吓，仍有被加尼沙里新兵们推搡踩踏致死的危险。确实，一旦出口被打开，地道里的加尼沙里新军会像暴虐的飓风般涌动，把筋疲力尽又手无寸铁的坑道兵推向敌人的长矛。

出地道的时间越临近，占星官的心情越阴郁。此刻，营地渐欲昏睡，面包炉附近搭起的帐篷里，数百名加尼沙里新兵的精锐全副武装、时刻戒备。前两天夜里各有数百名精兵守在里面，准备好万一地道坍塌就即刻攻城。他们列队站在黑暗中，像雕塑般一动不动，坑道兵打他们面前经过，就像经过一面墙。他们的出现让地道里气氛更加沉闷。加尼沙里新军每隔两小时换一次班，坑道兵则往往会劳累到昏过去才换人。

所有迹象表明，打开出口的日子已经逼近。占星官背着袋子在黑暗里缓缓前行，走在他前面的人以前是一名军官，他是因为攻城时丢下士兵不顾，自己从梯子上下来而被罚到这里的。占星官盘算着，接下来的两三天里，趁新的占星官还没有到，他可以再做最后一次尝试来改变命运：通过分析蛇夫星座（显然影射的是地道）的位置。他得建议打开地道出口的吉日，为把自己从这堆泥巴中解救出来做最后一次努力，万一失败，他会被埋到更深的地下，永无出头之日。不过，他现在在地底下，为了让高层听到他的话，他需要几个信得过的朋友。切雷比是指望不上了。诗人萨德丹如果没残废，说不定可以做他的传声筒，可他现在只是个盲诗人，没人会把他的话当回事儿。位高权重的穆夫提当初唆使他定下攻城的日期，由此铸成他的不幸，现在估计连他的名字都不记得了吧。

占星官深深叹了口气。这天，地下的加尼沙里新兵的数目比以往任何时候都多。他们贴墙站在地道两侧，两人之间间隔三四步。四处放着装了浸过油的灰土的桶，它们发出的幽光在加尼沙里新兵的脸上投射出可怕的光影，只照亮额头、鼻子和下巴，眼睛和嘴巴留在阴影之中。

他经过地道迅速下行的那段路。他知道，头顶上是他们努力通过且尽量避免损坏的主城墙地基。由于位置更深，这一段的空气更加湿闷。接着，地道又恢复原先的深度。他每次回到这个地方心跳就会变缓。他尽快装满袋子，好赶紧离开，好像城池的重量压迫着他的双肩。他看见前方工地有一群人。下午工作的一批人已经由晚班顶上。这一小群人正在激烈讨论什么，其中有人一会儿指指墙壁，一会儿又指指淌水的洞顶。占星官认出是建筑师加乌尔和阿拉贝伊。他们在和工兵团中尉乌鲁·贝克贝说话。军官面露担忧。建筑师不停举起手在头顶上画圈。看得出，他们得决定从哪儿打开出口。

由于火把光线微弱，他们的脑袋映在墙上的影子周围好像有一圈光环，很像基督教教堂里圣像头顶的光环。

他们讨论的声音很低。正在干活的坑道工也一声不吭。他们借助个头较大的攮子悄悄地扒土。占星师开始装土。很显然，地道不会再往前挖了。坑道工现在要做的是将两边弄得更宽敞。这可能是为了在开口下方形成一个大地下室，以便关键时刻能容纳尽可能多的加尼沙里新兵。

占星官装满一袋土，扛到肩上。他经过那群高层人物时又听到他们轻轻的充满忧虑的交谈。毫无疑问，当天晚上将有大事发生。到处都是等待和不安。他背着袋子沿着靠墙而立的士兵往回走，下坡，上坡，最后到达搬运车停靠点。和每次一样，他一到这个位置就安心地舒了一口气。

“那边怎么样?”一个推车人问他，“我猜今晚就要出去了。”

“我也这样想。”占星官边倒土边说。

“但愿这次能成功!”对方喊了一句，推车走了。

占星官把空袋子搭在肩上往回走。

不难看出，当晚确实要攻城了。他回到作业前线时，那群人还在小声讲话，时不时地抬手在头顶上方画圈。他们的到来给占星官带来了信心和安全感。说到底，他并不像看起来那样被打入十八层地狱，因为在这个决定性的夜晚，如此位高权重的大人物也来到他们身边。

占星官运第二袋土的路上遇到两个坑道兵，他们搬来一架又短又宽的梯子。

“这是第二架梯子。”推车人再见到占星官的时候告诉他。

“那边也准备好了吗?”

“不知道，我没到那边去。”

占星官回到地道尽头时，建筑师、阿拉贝伊和两个不认识的人正在走开。他们的在场给挖土和运土的人们带来的安全感没有了，取而代之的是空虚和恐惧。不过乌鲁·贝克贝和他的副手，以及一位加尼沙里新军军官留在前线。军官站得稍远，全神贯注于眼前发生的事，以至于其他官员在那儿的时候，大伙儿完全没注意到他。直到现在，坑道兵们才注意到他肃穆的身影，好像是从黑暗里蹦出来的。他显然要负责指挥出地道的行动。

坑道兵的工作使得这个小空间在迅速扩大。这里的土比较松，很容易扒下来。占星官和其他运土人一样汗流浃背。他们飞快地在一边又挖了一个矮洞来加固，里面挤了一堆士兵，像一个个浮雕人物一般。现在坑道兵在挖对面的墙，好容纳更多的人。士兵们心惊胆战地看着即将带他们出去直面命运的短梯。

没有人知道确切时间。只知道地上现在正是黑夜。乌鲁·贝克贝时不时会不安地看一眼地道黑黢黢的尽头。大家在等待传令兵带来打开出口的命令，传令官却迟迟不现身。也许这只是错觉，因为他们在地下，对时间的感知不一样。

他们已经变得麻木，火把的微弱火光也似乎快要睡着。突然，他们感觉到一阵震动，好像整个大地猛地醒来，紧接着一声巨响。所有人都被镇住了。一个火把熄灭了，另一个掉在地上。泥土坍塌的闷响从地道中段传来。

所有人都朝这个方向张望，直到那个声音消失。

乌鲁和他的副手冲过来。其他人，士兵、坑道兵、运土人，都像中邪一样骚动起来。有人喊着："我们完了！"还有人叫道："地震啦！"有两三个人想跟在工兵团中尉后面跑，但此前像木乃伊一样一动不动僵在那里的加尼沙里军官突然拔出弯刀大喝：

"安静，所有人不许动！"

人群听从了。

一片沉默当中，清晰可闻乌鲁和其副手跑远的沉闷脚步声。接着，他们的声音消失了，人们又听到另一阵脚步，听声音一会儿像在靠近他们，一会儿又像在原地不前。是个坑道兵，他从地道的另一个岔道跑过来。

“站住！”军官喊道，“你是谁？”

“我是萨皮尔。发生什么了？”

“不清楚，但我们马上就会知道了。”军官说。

“安拉！发生什么事了？”

“安静！”军官命令道，“点燃火把。”

“有人来了。”一个声音说。

所有人伸长了耳朵。确实有脚步声，但很缓慢。

“是什么情况？”

乌鲁和他的副手满脸苍白，冷汗直淌。

“我们完了！”

“喔！”

“安静！”军官命令，“怎么回事？”

“地道塌了。”乌鲁虚弱地回答。

“他们干的？”军官用食指指着上面。

“对，是他们。”

“我的天，我们中计了！”

“他们要活埋我们！”

“安静!”军官重复。他转向乌鲁问道:“这种情况,我们还有希望吗?”

“没希望了。”工兵团中尉回答。

“没希望了。”他的一名副手又说了一遍。

这几个字在地道里发出可怕的回响:“没……希……望……了……”

“不能打个通道出去吗?”

“不行,他们会监视我们的一举一动。”

“会不会是土层自然坍塌?”

“不可能。你没闻到火药味吗?”

“那我们只有等死了,”军官平静地对人群说,“安拉为我们选择了这样的死亡,我们必须接受。”

有些人开始祷告,大部分人开始哀叹。

占星官蹲下来,两手抱住脑袋。他的魂已经离开这个世界了。

“要不投降吧?”有人小声建议。

“闭嘴,混蛋!”军官抓着弯刀大喊。

“谁敢下命令?”乌鲁·贝克贝开口道,“这里我说了算。”

“我的人听我指挥。”加尼沙里军官反驳道。

“这里只能我说了算!”乌鲁·贝克贝又说了一遍。

“你是不是希望我们投降?”

“不是,”工兵团中尉说,“我只是希望在我的地盘里,别人不要瞎指挥。”

“投降只会更惨。他们会像宰羊一样把我们大卸八块。”

“那可不一定。”有人嘟哝。

“安静！”军官厉声呵斥，“他们会报阿金基轻骑兵的杀戮之仇，把我们碎尸万段。”

这些话的每一个字都发出可怕的回响：“碎……尸……万……段……”

占星官靠在一个小土堆上。就着灰土的微弱红光，他望向地道穹顶，如同观察翻转过来的航道。这就是你现在观星象的地方，他对自己说。皇家天文台（加乌尔这样称呼它）是他一生都梦想能够统管的机构……顶上开始渗出黑乎乎的水。他昏沉的头脑还能够做一点混乱且脱节的思考。他哀叹自己的命运，最终要在异国他乡的地下了结此生。另外一个念头和星辰有些关联，他这一生和它们结下友谊，分而复合，比和其他人类还多；可如今他的生命即将走到尽头，他却再也看不到这些星辰。他能看见的只有这些黑土，不断渗水，渗水……

占星官的脑海里翻来覆去都是这些念头，如此过了许久。然后是一个更漫长的过程。火把一个接一个熄灭了。接着是昏暗的灯。到后来连炭火表面跳动的火星都暗淡了。它们不时跳一下，向周围投射出蓝色光斑，现在也逐渐灭尽。最后几颗火星跳动时照亮人们由于惊恐而变形的面庞，五官不再对称，眼、鼻、下巴似乎要融化了。一切即将陷入永恒的黑暗。

一阵沉寂过后，又响起祷告和哀叹的声音。不时有人短促地叫喊或者打嗝，但立即被抽泣的声音淹没。占星官发觉有人朝他爬过来。突然，他脸上感受到滚烫的呼吸。“我给你讲讲我这一辈子，好吗?”来人低声问。占星官没有回答。“来，来，我给你讲讲我这一辈子。”对方说。接着，他用单调的声音讲起他爬一架梯子，一级又一级，怎么都爬不完。占星官的耳朵努力想躲开他，可陌生人还是找到了它。“让你舌头干枯!”他用老本行的方法诅咒对方。接着，为了忘记这个人，他开始回想这类诅咒，有不少与影子和泥巴有关，“让你啃口泥巴”或者“但愿影子弃你而去”，他们的影子并没有因为受了诅咒就离开他们……他头一回明白了这个说法的深刻含意。我再也没有影子了，他心想，所以我已经死了。

“我是替身。”身旁有个声音说。接着，他发现有两个人好像争着要霸占他的左耳，要跟他说话。其中一个问：“替身是什么?”另一个答：“就是长得酷似图尔桑帕夏的人，出于安全考虑可以替代他的人。替代帕夏？在哪儿？哪儿有需要就出来替代他。主要是在受到攻击的时候，不过也有其他情况，比如在会议上……但他不想要替身，他们就把我扔到这儿来了。谁？……他们呗……显然，帕夏起了疑心，他们也是……我和他们一样怀疑……我们可能有一天会用得上你，但目前你不能在任何地方露面。他们刮了我的山羊胡子，把我弄到这儿来……”“原来你是他的影子!”占星官说，“难怪你刚才那么莫名其妙地骂骂咧咧……”“他不要我，”对方又说，“就因为这个，我现在才蹲在这个地洞里。这里有很多罪犯，也就是说，被判罚的人。还有几百人被监视，更别提那些受酷刑的……”“你疯了?”占星官问，“哪有这样一群人?……”“到处都是。”对方回答，“有一半的战区医院受卡普杜克阿加控制。许多医生其实是审讯官。在铸铁作坊的后面，在那里……那里真是恐怖极了……至于奸细就数不胜数了，连这个地洞里也有……我啊，为了隐藏踪迹总是不停地走动。行了，我走了……”

行，快跑吧！占星官想。但是替身刚走，之前那个声音，那个爬梯子的人，又开始说话。占星官想尽办法都脱不了身。杀了我吧！他心想，干掉我！……那人的声音很温和，似乎希望听者原谅自己的坚持……“我最初想打退堂鼓是在爬到云梯第四级的时候。但我立即赶走这个念头继续往上爬。爬到第四级时，有死人滑落到我身旁。我的腿还在爬。第八级，我又想下去，打退堂鼓的念头更加强烈，可我一想手下人会怎么讲，我再次打消了那个念头。第十级，我抬眼看到城墙上的混乱场景。真是可怕。我转头往下看，我的人跟在我后面往上爬。如果我要下去，得叫他们给我让路。我继续爬。到第十一级，我闻到一阵扑鼻的人肉的焦味。我前面那个人的脖子正在冒烟。在梯子的第十二级，我心想，这么混乱的情况下，没人会发现我逃跑的。我翻到梯子背面，牢牢抓住横杠，身体悬在半空。我一手抓住第十一级横杠，另一只手去抓第十级。我这样往下。在第九级，有个士兵往上爬，踩到我的手指。第八级，我被踩得更重。于是，我松手掉在城墙脚下挤作一堆的士兵身上。我以为没人看见，可我错了。我的一举一动都受人监视，丝毫没逃过别人的眼睛。后来他们一五一十地复述了我的所作所为。实际上，我刚踩上第二级横杠时就想跑路了，确切地讲，真正决定下去是到第七级的时候，但当时我想不出来应该怎么下。在十一级，我考虑过装死掉下去，但是太高了我又害怕。就在这时我闻到一阵人肉烤焦的味道……你没有在听我说话？你哭了？不管怎样，我在给你讲我的事。不过我还想告诉你更多细节。听我讲吧，不过如果你听得不耐烦，我也不会生气……”

他单调的声音又开始讲。他非要讲清楚自己在梯子的第几级时想到当逃兵的，又到第几级真正决定下梯子。他边说边想，不断更正自己的话，希望说得尽量准确。他讲起来没完没了，反复申明他想尽量客观而真诚地审视自己整个的人生。

有些时候，占星官感觉对方某些人生境遇和自己相似。他尝试过挣扎，就像逃离不断上升的水面，但是枉费心思。这声音有时停顿一下，有时变轻，并与其他人的低语叠加在一起而模糊难辨。一切都在迅速地消解。一股黏稠的黑色液体在四处蔓延，对谁而言都一样。他现在不但怀疑自己尿液和精液的存在，甚至还有肺和脾的存在。每样东西原来都各归各的，现在，都搅在一起，合为一体……可以肯定，最后的城墙——颅骨——会变软，里面的脑浆会流出来……就要终结了，占星官想。

“其实，我才是真正的帕夏！”那个声音说。

“该死的，你又来了？”他叫道，但对方假装根本没听见。

“我怀疑很久了，现在确定了。我是图尔桑帕夏，地上的那个只是我的替身。但他看起来比我能干，就取代了我，这种情况经常发生在替身身上。换句话说，他行使了本属于我的职能！”

“你说什么疯话呢？”占星官对他说道，“你不能一个人发疯！……我们不是说好要一起坚持到最后的吗？”

“别打断我！我的怀疑得到了证实……二者必有其一要从高处落下。你不必惊讶于我的不幸。几乎所有人情况都是如此。这里的人，地底下这些，我们才是真身……上面那些人，他们什么都不算……只是些幽灵……行了，我现在又得走了……有奸细跟踪我！”

“走吧！”占星官说，“你把自己埋在地下吧！”

低语和祷告的声音越来越低。时不时地有一声啜泣，打破它们的单调嗡响。撕心裂肺的叫喊很少再听到了，最近的一次是从很远处的地道另一端传来的。“我不想听你讲你这一辈子！”一个人喊道，“我不听！我的人生都要走到头了，干吗还听你的？不，我不听！走开，我叫你走开。你为什么这样黏着我？我不想听，听见没有？我不听！我不听！”那个声音要崩溃了，接着又突然噎住，开始猛烈地抽泣。没过多久，啜泣声此起彼伏。有些人边哭边怨：“我们真不走运！”突然，阵阵哀号之中听见有人喊：“统帅！”

的确，图尔桑帕夏从活人的世界中下来了。有人不知怎么点亮了一盏小灯，占星官借着光线认出了统帅。他说话的声音和他的替身一样，而且胡子已经长出来了。我们在这儿已经多久了，老天爷？他心想。一茬胡子的光阴……他回答自己。上面的人一定都怕听说这样的话，如果他们还能回到地面……帕夏挨个儿向他们打招呼，对他认识的人尤为亲切。他问乌鲁·贝克贝有什么想叮嘱妻子和母亲的，又跟另一个人转达了其家人的情况。然后，火苗暗淡下去的时候，他对人群喊："愿你们灵魂得到安息！"有人回答："愿我们天上再见！"

占星官手里攥紧三颗星的铜牌，他心里很想割开大地和黑暗，重回地面。但不可能，大地和黑暗在他身上铺开了自己的帝国。他哭起来。朋友、女人、喧闹拥挤的街道、撞开的门，这些画面努力在他脑海里连贯在一起，但他将要失去这一切。

在一片哀号当中，疯笑的声音像一只盲鸟，一会飞到这儿，一会飞到那儿。走吧，占星官对自己的理智说，从我身上走开吧，你对我再也没用了。有些人狂怒地斥责地面上的人，认为他们应该感到悔恨。也有人突然清醒过来，泪流满面。但还有一些人，一点没有被打败。他们认为自己即将遁入虚无，这将使他们比任何事物都强大。我们将拥有**不在场**，而它正是宇宙之王！占星官几乎要呐喊：我不属于这里，放我走！他挥动铜牌……没错，他犯了过错，但伟大的天神应当对他更加宽厚。从现在起，疯狂是他唯一的救赎。行行好，他对理智说，你已让我筋疲力尽，从我的脑袋里出去！但它并不离开。

7月26日，我们决定要让地道坍塌。我们确信他们不再挖了，这就意味着那天夜里，或者最晚到第二天，他们要尝试挖一个出口。我们下定决心要在基坑附近地道最深的地方引起塌方，那里的土比哪儿都厚，这样才肯定能把他们全埋在里面。

塌方之后，我们继续观察整条地道上方的地表。那些被活埋在地下的，甚至都不能试着挖出一条逃命的路，而外面的人也根本不可能进去救他们。事实上，这方面的各种努力绝对都是徒劳无益的。

起初，在我们的地下没有任何动静，以至于我们很难相信有几十个工程兵和武装到牙齿的战士在那里，就在我们脚下三四米的地方。但这种寂静只持续了开始的几天。之后，尤其是在夜里，只要把耳朵贴在地上，我们就能听到叫喊和呻吟的声音。但谁也说不上来底下到底发生了什么。

我们认为最好让他们死在他们所在的地方。如果把他们弄出来，我们也没有办法把他们关在监狱里，因为，就算没有他们，我们的粮草和水都已经不足了。在别的情况下，或许我们可以把他们当作人质去交换落入敌人手中可能还活着的伤员，或许可以拿他们换一点战利品。但是，在他们凌辱了我们年轻的女囚之后，我们就受不了了。我们不仅是性情变了，而且可能永远都回不到原来的生活中去了。在我们的军队里，大多数人都因为见惯了死亡变得心肠硬了，越来越难去原谅、去怜悯。

当他们的怒火慢慢熄灭，不管怎样，我们的弟兄们开始为那些不幸的灵魂祈祷。连续好几夜，我们都在地道上方点了蜡烛，烧了香。不过，我们所有人都失眠了，甚至那些好不容易睡着的人都惊醒了，比那些睡不着的人更惶恐，因为他们在梦中看到了可怕的场景。谁都没有想到，土耳其人故意挖了这条地道目的就是为了在我们的脚下堆满他们士兵的尸体。

第八章

用手肘支撑着，她们平躺在营地的床上。

帐子被令人窒息的炎热包围着。即使什么都不穿也难以忍受。

“外面一定比这儿凉快些，”蕾伊拉说道，“在营帐里，要么总是比外面更冷，要么就比外面更热。”

她是唯一一个参加过战争的女子。她曾经的主人，一个大臣，将她带去了特沙里战争。大臣在战争中身亡，根据惯例，这个年轻的寡妇在她丈夫入土后做的第一件事就是解散了他的女眷。她以迅雷不及掩耳的速度把她们卖了，但这好像还不够表达她对她们的蔑视，她只要了差不多一头山羊的价格。

从第一晚开始，蕾伊拉便把这一切告诉给了她现在的新女眷们，加上出于彼此间或多或少的情谊，她们都叫她“小羊儿”或者“小宝贝”。最近这些日子，大概是因为在战争期间，女眷们的关系也变得紧密起来。

“天啊，太热了，简直要喘不过气来了，”蕾伊拉身旁的“金美人”说道，这个昵称源于她又密又长的金发，“哈桑在哪里？给我们送些水凉快一下也好！”

大家不约而同地笑起了她蹩脚的土耳其语，但立马又明白，自从战争开始，这也没什么可笑的了。

艾吉尔，最年轻的那一个，一反常态很安静。她的面色苍白，辫子随意地盘在头上。

“你是不是经常犯恶心？”蕾伊拉问她。

“是的。”

“那你应该是有了。”

艾吉尔定睛看着她。

“我也是，我和你一样难受，”阿伊塞尔说，“哎！我好想我的小女儿！到秋天她就两岁了，那个时候我们能回去了吗？”

“我觉得不行，”蕾伊拉回答，“从战争开始的形势来看，围城还会持续下去。”

“我当时妊娠反应也很厉害。”阿伊塞尔说。

“但是你分娩后变得更美了，”蕾伊拉说，“当你怀孕的时候，我们看你的模样，都觉得生完孩子他就会把你卖掉。我们都猜错了。”

阿伊塞尔若有所思地笑了笑，然后眼神一一扫过这些女眷，低声吐露说：

“你们想知道为什么他还爱我吗？”

出于好奇，女眷们纷纷围向了她。连“金美人”也将眼神从地毯移开，托着腮帮子准备倾听。

“是这样的，因为我的奶水很足，当他拥抱我的时候，特别喜欢这湿湿的乳房。”

“真的吗？”艾吉尔很惊讶，瞪大了眼睛。

“是的，甚至晚上和他一起睡的时候，他叫我不要给女儿喂奶，以便……”

“为什么你之前什么都没和我们说过？”

“我觉得有点难为情。”

“难为情？跟我们？”

阿伊塞尔耸了耸肩。

“那我呢？我会有很多奶水吗？”艾吉尔问道。

她们都笑了。

“谁知道啊？”

“可不是靠奶水吸引男人的啊！”阿伊塞尔点拨了一句。

“那靠什么呢？”

“只有天知道……”

大家都望向蕾伊拉。只有她之前参加过战争，有过另一个男人，而且，从任何情况下看，她都是最精明的。

“男人是这个世界上最难猜的谜语，”她说，“坦白说，我一直以来最大的愿望就是可以和男人聊天、交谈……你们明白吗，不是和他睡觉，而是说话，彻夜长谈，直至天明……直至谈不下去为止。”

“你能聊什么呢？”阿伊塞尔反问道，“你第一个丈夫难道从来不和你聊天？”

“从不！他阴沉得像只乌鸦。至于现在这个丈夫，他只主动和我说过一次话，你们知道他说了什么吗？我只要一想到这个就觉得可怕。他问我：‘告诉我，你以前的丈夫跟你是怎么做的。’”

“他真的这么问的？那你告诉他了吗？”

“当然，我害怕得发抖。我以为我说完以后他肯定会杀了我，但奇怪的是，事情却正好相反。他甚至变得温柔起来。也可能是因为我之前觉得他肯定会生气，所以才会有这样的感觉。”

“那么，”沉默了一会儿，艾吉尔说，“再跟我们讲一些事情吧。”

“你们还想我说什么？我已经把一切都告诉你们了。”

确实，她已经把一切都说过一遍了。有些东西甚至不止一遍，尤其是关于男人的命根子，有的笔直如异教徒的佩剑，有的弯曲如土耳其弯刀。

她们又回想起了许多其他女眷间的旧事，惊讶地发现自己其实甚是想念布尔萨的家。她们想起在那儿度过的最后一夜，有些人悲伤得无法合眼，有些人则恨自己别无选择。

“我知道战争是什么，但我不想让你们不开心，”蕾伊拉对艾吉尔和“金美人”说道，“尤其是你，艾吉尔，你总是很好奇，经常问我什么是战争，总是急不可耐地想看到黎明的到来。”

“也有可能男人就是在痛苦与血泊中诞生的，天生一辈子都不怕流血牺牲。”

“你竟然有这种想法！阿伊塞尔！”

“谁知道这场战争会如何结束?”

“谁知道啊,”蕾伊拉回答道,“只求真主安拉保佑!对于我们来说,即使知道结果,又能改变什么呢。如果战争胜利,他就会加官晋爵,然后买来更多的女人,我们又会多几个同伴。”

“啊!这听起来还不错!”艾吉尔说。

“如果他失败了,就会把我们卖掉,谁知道那时候我们的命运如何,是会更好,还是更糟?”

“啊!这听起来也不错!”艾吉尔重复道,“我想换个主人。”

“闭嘴,小蠢货,”蕾伊拉说道,“太监会听到的!”

“那个哈桑在哪儿呢?”“金美人”抱怨道,“如果他能给我们拿点水来就好了!”

“我想是他们准备切断城堡的供水吧,”阿伊塞尔说道,“我昨天听到哈桑这么对一个哨兵说的。”

“真的吗?那是不是说战争快结束了?”蕾伊拉判断道,“这么热的天气,没水可怎么坚持得了啊?”

“怎样把水断掉呢?”艾吉尔问道。

“怎么断?通常会找到水渠,然后把它们毁掉。”蕾伊拉回答道。

“是的,”阿伊塞尔说道,“他们说有一个引水渠他们一直找不到。”

“幸亏我们有哈桑时不时给我们带来一些外面的消息。”

“前天,在散步的时候,我听闻穆夫提想带走我们其中的几个人。”阿伊塞尔说。

“那个穆夫提？他要我们做什么？”

“他宣称是我们带来了厄运。”

“你们看吧！”蕾伊拉叫道，“如果战争没有胜利，那一切都将是我们的过错！”

“啊，我的上帝！真希望我们可以早点离开这儿。”“金美人”冒出一句。

“你啊，你迫不及待想去见你的居塞尔了吧！”艾吉尔调皮地说道。

“金美人”没有理她，脸微微泛红，略带窘迫地别过头去。

“别开这种玩笑了，”阿伊塞尔插话道，“哈桑听得见我们的对话，你们还记得克基克和那个希腊女人拥抱时被人发现的事儿吗？”

“那时候我还没来呢，”艾吉尔说道，“淹死那些女人的沼泽地叫什么来着？”

“阿弗迪·巴塔克，通常会在那里淹死那些通奸的女人。据说整夜都能听见她们的惨叫声。”

“通奸……”艾吉尔重复着，若有所思，“多么奇怪的一个词啊！”

“我永远也忘不了那一晚。”阿伊塞尔继续说。

“我永远也忘不了这个帐篷，我们都要被烤焦了！”艾吉尔叫道。

“别抱怨了，还有比这个更糟糕的呢。”蕾伊拉说。

“有什么能比这个帐篷更糟糕？”

“哦！当然有了，”蕾伊拉回答道，“如果我们被敌人捉住。”

艾吉尔愣了一下。

“我从来没有被抓走过……”

“闭嘴，蠢货，太监会听到的！”阿伊塞尔呵斥道。

“你希望被抓？”蕾伊拉惊讶地叫道，“难道你忘了吗？哈桑曾说过，两周前阿金基轻骑兵带来的那些阿尔巴尼亚女人，她们在我们的营地就活了一晚。一人清早就已经被埋在土里了。”

艾吉尔低下了头。

“哈桑见过她们，”阿伊塞尔说，“那天天还没亮，他便起身准备出门呼吸下新鲜空气，回来的路上不小心撞到了一个脸盆，吵醒了我。于是，他靠近我和我说：‘阿伊塞尔夫人，我看到她们了，她们都好白好白，和床单一样。’”

“可怜的哈桑！他甚至都不忍心看这些女人受苦。”

突然，艾吉尔泪流满面。

“够了，阿伊塞尔，”蕾伊拉说，“艾吉尔听不得这样的故事。”

她们都不再说话了，只剩艾吉尔一个人默默抽泣着。不久，“金美人”先打破了沉寂。

“天哪！我要爆炸了！”她边说边把头发撩到了一边。

另外两位也用力地扇扇。

“哈桑还和我说过别的事儿呢，”阿伊塞尔凑到蕾伊拉的耳边说，“夜里，士兵企图把墓掘开，你听说过有些男子就喜欢猥亵女尸吗？我不知道这叫什么心理，但是，在半夜……”

“我想，哈桑回来了，我认得他的脚步声。”艾吉尔说。

确实，太监来了。

“你去哪儿了？”女眷们几乎同时问道，“你怎么能把我们留在这样一个火炉里？”

“我去看着我们的工兵寻找水源去了，”哈桑答道，“平原上满是挖过的黑洞，但是依然不见引水渠的影子。”

“是不是我们没找对地方？”蕾伊拉问道。

她是四人当中唯一听过这件事的人，即使在她之前经历的那场战争中，事情也没到如此地步。

“工兵团是根据建筑师加乌尔加标注的地点进行挖掘的，”太监说道，“他好像知道所有大地与水源的秘密。”

“你的话太多了，哈桑！快去给我拿点水！”“金美人”嚷嚷道。

“马上就来。”太监答道。

他出了门，女眷们听到空壶的叮当声越来越远。

艾吉尔将头枕在了小臂上。

“你感觉怎样？”蕾伊拉问她，“依然很想吐吗？”

“是的。”

“你的脸色很苍白。”

“他知道你有孕了吗？”蕾伊拉问道。

“哈桑应该告诉他了。”

“他们偏爱在战争时期出生的孩子。”蕾伊拉告诉她。

她还叹了口气，想要再说些什么，但是又闭上了嘴。

“为什么呢?”艾吉尔问道。

蕾伊拉没有回答道，而是继续说：

“尤其是男孩。”

“为什么他们尤其喜欢在战争时期出生的孩子呢?”艾吉尔又问了一遍。

蕾伊拉垂下了眼睑。

“我也不是很清楚为什么，”她说，“可能是因为孩子在兵荒马乱、尸横遍野的战场上出生，更让他们感觉到有做父亲的存在感吧。也有可能是因为打仗就免不了死人，他们欠下了很多条人命。赋予一个孩子生命，这和那些被他夺走的生命比起来虽然算不了什么，但还是会让他感到开心。”

“最近这些日子他看上去很阴沉，”阿伊塞尔观察到，“你们没发现吗?”

“确实，他都没笑过。”

“我喜欢深沉的男子。”艾吉尔随口说了句。

“他的右耳有问题，”阿伊塞尔说道，“一周前我和他一起睡的时候，他突然用手捂住了耳朵。我不安地问他怎么了，他告诉我说他耳鸣。”

“当然啦，战争的喧嚣和鼓声的撞击，他的耳朵怎么能受得了呢?”艾吉尔说道。

“我不认为这是使他变阴沉的原因,”蕾伊拉说,“他苦恼的是,这场战争仍未结束。”

“其次坑道的崩塌也对他打击很大。”艾吉尔补充道。

“坑道?当然,我觉得就是打那儿开始的……”

从屋外传来了水桶的声音。太监的脚步渐渐靠近,他一进来,女眷们就纷纷围住了他。“等一等,夫人们!”他向她们喊道。

最后他把她们带到了一间土耳其浴室。女人们的嬉戏声与水流声交织传来,久久不绝。

舒坦了,她们又回到帐篷里开始梳头。

“哈桑,把你知道的消息都告诉我们!”蕾伊拉说道。

洗澡后的时光总是留给哈桑来汇报的。他把脑子里想到的事都讲了一遍,不经选择,也不按顺序。整个营地都在谈论对巫师的下一次审判,他应该要为刺杀的失败负主要责任。都城会派来法庭的大学士们,带着给他定罪的刑具与短绳。按照之前的审判,我们可以得出结论说诅咒偏了:巫师手掌对的方向应该像射箭一样要瞄准靶心,稍有差池,箭一离手就会越来越偏离目标。所以,当诅咒降临到堡垒的时候,它贴着右边的城墙飞过去了,它的作用就这样散在空中,最后落在山毛榉树林或草地上,两三年里,那片地肯定会枯死,但这又有什么用呢?堡垒并没有受到任何损害。

“哦!哈桑,这些听上去可真够复杂的!”艾吉尔叹气道。

“等一下！”太监说道，“事情看起来可远不止如此。一开始的时候，我们认为巫师只是犯了点小错误。但是现在我们发现一切都绝非偶然……在酷刑下，先是他的副手，然后是他自己最终也承认他们明知错误却仍然行动，已和敌方联手。谣言还说军委会也有人牵连其中。但如果到现在，这些消息都还没传出去，可能是因为想放松叛徒们的警惕，然后一举将他们擒拿！咔嗒！——就像落入陷阱的老鼠一样！”

“看哈桑跟我们说的都是些什么可怕的事情啊！”阿伊塞尔说，“还不如给我们拿一些多汁的水果吧，我们口干。”

“告诉我们一些更有趣的事情吧！”艾吉尔强调。

“有趣的？整个军队都在说居尔蒂基和卡拉杜曼两人的争执，两人同时爱上了一个美男子，都要动刀子了……”

女眷们几乎同时略带忧伤地垂下眼睑，因为他令人窒息的美貌让她们觉得不悦。

哈桑继续滔滔不断地讲着一些琐事，但是年轻的女眷们已经没人有兴趣听了，萦绕在她们脑中的是有朝一日也有人为了她们而起争执。她们并非不知道，要是真发生这种事，决斗是不会在草地上伴随着刀剑之声进行的，而是在市场上，在讨价还价和钱币的叮当声中进行。

“那么现在！”哈桑大声说道，“把腿再抬起来一次，刚刚在浴室的时候，我没有检查你们的身体。我感觉你们的‘鸽子’有点黑，再过几天，它们都要变成‘乌鸦’了。尤其是你俩的，蕾伊拉和阿伊塞尔。好好准备一下，我们来把它们清理一下。”

“哦，不！”阿伊塞尔叫道，“那么快？”

“我注意到，夏天的时候，‘草木’总会长得更快，”哈桑说得更明确了，“来吧，过来，姑娘们。否则，哈桑会受惩罚的。”

“那她呢？她的阴毛为什么一直留着？”艾吉尔指着“金美人”问道。

“金美人”听到后轻蔑地笑了笑。

“这个问题，都是由主子决定的。”哈桑回答，“规矩就是规矩。你们呢，应该光滑得像一面镜子；而她呢，就像人们说的，一根毛都不能碰。你们知道为什么吗？”他低声补充道，“因为她是金发。男人们都对长黑色阴毛的金发女人垂涎欲滴……如果她的阴毛跟她的头发一样也是金色的话，你就会看到我要采取行动了。是的，但是她的阴毛是黑色的……我记得有一次，我在一个官宦人家做事，我的主人弄到一个金发女人，跟她差不多。他恨不得马上把她弄到床上。当我在浴室给她沐浴熏香的时候，他在门后冲我喊道：‘千万别剪她的阴毛！否则，你知道有你受的！’但是晚饭后，他喊我过去。情绪低落，一副失望的样子。他用闷闷不乐的语气对我说：‘还是剪了吧，和别的女人一样。’我马上猜到他前后矛盾的原因了：与大多数金发女子不同的是，她的阴毛跟她的头发一样也是金色的。我之前从未见过这么美的一丛毛，就好像一道阳光洒在上面。我向你们发誓，晚上将那茂密的阴毛剪掉时，就像在割葫芦把，我忍不住流泪，泪珠滚落在上面就像主人的精液一样。我忍不住诅咒他：见鬼，他为什么不懂得欣赏这如蜂蜜、如鹅毛的金色呢？为什么你更喜欢黑色的、像一个无底深渊一样的黑色的阴毛呢？因为你自己就是个乌鸦，就是深渊！这就是为什么！"

洗过澡轻松过后，女眷们都昏昏欲睡，但这并不影响太监的长篇大论，甚至沉默都能给予他灵感。他又讲到之前他服侍过的女主人们。对她们每一个人，他都记得很清楚。"在斯米纳，"他说，"有个女主人非同寻常，在说话的时候，就像她放在两腿上的甜糕一样温柔。而别的女主人吩咐起我事儿来，都是一样的。无论是恼火的时候还是微笑的时候，她们都很苛刻。我要学会容忍，容忍一切，黑奴，黑夜的儿子！我这么对自己说。男主人更是冷酷无情，这让我在被女主人们虐待的时候有一种病态的快感。打我吧，夫人们，我对她们说，剥了我的皮，在我头上撒尿，尽情斥责我吧！我甚至觉得我这么做会让她们对自己的命运感到些许安慰。你的悲伤从何而来，哈桑？有时候她们会这么问我。她们就是这样，这些夫人。只要我有一丝愁云，她们就会识破它。有些主子现在已经入土为安了。我有时候会去巴斯布兰特墓地看望她们。如果墓地没人看守，我会为她们高声哭泣。因为世界和男人都太过险恶，而上天的惩罚也快来了。夜晚，在营地，没有人可以入眠。那些呻吟声，仿佛从地里冒出来一样。尤其是上周日，黎明时分，大地开始颤动，仿佛那些被活埋在坑道里的人排着队从洞里爬出来，满身都是泥土。要四十天之后，然后再过四十天，然后还要过四十个礼拜，大地才能恢复一点平静。因为，大地需要的时间比人更久，它需要四十年才能恢复它的宁静。”

刺眼的太阳，像是突然对准了我们一样，悬在我们头上。没有一片云的庇护，天空也没有一丝雾的痕迹。所有人都将我们抛弃了，仙女与精灵们也不再守护我们了。可能他们正懒洋洋地坐在某一个山头？天空也一样，自从太阳出来后，天空就空荡荡的一无所有。

下面是平原，人们匆忙地收割着早熟的小麦。远处镰刀挥舞，凶恶而危险，好像它砍的不是麦穗，而是人。我们播下的种子据说是不会有收获的，对此我们十分沮丧。这次诚如圣约翰的《福音书》里说的一样：一把镰刀落在地上，自动收割着小麦……这把无形的镰刀现在正如世界末日一般落在我们身上。

我们堡垒周边的平原上布满了坑洞与为了发现引水渠而挖的阴暗的壕沟。领导此次挖掘工作的是一个外号“基督徒”的建筑师，他很敏锐，在挖掘的第三天就发现了一条引水渠。但他马上发现这是一条已经废弃的水渠。于是，他让人继续挖掘，以期尽快找到那条对的引水渠。

但是这条引水渠，谁都不知道它在哪儿，甚至连我们自己都不知道。我们只知道乔治·卡斯特里奥蒂最关心的就是要建几条新的引水渠以确保整个营地的供水。为了不让别人知道，壕沟是由囚犯挖掘的。一年过去，他们挖出了一个沟壑纵横的迷宫，可谁也不知道哪条管道可以将水引入堡垒。完全可能任何一条都不能将水引入堡垒，真正的引水渠是一条看不见的管道。他们似乎把所有希望都寄托在引水渠的挖掘工作上。因为连我们自己都根本不知道水从哪儿来，所以我们认为没有人可以找到它。但是可怕的“基督徒”却成了我们的噩梦，这就是为什么我们开始在城堡的地窖里挖一口深井，为日后可能出现的更艰难的情况做好准备。

我们已经被围困了快两个月了。时刻都能看出敌人让我们的眼睛感到疲倦。他们几万人就在那儿游荡，在下面的平原上：一条条长龙在动，一刻不停。这群数都数不清的人是打哪里来的？他们是如何维持给养的？他们意欲何为？那些去过他们土地上的人说那儿几乎看不见女人。那么是谁生了他们？是荒漠吗？

第九章

切雷比羡慕地看着那些躺在各自帐篷前赤膊的男人。天热得令人窒息，如果可以不用在乎身份地位，他也巴不得可以脱下厚重的官服。但事实上，没有一个士兵认得他。他们甚至不知道在他们当中，有一个史官正在记录这儿发生的一切。有时候因为他的穿着，有人也会把他当成医生，或者占星官，大多数士兵都不知道“历史”这个词的含义，不过史官自己都觉得这很自然。

“为什么敲鼓？”他向一队士兵问道。

“要砍头呢。”他们头也不回地回答道。

人群朝着帐篷之间的空地蜂拥而去，那儿通常也是行刑的地方。没有别的事情做，切雷比也紧跟着人流。上午的时候，他去营地边的平原上散了散步。自然风光很美，但是地面上挖得坑坑洼洼的沟沟渠渠让他没了散步的兴致。草地上，这儿那儿的，还留着似乎是前几次战役留下的箭矢。他俯下身拾起一支。他从没使用过什么武器，他也很好奇这样一个由木杆加上一个铁头的小东西竟然能取人性命。

“这是要砍谁的头？”走了一会儿，他向一个士兵打听道。

“我什么都不知道。”士兵耸了耸肩回答道，“两个奸细吧，我想。”

集合的鼓声一直敲个不停。我们可以从远处听到传令官的声音。切雷比认出了西里·色里姆长长的身影，他的身旁还有一个不认识的人。医生跟他打招呼：

“嘿，梅弗拉，你最近好吗？你的编年史写得怎样了？”

史官谦卑地鞠了个躬。

“你们不认识吗？”西里·色里姆边说边微微张开双臂，向两人伸了伸手，“梅弗拉·切雷比，史官。”

那个不认识的人倨傲地打量着他。

“这是新来的占星官，”西里·色里姆接着介绍，“他刚从埃迪尔内来。”

切雷比好奇地打量这个刚从首都过来的人。

“在埃迪尔内有什么新鲜事儿吗？”他轻声问道，装作没看到他的傲慢。

“没什么，”另一个回答，“那儿很热。”

史官明白这个陌生人并没有心情聊天。想起上一位占星官布满污泥与石子的尸体，他就气消了。他心想，要是这位新来的老兄这么自负的话，他最终肯定也落得跟之前那位一样的下场。

“这群人在干吗？”医生问道。

“好像我们要砍两名奸细的头。”

“奸细？真的吗？”一个经过的加尼沙里新兵接了一句。

“他们刺探到了什么？”西里·色里姆问道，并向鼓声响起的地方走去。

另外两个人也紧跟其后。

“我也不知道。”史官回答。

“我可以告诉你们点消息，”他们身后的一位伊斯兰教苦行僧说道，“这是两位想来刺探我们大炮秘密的奸细。”

史官在拥挤的人群中发现了萨德丹。他被人群挤来挤去。史官之前常常看到他拄着盲杖在营地游荡。多数时候，史官不和他说话，也不知道要跟他说些什么。不过现在，看着他在人群中被挤来挤去的健硕身躯，不免心生同情。

“你看到那边那个瞎子了吗？被挤来挤去的那个。”他问西里·色里姆。

“看到了。”

“他是萨德丹，诗人。他在战争中失了明。”

新的占星官始终没有对史官说的话题表示出任何兴趣。他甚至连头都不转一下。

“我去找他，”切雷比说道，“我可不能看着他像这样被虐待。”

“他这种情况，为什么不回土耳其呢？”西里·色里姆问道。

“他正在为这场战争创作一部伟大的诗篇，”切雷比回答，“他希望可以待到战争结束。”

“这可真是个特别的家伙，把他叫过来吧。”

切雷比向诗人走去。过了一会儿，他就和他一起回来了。

“到处都是士兵的脚步声，”萨德丹大声叫道，“这声音可真让人兴奋。”

占星官高傲地朝他看了看。

“在古希腊，”西里·色里姆说道，“几个世纪以前，也有一位像你一样的盲诗人。”

萨德丹空茫的眼窝朝他转过来。

“他叫荷马，写过一篇关于特洛伊城的史诗。特洛伊城最后被希腊人摧毁了。”医生继续说道，“两月前，穆罕默德王子，我们的新苏丹王在一次演讲中说上帝指派了土耳其人为特洛伊城雪耻。”

“这些事我一无所知，”瞎子说道，“我叫萨德丹，以前有人叫我夜莺萨德丹，可是我一直都不喜欢这个外号。”

“你更喜欢萨佩坎·多克克拉齐·奥尔古索伊这个名号？”历史学家打断他的话问道。

“新名号我还没来得及用呢，这场战争一开始就把夜莺萨德丹变成了瞎子萨德丹。”

他将手放在了额头上，好像要把脑子里让他难受、让他后怕的记忆掏出来。当他把手收回来的时候，史官在这个动作中体会到了什么叫宿命。

“我听到了士兵的脚步声，”他又说了一遍，“我们和夜晚一起潜行，新月当空，什么都不能阻止夜晚的脚步。荒芜的土地在我们的脚下战栗。”

西里·色里姆笑了笑。

“你很有趣。”他对瞎子说道。

萨德丹没有回他的话。

“土耳其人的血液将洒在三个大陆尘土上，”他继续说道，“血液将不再流淌在我们士兵的血管里，而应该从伤口喷出来，直到把大地洗净，命运已经写好了。”

西里·色里姆的脸沉了下来。

“那些大量喷薄而出的鲜血，”萨德丹用沙哑的声音补充道，“那些鲜艳的土耳其人的血。”

突然，萨德丹不辞而别。他拄着盲杖在人群中摇摇晃晃地走远了。切雷比的目光追随着他。

“行刑还要推迟一会儿吗？”医生问道。

“应该不会，”切雷比说，“我刚刚看到总务长已经到了。”

但是在他们面前，几个军官正和一个同伴在寒暄，后者风尘仆仆，一眼看就是远道而来。他们愉快地聊着天，切雷比将耳朵凑了上去。

“嘿，首都那儿有什么新闻吗？”有两三个声音问道。

“你们肯定不敢相信，”刚回来的那人说，“首都的人都在谈论我们此次远征。当听说我是从阿尔巴尼亚回来的时候，他们问我的第一个问题就是我们见到斯坎德培没有。”

“他们是不是觉得如果我们见到了他，那就再也见不到任何别的东西了？”另一个人如是说。

大家都笑了起来。

“瞧，军需总管和萨鲁加来了，”西里·色里姆看到他们说道，“他们应该是要去开军委会会议吧。”

两位大臣向他们打了招呼，并没有驻足，但西里·色里姆却向他们找了招手。

“马上要砍头了，留下来看看吧。”

“要处死谁？”

“两名奸细。据说他们想窃取大炮的秘密。”西里·色里姆说道，然后他压低了嗓音：“你真的什么都不知道？”

“不知道，”萨鲁加用沙哑的声音回答，“这几个奸细是怎么回事儿？”

“蹊跷就在这里！”

“这个男人是谁？”军需总管轻声问道。

“我们新的占星官，”西里·色里姆回答道，“他才从埃迪尔内来。”

军需总管流露出和占星官一样轻蔑的眼神。

“你真的什么都不知道？”西里·色里姆又问了一遍萨鲁加。

“我刚刚就说了我不知道啊。”工程师回了一句。

“你的声音有些沙哑，受凉了？”

“我想应该是的。”

人群中有人喊：“他们来啦！他们来啦！”

所有人都拥过去，为了看得更清楚。到处都听到有人喊：“处死奸细!”

两名男子，手被绑着，被拖上了断头台。刽子手紧随其后。两个犯人几乎光着身子，身上也可以看见他们被严刑拷打留下的痕迹。

军需总管仔细地打量着他们。

“我感觉以前见过他们。”

“是的，这两人探头探脑的，我们有几次在铸炮坊附近见过。”切雷比说道，“那个红棕色头发的，你还记得吗?”

“的确,”萨鲁加表示认同，“就是他们。”

围在他们身边的人抻长脖子想要听到更多的信息。

“这就是为什么他们每天都去那里晃荡!”切雷比叫道，“坏蛋！工匠们还觉得他们很勇敢，只是好奇而已。”刽子手和他的助手将犯人绑着的手松开。

“不”，萨鲁加反驳道，“这话不对！二十年前，我也和他们一样，在铸炮坊的后面崇拜地看伟大的熔炼师萨鲁罕里工作。今天，说到好奇心和偷师，这两个小伙子也不比当年的我过分。”

史官都听傻了。

“所以呢?”

“是他们的好奇心、对知识的渴求毁了他们。”萨鲁加说，“当然，我可以替他们说情饶他们一命，但是我的喉咙太疼了。”

集合的鼓声停了。

“你们为什么要这样看着我?”萨鲁加又用他沙哑的声音说道，

“你们没听到我说话已经很费劲了吗？不费一番唇舌怎么可能免他们一死呢？”

“是啊，”军需总管表示同意，“而且，成千上万的人都指望你呢，你要好好保重你自己。”

刽子手的助手将犯人的头按在了断头台上。

“看！建筑师在那儿！”西里·色里姆叫道，“总是和一阵风一样匆忙。”

加乌尔像风一样走过，头也不回。

“我们要迟到了。”军需总管意识到。

他们刚转过身准备走开，就在这时，刽子手将其中一人的头砍了下来。人群一阵骚动，议论纷纷。

“他们要赶去开军委会的会议，”西里·色里姆若有所思地轻声说道，“我打赌过不了多久，我也要被召去开会了。”

切雷比没敢问他这话的言下之意。

刽子手又将他的斧头抬了起来，轮到那个红棕色头发的小伙子了。人群又开始骚动，喧闹声一片。

“是的，肯定不会忘记喊我去的。”西里·色里姆又说了一遍，声音有点大，然后突然就脸红了起来。

切雷比显得有些窘迫，不知道应该做何反应：是出于礼貌对西里·色里姆难以理解的话表示兴趣并赞成呢，还是装作什么都没听到呢？尽管不如军需总管位高权重，但军医也是个重要的人物，切雷比恨命运捉弄，让他在这么敏感的时候待在他身边。

“是的，肯定不会忘记的。”西里·色里姆补充道，唇齿间露出一个诡异的笑容。

切雷比感到他的血液在血管中凝固了。他朝占星官走去，占星官一脸漠然的神情，只是看着骚动的人群。

与此同时，军需总管与萨鲁加朝帕夏的营帐走去。就在他们前面几步之遥，建筑师几乎是跑过去的。

“他好像有些魂不守舍。”萨鲁加注意到。

“是够他烦心的。”军需总管说道，“坑道坍塌几乎要了他的命。”

“你是不是担心找引水渠这件事也一样不好交代？”

“的确很担心。”

“你啊，你运气好！”萨鲁加感叹道，“你不用和我们一样担惊受怕的。”

军需总管笑了笑。

“难道你没发现，”他平静地说道，“这两天以来，许多士兵迫不及待地收地里剩下的麦子，你就没问过自己这是为什么吗？”

“确实是的，”萨鲁加说，“我刚想和你说这事儿的，一晃神就忘了。发生什么事儿了？”

“我告诉你一个秘密吧，到目前为止，只有帕夏与阿拉贝伊才知道的秘密。”

萨鲁加轻咳了一声，他激动的时候都会这样。

“斯坎德培攻打并摧毁了负责为我们提供补给的威尼斯商队。”

军需总管透露道。

“他攻打了威尼斯商队？那么……”

“是的，就是这个，引发了威尼斯之战。”军需总管说。

萨鲁加惊愕地望着他。

“他疯了！”

“也许是的，”军需总管回答，“但别忘了绝望的狮子是可怕的。”

“绝望或是愤怒的狮子，对我来说是一样的。总之，断别人的粮草这件事儿在我看来可不太光明磊落！”

军需总管哈哈大笑起来，然后摇了摇头，好像是想止住笑。

“在我看来，恰恰相反，在袭击我们之前先断了我们的口粮，这才是真正的军事家啊。”

“我怕我们要迟到了。”萨鲁加提醒道。

一个接一个，他们低头走进了营帐。参加军委会会议的人几乎都来了，除了统帅的位置还空着。文武官员低声交谈着。大多数人静静地喝糖水，小口小口地品尝，一个小厮像影子一样穿梭在他们当中，拎着一个黄铜的水壶，杯子空了就立刻给他们满上。时不时地，众人的目光会朝建筑师那儿瞥去。但建筑师几乎没有表情的脸让他们有些失望，当沉重的氛围都集中在一个人身上时，每每这种时候，大家都会幸灾乐祸地看那个不幸的人忧心忡忡，庆幸自己没有处在他的位置。在建筑师的这份平静面前，军委会成员不仅感到遗憾——因为他们认为自己被剥夺了应得的小小快乐——而且还感到气愤，因此对建筑师没了丝毫的同情。

帕夏进来坐到了他的座位上。现场立马安静了下来，只能听见文书笔尖的沙沙声和周围大自然的天籁。

然后帕夏发话了。他的话很简短。他首先表示军委会今天必须决定是否应该继续围攻，接着他又提到了引水渠的问题。为找引水渠所做的努力全是徒劳无功。谁都能注意到，找到它的希望与日俱减。他称赞建筑师及时发现引水渠是假的，免得大家白高兴一场："作为伟大的建筑师，你让我们免受失望之苦，也就是说让我们躲过一劫。"但他还是对加乌尔提出的不存在其他引水渠的观点表示质疑：

"你自己说你之前发现的只是假的引水渠。现在你却宣称不存在别的引水渠。那么你说说看，建筑师，到底哪种说法才是对的？引水渠到底是真是假？我问你！"

建筑师马上张口回答：

"真水渠，假水渠，说真也真，说假也假。"

帕夏双手抱着额头，然后示意安静。他用冷酷而懒散的目光看着他，让他等他先把话说完。建筑师把嘴巴闭上了。

"我称赞你是因为你有存在的价值，但是这不代表我不会对你发火。"帕夏继续用一种严肃的口吻说道。

犹豫了一会儿，和大家预料的一样，帕夏还是影射了坑道一事，不过他并不想太追究此事。他没有把目光从加乌尔身上移开，他明白，坑道的坍塌勉强不用建筑师去承担责任，因为很可能是那些坑道工自己挖地道的时候被敌人发现了。他们的负责人乌鲁·贝克贝现在已经长眠于地下，他的灵魂已经安息了，不能再为自己辩护了。但是，找引水渠的失败，建筑师确实责无旁贷，他应该给军委会一个交代。总之，图尔桑帕夏做出了苦涩的假设，那就是建筑师加乌尔出于“某些原因”，对切断异教徒水源的热切的心冷却了。这种暗示，尤其是说 giaour 这个词的时候意味深长，换了谁都会大惊失色。但听完这话，被告的脸色依然没有丝毫惧怕，在场的人彻底失望了，在建筑师的脸上看到任何表情的愿望算是落空了，除了有一丝恼怒，他们还从中感到一种说不清道不明的恐惧。

帕夏说完了。接下来的一段时间大家都沉默不语，只听见文书拿笔在纸上记录帕夏刚说过的话的声音。他们对这个一成不变的声音已经习以为常了，不管写下的内容是尖刻的还是温柔的，是如蝎子毒刺还是如微风和煦。军委会成员们身边的那些副手，平日里也习惯了写公文，他们很清楚，这个文书在故意用羽毛笔划出比平时更响的声音。他看上去神情肃穆，大家毫不费劲就可以猜到，这只听到他的笔写字的寂静，是他一生中最有存在感的时刻。只要有人再次开口说话，大家就会忘了他的存在。

建筑师站起身。他开始说话了，还是一字一顿，用同样的节奏，一说就是一串。他单调的语流让人联想到沙漠，而这种印象在他提到水的时候越发强烈。听他说话，军委会的所有成员都有一种感觉，老天造他出来就是要让他把河水、泉水弄干的，因为他在之前的好多次战役中都已经成功做到了，并从中赢得了赫赫战功。

他开始汇报他的研究成果。他在军委会成员面前解释说，在动工之前，他已经仔细地研究过附近的地貌、地形、植被、地层的组成和湿度，还有其他因素。在这些研究的基础上，他下令在该挖的地方挖掘（“挖该挖的地方，不挖不该挖的地方”）。在考察研究结束后，他试用了一下水管（水流小得谁都知道有问题），他马上就意识到那是一条假的引水渠，他继续挖，希望能挖到真正的引水渠。他下令士兵游到水里去查看河床，看有什么蛛丝马迹。潜水员沉到水里一点点检查却毫无发现。之后，尤其是在给阿尔巴尼亚囚犯用了刑，但囚犯们到咽下最后一口气前都说不知道有别的引水渠道。由此，他认定他们最初发现的引水渠既是真的，也是假的。

“这乱糟糟的说的啥呀？”穆夫提打断他的话，“这是我们第二次听这类梦话了。您怎么允许，帕夏，他这么嘲笑我们？水渠怎么可能既是真的，又是假的呢？引水渠难道也可以和人一样，有替身不成？”

“你倒解释给我们听听。”帕夏对建筑师说。

“我没嘲笑任何人——我会解释一切。”加乌尔回道。

他解释说引水渠既可以被看成是真的也可以被看成是假的，是因为它现在被改变了用途。引水的渠道是引水渠，他继续解释道，就像它的名字指出的用途一样；但如果它不能再运水，不再发挥它的作用，那它就只是一根普通的渠道。被围困在城堡里的人在我们的军队到来前一直都是使用这个引水渠道的。之后，怕引水渠被我们发现，他们自己就不再使用它们了。

“是吗?”穆夫提叫了起来，“为什么呢?建筑师?他们为什么迫不及待就做了这样一件本来会让我们大费周章的事情呢?难道是为我们着想，免得我们找得辛苦?”

军委会的几个成员忍不住笑了起来。另一些人也频频点头，表示他们也觉得这个问题提得很中肯。甚至有一个桑扎克贝伊说：“我也正想说这话呢!”

建筑师眼睛都不眨一下。只有嘴巴一直和平时一样在以同样的速度吐出字来，好像吐出的是一粒粒沙子。

“你问的是什么促使他们破坏水渠?唯一的原因就是害怕被下毒。”

他解释说，被围困在城堡里的人在关好城门和所有明显或隐蔽的通道后，就会在蓄水池里蓄满水，因为害怕被下毒，他们常常会决定切断他们和外界的最后的联系，例如引水渠。

一丝嘲笑越来越明显地浮现在穆夫提的脸上。其他人都好奇地看这场唇枪舌剑，第一次，好像科学之井可以洗涤尘埃。穆夫提再次要求发言。

“就算如此，”他说，“不管怎么说，我还是不明白，为什么他们三个月前就放弃用河水了呢?他们完全可以等到我们发现了引水渠以后再做这个决定呀?”

“听到老狐狸说的话了？”萨鲁加在军需总管耳边嘀咕道。

“他并不像看起来那么傻。”后者低声说道。

“显而易见。”穆夫提继续说，“如果水渠被切断了，蓄水池里自然就不会再有水补给了，如果这样的事情注定要发生，那么所有被围困在城堡里的人一定会希望这一刻越迟到来越好。而这些被围困的人，你觉得他们会傻到在我们到来前就自己切断水源？这可是我的这颗脑袋想不通的。”

“你的脑袋想不通，因为你的脑袋无知。”建筑师反驳道。

“别说伤人的话，不如好好回答这两个问题，”帕夏打断他，“首先，被围困的人们是怎么解决供水问题的？其次，他们为什么事先就把引水渠给毁了？”

老塔伏加、居尔蒂基和几个桑扎克贝伊咧着嘴冷笑。塔汉卡的眼中闪着凶光。卡拉-穆克比尔的目光还是那么黯淡。至于图尔桑帕夏和阿拉贝伊，他们一直都皱着眉头。不知不觉中，桑扎克贝伊把笑容收了起来。

所有人的目光都集中在建筑师的身上。文书落笔的唰唰声让目光变得更加犀利。

和往常一样，他的嘴巴突然松弛了。第一个问题他回答得很简略，在他看来，幽居在城堡里的人除了有一个蓄水池以外，还有一口天然井。第二个问题他反驳说阿尔巴尼亚人事先就把引水渠毁了，是因为他们担心引水渠将不在光天化日之下被发现，事实证明的确是秘密被发现的。这样，他明确地说，我们就可以隐瞒发现引水渠这件事情，就可以利用引水渠来下毒或传播可怕的疫病。十年前他就是用的这个方法给基泽尔-伊萨的守军下了毒，九年前，还是用同样的方法，在十二公里之外，他向塔什伊萨的守军撒播了霍乱弧菌，在整个阿勒颇[①]城里蔓延。他还列举了其他地名和围城的名字，说明水有时比剑更锋利，更能攻城略地。

军委会所有成员一个个都听呆了。他们没想到他们一直嘲讽的鸡蛋的另一面居然那么硬。让建筑师碰一鼻子灰的希望算是破灭了，他们觉得筋疲力尽。图尔桑帕夏的目光也透出一丝倦怠。“要把你关进监狱，”想到建筑师，他在心里这样对自己说道，“不过每次你出狱后都会变得更加强大。”其他人还不知道等待他们的是什么……但是现在，帕夏几乎不相信自己的耳朵：建筑师居然赞成马上发动进攻。

“下一个！”帕夏没有特别盯着谁看。

文书趁大家都沉默的时候更加起劲地摇着鹅毛笔写字。

“我赞成偷袭。”军需总管说，“你呢？你怎么看？”

萨鲁加耸了耸肩膀。

“我看都一样。”

“但这是进攻的绝佳时机，机不可失，时不再来。”军需总管坚持己见。

从会议一开始，就只有唯一一个问题一直萦绕在他的心头：

① 阿勒颇：叙利亚古城。

负责粮草供应的商队已经被摧毁了。

军需总管再次接过话头。像以往一样说话字斟句酌，文雅得体。他先指出持续不断围城的种种弊端，还有在整个军队中蔓延开来的愁绪。然后他表明了自己的观点。他站在建筑师一边，赞成进攻。

“首都好像派了一个新占星官过来。”一个桑扎克贝伊说。

“确实如此，”帕夏说道，“召他过来。”

一个信使飞快地出了大营。

“因为我对占星官并不特别看重，我还是在他来之前就表明我的观点吧。”萨鲁加说，“我赞成进攻。”

大家拨念珠的动作越来越慢。大家都无可奈何，面面相觑，想弄明白在军委会会议上到底发生了什么奇迹。那些在昨晚还被认为是和首都的女人一样优柔寡断、像一团败絮一样懦弱无能、胆小怕事的人竟突然就变成勇猛的雄鹰了。

占星官走进来。他行了一个大礼，然后坐在指定的位置上。帕夏在坐在他身边的阿拉贝伊的耳边嘀咕了几句话。

“军委会想知道近来有何星相，”阿拉贝伊问道，“你能够回答吗？”

“我有备而来。”

“那就告诉我们：对再次发起进攻这件事，星相怎么说？”

“并非吉兆。目前看来，星辰的位置还不是有利的布局。”

军委会的成员开始低声交头接耳起来。

“他好像比他的前任聪明。”萨鲁加对军需总管说。

军需总管气得要命，咬牙切齿地说：

“每次都有这些不学无术之徒来捣乱。”

“他很清楚这样说才不会冒任何风险，”萨鲁加说，“不这么预言他很可能就会到地下和他的前任聚首了。”

“蠢驴！”军需总管又骂了一句。

军委会的成员轮流表达他们的观点。老实说，他们的观点从来就没有像现在这么摇摆不定过。事实上，他们本来就没办法解释工程技术人员为何突然改变看法。在穆夫提的发言之后，情况就更加复杂了。本来只有几个武官反对进攻，但现在占星官也表示反对，所以他们毫不含糊地表示了反对。那帮桑扎克贝伊跟在后面也附和他的意见。看到局势逆转，老塔伏加和居尔蒂基一反常态，这次丝毫没有据理力争。塔汉卡用咄咄逼人的目光盯着工程技术人员，站在他们一边表示赞成进攻。

“你呢？”图尔桑帕夏问卡拉-穆克比尔，“你怎么看？”

“我还不知道。”后者回答。他忧郁地打量着一个个高官要员，想看穿他们肚子里的想法。这种角色的转换比城堡的高墙更让他感到恐惧。

“不如我们再试试引水渠？”老塔伏加提议。

他们都不敢相信自己的耳朵。谁都没料到这个貌似为战斗而生的让人闻风丧胆的加尼沙里新军阿加竟然会提到水渠和断水。塔汉卡意识到自己的话所引起的沉默，像一道深深的天堑，只有他才可以填满。他用指节粗大的短手擦了好一会儿额头：

“好几年前，”他补充说，“在哈普桑-卡拉之围，我们用特殊的方法发现了引水渠。我们没有借用地图和那些要命的图纸。而是在一匹马的帮助下找到了水源。”

“怎么回事？”阿拉贝伊问道。

“是一个老西帕希骑兵告诉我们这个方法的，”塔伏加继续说道，“很简单。我们连续四天把马喂得好好的，但只是不给它喝水。然后我们把它放在城堡附近。干燥的地里哪怕只有一滴水，一头渴得要死的动物也能找到。可以肯定的是，它可比任何一个建筑师都厉害！”

穆夫提和桑扎克贝伊都笑了。图尔桑帕夏做了个手势让大家安静。

“就这样我们找到了哈普桑-卡拉的引水渠，”塔伏加总结道，“在此地，我们为什么不也试试看呢？”

大家开始讨论这个新建议。一开始，它让人觉得有点不靠谱，但越讨论大家越觉得可行。

“当马口渴的时候，它能找到隐蔽的水源，这是任何一个阿金基都知道的常识，”居尔蒂基说道，“但让它去找引水的管道，我可从来没听过这样的事儿！”

“在哈普桑-卡拉，我们可是有几千双眼睛亲眼目睹的！”塔伏加气愤地回道。

“就算有几千人看见也是白搭，我并不会因此就深信不疑。”

居尔蒂基坚持道。

阿拉贝伊抬高声调，问建筑师引水渠在地下运水的过程中是否会渗出足够的水、足够的湿度激发一匹口渴的马的嗅觉。建筑师回答说他从来没有养过马，完全不了解马的能力，不过一根水管渗出来的水所能造成的湿度，是由水管自身决定的。他解释说，如果引水渠是粗陶土做的——这类工程通常都会使用这个材料——的确就有可能会渗一点水出来，但如果管道是用铅做的，那就可以排除这种可能。

直到会议结束，这都是唯一被讨论的话题。散会的时候，夜色已经降临。大家依次走出营帐，三三两两朝不同的方向散去，只有建筑师，和往常一样，是独自离开的，只有他的卫兵像影子一样跟着他。

几步之遥，一个身材高大的人歪着脑袋看着他们走出来，是西里·色里姆。

三天来，他们开始做一件在我们看来不能理解的苦活儿。几千名士兵，在烈日下光着膀子，在城堡周围竖起了一道高高的栅栏。大家都无法想象围这么一圈栅栏有什么用途。

他们放下了所有其他工程：修建装轮子的塔楼、金字塔形的三重云梯，还有寻找引水渠的工作。眼下他们热火朝天地忙着竖栅栏。

两天来，我们绞尽脑汁在猜他们到底搞什么鬼：是担心我们的信差会趁黑夜跑出去报信？担心我们会突袭？这层有空隙的栅栏既不能阻挡信差通过，更不堪一击。那么，到底是为了什么？只是出于迷信：诅咒、厄运、巫术，还只是故弄玄虚？这一层栅栏说白了就像是造了一个封闭的羊圈，那我们是否就和绵羊一样，注定逃不过任人宰割的命运？

最近一段时间，我们变得非常多疑，有时甚至还互相猜疑。尽管教士费尽唇舌劝我们远离罪恶，恪守我们的本分，但毫无用处。任何一点风吹草动就会让我们紧张。昨天，弗拉纳伯爵——弗拉纳孔蒂，将领之间都这么称呼——以抗令不遵之名将普雷拉兄弟关进了监狱。其实起因只是小事一桩：基恩·普雷拉认为太阳总是跟我们作对。说也难怪，这个地区所有歌曲都是用这样的歌词开头的：“太阳当空照，却一点都不暖和。”有人反驳他说：“或许你更喜欢奥斯曼的月亮？”就这样你一言我一句，最后动起了手还拔了剑。

事实上，很多人都认为命运之神并没有眷顾我们。

第十章

临近正午，许多士兵出于好奇，不顾烈日炙烤，向高高的栅栏蜂拥而去。隔离栅立起来的速度是如此之快，很多人甚至还没有机会瞧上一眼。乍看之下，士兵们颇为失望。这是一道普普通通的围栏，比一般的栅栏高不了多少，也强不到哪儿去。他们满心期待能够见到一番壮观的景象。就算隔离栅确实没有什么特别之处，在那片将它与城墙隔开的空地上，那里也一定会发生不同寻常的事。过去两三天，尤其是今天早上，有关这件事的传闻四起。各种消息不胫而走，却没有一条说得准的。有人声称这一切与寻找引水渠有关，却无法指出这道围栏与深埋地下的沟渠之间可能存在的关联。还有人坚信要用一种巫术攻打要塞，通过不停祷告和向隔离栅洒圣水，可以将巫术的范围限定在围栏之内。其他人则根据自己祖国或长期效忠国家的歌谣和传说，给出了五花八门的解释。

不过，看到一群高级军官从营地赶来，后面跟着一队骑兵和统帅的卫兵，最后，帕夏亲临第一次攻城时所在的小小瞭望台，所有人都相信的确会有非比寻常的事发生。在帕夏身后，依次排列着阿拉贝伊、老塔伏加、穆夫提、军需总管、萨鲁加、居尔蒂基、卡拉-穆克比尔、建筑师、塔汉卡和军委会的其他成员。稍远的地方站着桑扎克贝伊、敢死队和冲锋队的将领们、伊玛目[①]、总务长、军机大臣、大法官、西里·色里姆、占星官、工兵团的新任指挥官、萨鲁加的弟子、炮兵队长、军乐队长、占梦人、掌玺官等。再往远处，越发拥挤的人群中混杂着医生、教长、西帕希领主骑兵、工程技术人员和各级军官。切雷比也在最末的这支队伍里。西里·色里姆的脑袋从前面的人群中露了出来，切雷比向那边探出头去，盘算自己是去找他，还是按兵不动，以免这样的行为遭人误解。他害怕引起军官们的妒忌。好几次一想到他们心胸狭隘，他一下子就没了与军需总管及萨鲁加一起散步的兴致。就是因为这个，他决定原地不动。

其间，被烈日晒得无精打采的人群重新活跃起来。大家喧哗着，骚动着，纷纷踮起了脚尖。突然，四面爆发出一阵喊声："一匹马！一匹白马！"有人问："为什么是白色的？"另一个人回答这是一匹神马。这个词很快在人群中传开了，"神"字甚至一度盖过了"马"字的声音。

此时传来了断断续续的几声马嘶，听上去更像是一阵呜咽，这让那些还没有见到它的人相信，即将发生的事的确与一匹马有关。随后，几乎所有人都看到马儿越过围栏，独自冲进了那片空

① 伊玛目：伊斯兰教教职称谓，一般用来指清真寺领拜人和伊斯兰教学者。

地。马上没有骑手。后面也没有追兵。马儿踩着步子飞奔了一会儿，然后停下来，打起了响鼻，仿佛在空气中寻找某种无形之物，接着又朝河水的方向跑去。

“它在找水！”

“它要渴死了！一看就知道。”

“他们好几天没有让它喝水了！”

“他们肯定给它吃了掺盐的大麦。”

马儿又发出一声嘶鸣。它哀怨却不失凛然，转瞬就消失得无影无踪。一个声音说：“你们看到它嘴角的白沫了吗？没有人认为它能发现引水渠。”

它来到隔离栅前，后肢直立起来。所有人都注意到从河水这边看去，隔离栅显得更高，也更结实。马儿沿着整条围栏跑起来，显然是在寻找一个出口。在围栏这边找不到，它又转过身去，跑回那片空地。

“可怜的马儿！它会找到水渠吗？”

“当然了。马可不像我们这样目光短浅。它们能够发现我们看不到的东西。比如，它们能像你我看见对方那样看到地下的死人。难道你从来没有想过为什么马儿从不在埋葬尸体的地方走？好吧，那是因为它能看见地下的尸首！地上那层土根本遮挡不住它的视线。所以它也一定能发现引水渠，无论它藏得有多深。”

“是啊，你说的好像有道理。”

马儿在两三处停下脚步，扬起前蹄，喷了喷响鼻，然后又跑起来，这次是向城墙跑去。

从帕夏身后传来一声命令：

“它停过的每一处都要记下来！”

马儿来到城墙跟前，低头嗅嗅地面，它没有停下脚步，而是沿着城墙继续奔跑。

塔伏加打破了沉默，对帕夏说道：

“有些人认为蛇更能感知水的存在。我们在哈普桑-卡拉试着用过一条蛇，但没有办法让它待在我们要它待的地方，而且总是担心它一不留神就从哪个洞口悄悄溜走，我们只得放弃这个办法。”

帕夏聚精会神地注视着马儿的每个动作。他目不转睛地盯着它，好像被它迷住了。在他那双因疲惫而略显黯淡的眼中，马儿的颜色变得更加雪白，步伐也更加轻盈，仿佛要飞上天一样。他的精神极度紧张，以至于过了一会儿，他感到双腿和脖子累得酸痛，好像是他自己在城墙前飞奔，还不时低下头来，在焦土上寻觅一丝湿润的气息。有那么一瞬间，他甚至觉得自己嘴边泛起了白沫，于是用手擦了擦嘴角。

与此同时，有几个被围困在堡垒里的人出现在城墙顶上。

马儿越来越不耐烦地跑着。跑到壕沟边上再折回来，这已经是它第四个来回了。

现在，紧挨着隔离栅的数千名士兵几乎全都明白了马儿这一连串动作的目的。每个人都在心中默默地将战争的成败，从而也将自身的命运，与这匹马联系在一起。现场一片紧张，气氛相对之前而言，渐渐沉寂下来。原先的人声鼎沸变成低语，而这低语声从成千上万个胸膛中发出，仍然充满了力量。它时而像沉闷的呻吟，时而像粗重的喘气，嗒嗒的马蹄声夹杂其间，听上去越发响亮，越发孤单落寞。

西里·色里姆示意史官走近。

“古希腊人凭借一匹木马攻占了特洛伊，”他说着把头侧向对方肩头，“要相信我们，我们也能靠眼前这匹马攻城拔寨！时代的确变了，只有诗人一直都是瞎眼的。说到这儿，你那位朋友去哪儿了？”

史官耸了耸肩，表示他不知道。

“它能行吗？”有人问了第二遍。

“我很怀疑。”

“它没有力气了。我担心它最后会累倒。”

“快看，快看，城墙上那些年轻姑娘！”

“年轻姑娘？在哪儿？”

“那上面，有好几个，在第二个塔楼的右侧。再远一点还有两个。”

“瞧，是真的！我看见她们了。”

“太奇怪了！”

“面对几千个男人，她们怎么敢不戴面纱？”

的确有几名年轻姑娘出现在雉堞上。若是在平时，她们一定会受到众人的瞩目，然而此刻，所有人都注视着马儿的一举一动，只有少数几个人抬起头来，向她们投去匆匆的一瞥。

“马好像没劲儿了！”

马儿在主城墙前飞奔而去，仿佛受到了魔鬼的驱使。有三次它突然停住脚步，用蹄子使劲刨着地面，然后又跑起来。此时，围栏四周一片沉寂，不仅能听见马蹄的嗒嗒声，就连马儿粗重的鼻息也清晰可闻。在距离城墙几步远的地方，它再次刹住脚步，用马蹄猛烈地踢打地面，扬起一片厚厚的尘土，随后它又鼻孔朝天，一路小跑起来。当它从第三个塔楼脚下经过时，围城内的一名士兵拉弓瞄准了它。随着一阵嗡嗡的响声，一支箭从空中呼啸而过，就在马儿绝望地跃起，想要抖落刺入左肩的箭矢时，数千个胸膛发出一声惊呼，又像是一阵呻吟。有几个人甚至握住了雅塔干①的剑柄。

帕夏身边的高官纷纷带着探询的神情向他转过头来。

“没什么大不了的，”帕夏说道，他感到左肩一阵剧痛，“受伤只会让它越发感到口渴。”

马儿发出了一声悲鸣。所有人都盯着第三个塔楼，等待第二支箭飞出，可什么动静也没有。

“他们完全可以杀了它。留着它是为了让我们相信引水渠不存

① 雅塔干：一种具有奥斯曼特色的武器，剑身呈奇特的反弧形，单边开刃，没有护手。

在。”一个声音在帕夏背后嘀咕。

“既然这样，他们为什么射出那支箭？”

“是个意外。有人情绪失控了。”

马儿越发焦躁地跑起来。一阵踢腾过后，箭掉在了地上。从远处可以看见它肩上的伤口和从伤口斜淌出的斑斑血迹。

“在哈普桑-卡拉，他们接连射杀了我们三匹马，”塔伏加说道，“我们不得不给第四匹马披上铁甲，就是找到水的那匹。”

马儿又开始嘶鸣起来。全身鬃毛竖起，怒气冲天。它打着响鼻，越发急促地用铁蹄踢打地面。围城内的人从高墙上默默俯视着这一幕（至少从他们头部静止的姿势可以得出这样的印象），聚集在隔离栅周围的上千名士兵则喘着粗气。人群中可以听到许愿声：“但愿它能找到！”带着哭腔的恳求声：“神马，找到它吧！”数十名教长和苦行僧匍匐在地上，双手合十平放于嘴唇前方，开始祈祷起来。

马儿仍在嘶鸣，它显然嗅到了河水的气息，再次朝那边飞奔而去。但围栏异常坚固，它不得不折返回来。它累得身上冒起了热气，可以看到它的鼻翼微微颤动。一丝鲜血从它磨破的嘴角流了出来。此时，马儿距离士兵们只有几步之遥，它一边沿着围栏奔跑，一边用茫然的眼神望着他们。

雉堞上挤满了被围困在堡垒里的军民。有人猜测他们全都登上了城墙。一些人甚至挥舞着十字架和圣像。

突然，马儿停住脚步，在原地打转，它低下头，鼻子拱到土里，随后马蹄开始猛烈地敲打同一个地方，掀起了滚滚尘埃。然而这一次，它不但没有跑走，反而更加疯狂地敲打马蹄，越发焦躁地用头刨着地面。转眼间，它被一团尘雾罩住了。眼前发生的一切令人难以置信，还以为置身于给孩子讲的童话故事里：一阵旋风袭来，马儿就会化作一缕轻烟，消失在天际。当尘埃落下，马儿真的消失不见，数千名士兵半是惊恐半是兴奋地小声议论起来。然后，就在大家议论纷纷之际，人群中传出一阵惊呼："它又来了！它又来了！"可大伙的情绪是如此激动，以至于许多人仰起头，在天上寻找马儿的身影。最后，尘雾完全消散，马儿出现在所有人的视野中，它倒在地上，四蹄朝天，脖子蹭着地面，越来越无力地拍打着马掌。

"快去把这个地方挖开，"帕夏喊道。工兵团中尉料到会有这么一道命令，早已走上前来，他冲向自己的队伍，坑道兵扛着铲子和十字镐，正在几步之外待命。围栏上开了一个口，坑道兵由长官领头，向马儿跑去。跑到马儿躺倒的地方后，他们将它抬到一边，开始挖了起来。

城墙顶上，围城内的人骚动起来。几个黑影不怀好意地向外探出身子，然后，在灼热的空气中，几支箭嗖嗖地飞落。两名坑道兵一声不响地倒下了。第三名中箭的是他们的长官。

图尔桑帕夏闭上眼睛。他感到疲惫，却很满足。

"好吧，"他喃喃道，"总算来了！"

"保护坑道兵！"阿拉贝伊喊道。

有人冲了出去。听到一声声传令声，隔离栅的入口又打开了。一队阿扎普步兵手持盾牌，向挖土的坑道兵跑去，后者早已丢下手中的工具，在箭雨中四散奔逃。

“水渠就在那儿，”图尔桑帕夏说道，“既然他们射箭，就说明我们离引水渠不远了。可那些坑道兵为什么逃跑？让他们马上回去！挖得越快越好。不要给城里的人有时间取水。快点！”

“回去！”阿拉贝伊边吼边冲向那队逃兵，“回去接着挖！”

在一名军官的指挥下，阿扎普步兵转过身，率先向马儿那边跑回去。坑道兵紧随其后。进入敌人的射程范围后，步兵们举起盾牌，小心翼翼地向前走去。走到刚才挖土的地方，他们在城墙一侧，组成一道真正的盾牌墙，等待坑道兵的到来。至于倒在马儿身边的士兵，似乎没有人理会了。

从雉堞上又射出了几支箭。然后，奇怪的是，守城的人一个个消失了。

“他们下去接水了。”一个声音说道。

帕夏下了一道命令。很快，又有一队阿扎普步兵向坑道兵跑去，在他们周围组成第二道半圆形的防护墙。

坑道兵继续挖着。所有人都在焦急地等待。空气中充满了燥热、忐忑与汗水，只有建筑师像往常一样面无表情。穆夫提不时摇摇头，大声咒骂几句。

现在，地面上完全看不到坑道兵的身影。只见一铲一铲的土被抛出坑外，垒成了一座小山。随着小山越垒越高，众人眼中的焦虑也越来越深。

“在围攻哈普桑-卡拉的时候，我们花了半天时间才挖到水。”老塔伏加一边说一边环视众人，为迟迟没有发现引水渠而表示歉意。

所有人都静静地站着。坑道已经变得非常深，里面的土装了满满几个沙袋才运出坑外。有人背着一架梯子跑了过来。一些围观者等得不耐烦走开了，但其他人迅速填补了他们的位置。那里汇集了一群军中最不起眼的人物：厨房的帮厨、军官的洗衣工、水工、织造工、磨工，在河水另一边扎营从而被称为“对岸人”的一干人等，甚至还有刚从首都赶来献艺的侏儒。

帕夏缓缓捏着指节咔咔作响。他的右耳又开始轰鸣。他看了一眼倒在坑道附近的尸体，然后俯身和阿拉贝伊耳语了几句。可就在此时，从坑道传来一声狂喜的呼喊：“水!”接着一传十，十传百，被烈日晒得无精打采的士兵们顿时振作了精神。这声呼喊让他们一下子清醒过来，就像水猛然浇透了他们滚烫的躯体和面庞。

图尔桑帕夏笑了。自从战斗打响，这是他头一回露出笑容。他身边的人都转过头，面面相觑。这太不寻常，太令人震惊了。他们从来没有想过他会笑，这一笑颠覆了大家的一贯认识，令他们心中隐隐有些不安，几乎感到害怕了。他的脸在他们眼中突然变得陌生，仿佛离得很远，令人捉摸不透。

在一片欢腾的气氛中，到处可以听到“水！水！水”的喊声。

士兵们相互拥抱，将对方拦腰举起，尖叫吵嚷，好像发了疯似的。几个伊斯兰教苦行僧跳起舞来。

雉堞上仍然空无一人。守军全都不见了。只有哨兵像飘浮在人间的幽灵，在塔楼顶上慢慢地走动。

"斯坎德培！"图尔桑帕夏发出一声怒吼，仿佛被仇恨冲昏了头，"啊，我要把你碾碎！"

他的牙咬得咯咯作响，好像要让这个最可恶的敌人粉身碎骨一样，这是他第一次喊出敌人的名字。在军委会开会或商议其他事情时，如果跟斯坎德培有关，帕夏总是避免提起他的名字，仅仅以他相称。

"斯坎德培！"他心中一阵窃喜，又嘟囔了一遍这个名字，将每个音节都咬得清清楚楚。

笑容像沙漠中的水一样渐渐从他脸上消失，他又恢复了众人熟悉的表情。这下大家一下子活跃起来，虽然迟了一点，但还是被欢乐的海洋所淹没。他们大声地谈天说笑，相互庆贺，东拉西扯地讲个没完。建筑师依然不动声色，穆夫提、居尔蒂基和其他人不时向他转过头，交换几个嘲讽的表情。老塔伏加同样站在原地。他不停地骂骂咧咧，傲慢地等着别人向他道贺。

现在，水已经漫出坑道，形成了一个大水洼。不过干裂的地面同时也在吸水，没有让它漫溢开来。坑道兵个个灰头土脸，在各种工具、死去的马儿和那些似乎无人关心的尸体间来回奔忙。

目的达到了。图尔桑帕夏转过身来。离开之前，他对阿拉贝伊说道：

“今晚大家庆祝一下！”

他的副将们紧跟着他走开了。

“我看围攻持续不了多久，”萨鲁加说道，“真遗憾，我们没有机会试发第三门大炮了。”

“我嘛，我可不这样想，”军需总管反驳道，“我们甚至有时间试射第四门大炮，如果你打算再铸一门的话。”

“这怎么可能？他们没水了。他们坚持不了一个星期。”

“我不知道为什么，可就是不相信。”军需总管说道。

“无论如何，你让我感觉好多了，”萨鲁加回答，“刚才，一听到‘水！’的喊声，我从心底为第三门大炮感到惋惜。”

“模子都准备好了？”

“是的，差不多了。”

他们在喧嚣声中向前走去，到处是一片乱哄哄的景象。人群中不时爆发出喊叫和命令的声音：“不要靠近坑道！”“他们会从雉堞上向你射箭！”“离隔离栅远点儿！”几名坑道兵用担架抬着死者的尸体。从他们身后走来一支人数更多的队伍。阿扎普步兵们用一个大担架抬着死去的马儿。周围的士兵一边给他们让出一条通道，一边探出头想要看清马儿的样子，它的鬃毛沾上了污泥，耷拉在一边。

“他们会以最高规格安葬它，和工兵团的指挥官一样。”有人说。

“大家可不是无缘无故就叫它神马的。”

“他们要给它建一座圆顶陵墓。我听见帕夏下了命令。”

“一座陵墓？有道理，它配得上。”

“谁会是工兵团的新任指挥官？”一名加尼沙里新军的年轻军官问道。

“谁知道呢？他是第二任死去的。可怜的家伙，他还没来得及大干一场。他在这个位子上只待了三个小时。也许下一任的运气会好点！”

军需总管发现，在他前面几步远的地方，建筑师独自踱着步，后面跟着他的卫兵。那两名加尼沙里新军的年轻军官也注意到了，咯咯地笑起来。

“他懂得再多，还不是让一匹马赢了他，”一个说道，“他们白白吃着国家供给的粮食。他们全都是这样，拿着成百上千的军饷，却什么事也办不成。”

“要知道上面的人也被骗了！他们没办法才用了这些人。”

“你听到了，”一名加尼沙里新兵用嘲讽的语气向一个同伴重复道，“建筑师输给了一匹马！”

众人一阵哄笑。其中一个转过身，看到军需总管和萨鲁加，向同伴低语了几句，其他人立刻止住了笑声。也许是对这突如其来的安静感到意外，两名年轻军官中的一个也转过头，猜到了大家沉默的原因了。这可不是他的作风，为了显示一名加尼沙里新军不怕说出内心的任何想法，无论在多么位高权重的上级面前，也同样敢想敢说，他大声说道：

“就是啊，有时候，一位有识之士做不到的，一匹马却能做到！”

几名加尼沙里新兵不好意思地讪笑起来。

军需总管脸色发白。

“军官，把你刚才的话再说一遍！”他怒吼道，“再说一遍！”

“我针对的又不是你。”军官高傲地说道。

“无耻的败类！狗娘养的！你给我站住！”

军官停下来，无礼地盯着军需总管。另一名军官和整队加尼沙里新军也停下脚步。建筑师转过他那张不动声色的脸庞，想要看看发生了什么事。

“你在跟我说话？”军官用挖苦的语气问道。

“是的，”军需总管一边回答一边向他走去，“这就是我的回答！”他挥起皮扇子照着对方脸上就是一记。

军官伸手正要拔刀，但军需总管的卫兵手持匕首，像猫一样迅速冲到了长官跟前。萨鲁加的卫兵也拔出了短剑。人群中响起一阵嗡嗡的议论声，不过声音始终压得很低，所有人都看清了军需总管和萨鲁加长袍上的徽章。

“解除他的武装！”军需总管吼道。

那两名卫兵扑向军官，夺下他的军刀。军官环视四周，仿佛在寻求帮助。但是除了又一阵小声议论，他没有得到任何回应。卫兵们手持匕首，扭头望着他们的长官，等候下一步命令，所有人都明白两名高官即将下达决定这个狂徒命运的判决。

“送他进监狱!”军需总管丢下一句话，他在人群中瞥见一名高级军官，于是招呼他过来，“给我把这个坏蛋关起来。”他命令道。

这名军官点头表示服从，随后命令两名士兵押送他的同伴。

“你做得很好，”等他们稍微走远一点，萨鲁加说道，“让我们的卫兵当场杀掉他也许更好。”

“结果都一样，”军需总管回答，“法庭会判他死刑。”

“真是蠢货!”

“他打断了我们愉快的谈话。可我们刚才在谈什么？我想是粮草供应……走吧，去我的帐篷喝点酒。这里又要闹开了，我可受不了。”

萨鲁加表示同意。

庆祝已经开始。夜幕降临，营地四周响起了鼓声。士兵们纷纷拥向观看表演的最佳位置。好几次，军需总管和萨鲁加差点撞到喝得半醉的阿扎普步兵。伊斯兰教苦行僧在寻找一块可以跳舞的空地。

从帕夏的营帐前经过时，他们听到一只小鼓的声音，与大鼓剧烈的轰隆声相比，它的鼓声显得轻柔而沉着。

“一只女人的手。”军需总管边说边放慢了脚步。

“是的，我敢肯定。”

淡紫色的帐篷比平时更加明亮。他们被帐篷里神秘的欢愉所吸引，眼中闪过一丝羡慕的光芒。

“帕夏玩得挺开心。”萨鲁加随口说道。

“他很少这样。”

“我还以为他不喜欢娱乐呢。这说明他今晚特别高兴。毕竟，他有开心的理由！”

小鼓继续欢快地响着，时而停顿片刻，仿佛为了炫耀一番。

“若是他此役不能获胜，他的好运就彻底到头了。”军需总管又说道。

“你信吗？”

“我对此深信不疑。一旦战争失利，最好的结果也是终身流放。至于最糟的……”军需总管伸出食指往脖子上一抹。

他们又差点撞上几个醉醺醺的士兵。这些士兵相互推搡着，一边挥舞手中的火把，一边嚷嚷几句下流话，不时爆发出阵阵笑声。其他人有的玩起了跳山羊，更有甚者，玩起了类似跷跷板的游戏。

军需总管毫不掩饰内心的鄙夷。

“我不喜欢看到军队这么涣散。”他说。

他的营帐扎在一个安静的地方，离这里有一段距离。一些士兵没有心思参加庆祝，在各自的帐篷前或坐或卧，在黑暗中聊着天。某个地方，一群人唱起一支忧伤的歌曲。他们费了好大劲儿才听清歌词：

这一年的战斗

带我们来到了世界尽头……

伴着一阵轰隆的雷鸣，鼓声如潮水一波波涌来，随后消失在无穷无尽的黑夜中。

在营帐入口，军需总管转过身，久久地望着向地平线延伸的巨大营地，还有那成千上万个小三角，一抹阴郁的紫红色映出了这些帐篷的轮廓。

“你在想什么？”萨鲁加问道。

“我在想我们以后得回到这里好多次搭帐篷。”

“这是难免的。我们生在战争年代。”

“听着，”军需总管突然话锋一转，“在军委会会议上，我会坚持要求尽早发动第二次进攻。你要支持我。”

“当然，可为什么这么急？”

“他们人数众多，”军需总管一边解释一边朝不计其数的帐篷伸了伸手臂，“粮食不够所有人吃。”

萨鲁加擤了一下鼻子。

“这么说，要减去三四千张嘴？”

“是的，”军需总管说道，“先不管这次进攻是否成功。”

“他们断水一天，我们离胜利就近一步，”萨鲁加反驳道，“时间对我们有利。”

“虽然我们切断了他们的水源，但是不要忘记，他们也断了我们的粮食。"军需总管回答。

他再次向营地中央的方向伸出手臂，一阵喧腾声从那里传来。

"他们正在兴头上，不会想到没几天之后，他们的口粮就要减半。"

"不幸的人们，"萨鲁加叹息道，"有多少事他们不知道啊!"

"这就是士兵的命运。"

他们走进了帐篷。时间一分一秒地过去，他们的话越来越少。最后，萨鲁加起身告辞，帐篷的主人陪着他走了一段路。远处，庆祝还在继续，却不似开始那么吵闹了。

"听!"就在与同伴告别的时候，军需总管突然喊道，"我没有听错吧？这不是报警的鼓声吗？"

"已经敲了一会儿了。"他的副官说道。

"对，"萨鲁加肯定地说，"就是报警的鼓声。"

他们竖起耳朵。巨大的鼓声在营地深处轰隆作响，一度盖过了所有庆祝的鼓点。

"斯坎德培!"军需总管喊道。

他们侧耳细听。从左边较远的某个地方，隐约传来一阵骚动。黑暗中此起彼伏地响起各种口音的呼喊声：拿起武器！警戒!"

"萨鲁加，留在我这里过夜吧，"军需总管建议道，"这片营区不会有任何危险。"

"我要去看看工坊那边的情况。"铸造师说道。

"你的工坊也不会有事的。"

“我最好还是去一下。”萨鲁加回答。

“我建议你待在这儿。这是个危险的夜晚。”

萨鲁加犹豫了一下。报警的鼓声仍在咚咚地响个不停。

“斯坎德培想必已经知道我们切断了他们的水源，”军需总管一脸深沉地说道。过了一会儿，他又补充道：“老虎终于发威了！”

终于，他们切断了我们的水源。

起初，当这匹白马像诅咒一样，围着我们的城墙打转时，我们以为他们在疯闹，施行某种巫术或原始的仪式。只有伯爵知道事关重大，专心地解读山上的火光向我们发送的信息直到深夜。问题在于隔离栅，自然也和水有关。我们在城墙顶上看热闹，而他却在教堂中祈祷。消息传播开来，尽管我们嘴上还开着玩笑，心里却逐渐感到不安。在还不了解事情真相的时候，恐惧已经攫住了我们，令我们冷汗直流。

伯爵面色苍白，和我们一道站在高墙上，忧伤地望着对方的营地。这个连新式武器都不怕的人似乎对一匹马充满了疑惧。后来，当一切尘埃落定，他向我们解释说，引水渠正像当初设计的那样，它的走向不合常理，故而人眼无法察觉。可是，一旦人让动物来找，他也不禁感到害怕。在这种情况下，本能要比理智更加可靠。

看到水喷涌而出，大坑变成黑色的池塘，我们的年轻姑娘哭成了泪人，随后她们一起走进教堂，向圣母祈祷起来。

他们一直欢庆到深夜。除了他们发出的各种魔鬼般的声音，军号声、鼓声、长笛声、风笛声，真想知道还有什么乐器能够奏出这首类似地狱的狂响。狂欢一直持续到警鼓声响起。我们的卡斯特里奥蒂显然已经知道他们切断了水源，终于向敌人扑了过去。

时间已过午夜。他们巨大的营地颤抖着，喘息着，仿佛被撕碎了一样。乔治就在那里，在城墙下面，在他们中间。他攻击他们，纠缠他们，因为只有他会这么做。夜黑沉沉的，我们什么都看不见。只能感觉到他的呼吸。我们守在城门后面，准备一接到命令就打开城门，投入战斗。在城墙高处，一个女人喊了起来："乔治，乔治，为我们报仇，杀了他们！"

第十一章

第一遍警报声将他惊醒的时候，史官几乎刚刚睡着。这是个令他沮丧的夜晚。庆祝还在继续，到处是一片喧闹和欢腾，他却独自在军营里徘徊，一个熟悉的身影也没有见到。眼看遇到朋友的希望渺茫，他重新回到帐篷，试图寻找一丝睡意。可他没有成功。他有种痛彻心扉的孤独感。外面的欢声笑语只会加深他的孤独。有两三次，他禁不住想起身出去，但想到刚才散步时的落寞，他又打消了这个念头。然后，他等着喧闹声逐渐减弱，希望四周一旦静下来，他就可以安然入睡。在此之前，他的确感到了睡意。仿佛是为了让睡意更浓，他在脑海中反复回想白马兜着圈子寻找水渠的画面，每想一遍都要花上更久的时间。接着，隔离栅外的那片空地在他的想象中变成了科索沃平原，唯有马儿依旧通体雪白，背上驮着一名骑手：穆拉德苏丹。皇帝阴郁地望着死去的士兵，此时突然……“天哪，不!”他发出一声呻吟，猛然惊醒过来。外面传来一阵不同寻常的声音。他走到帐篷前面，竖起了耳朵。紧密的报警鼓点在营地中央的某个地方轰隆作响。其余的鼓声相继停了下来。四面八方响起了“冲啊”和“杀啊”的喊声。

史官迅速穿好衣服。一道冷汗浸湿了他的额头。他又走了出去。现在，所有庆祝的鼓点都已消逝，营地笼罩在可怕的黑暗中。只有警鼓的隆隆声依然清晰可闻。切雷比听到了匆忙的脚步声，武器的撞击声，传令的口号声，还有马蹄嗒嗒地响起很快又疾驰而去的声音。不过这一切都离他很远。士兵们纷纷冲出帐篷，拿起武器，跑向各自队伍的集合地。每个人都像幽灵一样一闪而过，仿佛是去参加叛乱分子的集会。他突然感到一阵恐慌。为什么他们跑得这么急？他们要去哪儿？他呆呆地站在帐篷前面，不知如何是好。四周一点动静也没有，令他觉得可疑。几个人从他面前大步流星地走过。有人喊道："快点，快点！"然后又是一片寂静。他们为什么离开这片营地？就在这个想法像一道冷光从他脑中闪过时，他已经不由自主地往同一方向跑去。他不知道自己跑了多久。等他觉得身边的人足够多了才停下脚步。这是一群真正的乌合之众。加尼沙里新军、志愿兵、阿扎普步兵、埃斯金基民兵，他们个个全副武装，借着火光寻找自己的队伍。现在还说不准他们是准备撤退还是进攻。到处都回荡着恶狠狠的叫声、呼唤同伴的喊声、长官下令的吼声。

"第四营出发了！"

"他们袭击的好像是加尼沙里新军的地盘。"

"埃斯金基第五民兵营，这边走！"

"卡拉-穆克比尔和他们展开了殊死搏斗！"

"去铸炮工坊！他们在攻打铸炮工坊！"

“让开！你们是哪个营的？第二营？那就靠边站！”

“围城里的人打开了城门！”

“这不可能。闭嘴！”

“巴克罕被杀了！”有个人发疯似的喊道，他领着一支溃败的队伍跑了过来。

“让开！你们去哪儿？”

“斯坎德培！”

“让开！”

“斯坎德培！斯坎德培！”

“混蛋，你嚷什么？喂！”

史官听到身后传来一声刀刃刺进肉里的闷响，随后是一具尸体倒地的声音。

“阿金基！阿金基轻骑兵来了！”

居尔蒂基一头浓密的头发被火光照得闪闪发亮，他领着一队骑兵像风一样掠过。

“让开！让开！”一名军官喊道。

“找到你们的队伍！”

“西帕希！光荣的西帕希！”

西帕希领主骑兵紧跟着阿金基轻骑兵，飞快地消失在黑夜之中。

史官感到他的心怦怦直跳。军中的精兵强将都去奋勇杀敌了。他为自己方才的惊恐感到羞愧。他钦佩地望着摩洛哥步兵冲向斯坎德培这头猛兽横行的地方。可他的快乐没有持续很久。士兵的叫喊声、传令声、武器的叮当声一度让他忘记了自己的恐惧，但是转眼之间，他们就以惊人的速度从他眼前四散开来。叮当声、叫喊声、传令声也在划破夜空后消失得无影无踪，过了一会儿，史官惊骇地发现路上只剩他一个人，那头发疯的猛兽随时会向他扑过来。

他又开始乱跑起来。大家像海难时弃船逃生一样离开了这里，他能做的也只有远离这个地方。在他周围，在黑暗中，仍然能听到呼喊声、鼓点声，但他分辨不出它们是从哪边传来的。这些声音，与其说是人声，不如说更像鬼魂的嚎叫，夜晚的狂风一过便戛然而止。

很快，他又来到拥挤的人群中。他不知道这些人打算逃跑还是打仗。与之前的情况一样，大家迅速散开，只留下他一个。放眼整片营地，他看到一群群士兵聚拢，移动，然后莫名其妙地散开，就像大风吹散空中的白云一样。在这样一个人心惶惶的夜晚，他没有任何可以投靠的去处。

他继续跑着。他的双脚本能地跑向营地中央，跑向统帅的帐篷所在的地方。他又听到了呼喊声、传令声，随后，黑暗中传来一阵不同寻常的喘气声，令人毛骨悚然，盖过了其他所有的声音。“塔汉卡。”史官想。

帕夏的帐篷一片昏暗，但可以看到信使进进出出。切雷比心想帕夏应该在里面，为了帐篷不被发现才遮住了灯光。此时，他已经恢复了镇静，注意到在他周围，数百名骑兵手持长矛，静静地站在黑暗中。这让他感到很安全。他在一条小路边坐了下来。远处依然人声鼎沸，可这里却鸦雀无声。信使们猛地将马停住，然后从马背上跃下，跑了起来。连老天也会赞叹他找了这么一个避风港！可这种相对的平静只维持了一会儿。他感到黑夜中有什么东西在匍匐，在移动。骑兵的队列变得越来越密集。在他身后，一个声音下了几道命令。远处的轰隆声似乎正在逼近。

切雷比感到额头沁满了汗珠。要是这阵风暴冲着统帅的帐篷而来呢？他直起身。是啊，这很正常。他们想摧毁的目标就是帐篷。是的，就是那里，不是其他任何地方。恐惧再次攫住了他。他又开始跑起来。啊，必须找到一个藏身的角落！一个固若金汤的地方，一个安全的栖身之所，一个地下通道……他的大脑飞快地转动着：荒废的地道！……烤炉！（梅弗拉！你何曾想过这里隐藏着地道的入口？）他急忙跑向那座破旧的烤炉。轰隆声越来越近了。快点！快点！啊，就是这儿。他看了看身后。一个人也没有。他走了进去。他慌乱地摸索着，找到了梯子。他开始向下爬。温度降到了冰点。他继续往下。无尽的黑暗。一股刺鼻的烂泥味儿。他想到了占星官。突然，在黑暗中，在他脚下，他感到什么东西动了一下。一条蛇，他心里恐惧地想，随即跳了起来，此时一个平静的声音从下面传来，一直传到他的耳边：

“当心！你要踩到我们了！”

他一下子愣住了。

“你最好坐下。”那个声音冷冷地说道。

他惊魂未定。又觉得稍远的地方有东西在动。他听到有人打了一个喷嚏。

“你从哪儿来?”那个声音问道。

“我?从这儿……碰巧……”史官结结巴巴地说道。

“行啦,行啦,”那个声音说道,“我了解这类巧合。不过你倒是想了个好办法。你这人不傻!”

他没有答话。

“用不着害怕,”那个人又低声说,“我们躲在这儿可不是为了告发对方。乌鸦不会互相啄彼此的眼睛。我是阿扎普第四步兵营的。当兵十一年。我早就想好了,斯坎德培一来夜袭就躲在这里。战死倒在城墙上,还说得过去,但是在一片混乱中被砍死,这真的不值得。警鼓声一响,我就冲出了帐篷。我对自己说,很好,阿扎普老兵,到你的避难所去吧。然后,在这里,我见到了一些朋友。他们跑得比我还快。”

仿佛是为了证明他的话,有人在他身边打了个嗝。

“坐吧,”另一个人接着说,“不要拘束。这里没有人会找你麻烦。”

切雷比坐在一个土堆上。

“你是工兵团的?”阿扎普步兵问道。

“是的。”史官回答。

“我猜到了。显然,你应该在这儿干过活。”

就在切雷比想多聊一会儿的时候，出现了每个人都会遇到的情况，即最危险的时候一过，对方就不说话了。史官不敢贸然开口。他担心别人认出他的声音。他感到非常惭愧：此时战斗正在激烈地进行，而他，一个史官，一个应该让这场战役的丰功伟绩千古流传的史书作者，却像老鼠一样躲在黑暗的地道里，等待一切复归平静。

“上面肯定是场屠杀。”阿扎普步兵说道，仿佛看穿了他的心思。

史官不知说什么好。从上面传来了敲击地面的声音，时而清晰，时而模糊。接着是长时间的死寂，然后声音又响起来，刚开始距离较远，很快到了跟前，离他们越来越近。

“他们过来了。”阿扎普步兵小声说道。

大家默不作声，竖起了耳朵。敲击声渐渐逼近，变成嗒嗒的马蹄声。现在声音更近了，仿佛近在咫尺。地面开始颤动。史官将身子缩成一团。

“他们就在我们上面。”阿扎普步兵肯定地说。

他们头顶正上方的马蹄声变得令人胆寒。他用手捋了捋头发，抖掉他以为从上面掉落的尘土，同时喃喃地祈祷起来，直到轰隆声消失。

有人深深地叹了一口气。切雷比如释重负，正准备讲话，此时从很远的地方又传来一阵马蹄声，声音起初很轻，随后越来越响亮。

“又来了一拨人。”阿扎普步兵说道。

他们屏住呼吸。马蹄声变得越发高亢，他们甚至以为头顶的地面会轰然坍塌。

“斯坎德培！”一个声音喊道。

史官觉得这阵来势汹汹的声浪不仅不会停止，而且一浪高过一浪，仿佛终于找到了宣泄情绪的出口。然后，当所有声音都沉寂下来，安静得让人以为不会再有下一波进攻时，切雷比听到了阿扎普步兵平静的嗓音，他大概已经说了一会儿，并不在乎是否有人在听：

“十一年军旅生涯。你觉得很长了，对吗？可谁知道我还要服役多久？我们是老兵，是时候把许诺的地分给我们了。这次出征前，他们说等我们攻下这座城池，就把周围的田地分给我们。我原籍阿纳托利亚，但我去过许多地方。我在卡拉波坦的平原上打过仗[①]，还去过老山山脉和的黎波里，去过保加利亚和波斯尼亚，我甚至到过匈牙利的色曼德。到处都有良田，每到一个新的营地，我都会想可以在当地种些什么，与我们攻占的其他地区相比，那里的土地有什么用。你是工兵团的，不会对这些事感到吃惊。你们也一样，你们和土地，和泥土打交道，只有你们，对这片土地，不但没有敬畏之心，而且像大家说的那样，肆意破坏它，然后你们还埋怨它报复，因为它在这条地道活埋了你们的同伴。不过，

① 此处指的是 1538 年奥斯曼帝国的一次远征。

我刚才在说什么？啊，对，土地。他们向我们保证会把周围的地分给我们，因此从我们第一天踏上这片土地，我首先想的就是查看一下。我抓起一把土放在手里，把它捏碎，用鼻子闻闻。这是块好地。麦子在这里会长得很好。可这又怎么样？它很陌生。我不知道为什么它无法抚慰我的心，反而让我产生一种空虚的感觉。一块陌生的土地，就是这样：你明白我想说什么吗？就连气味都是不同的。”

他们听到入口传来一阵沉重的脚步声。有人正顺着梯子往下爬。阿扎普步兵打住话。众人屏住呼吸。一个人摸索着走进地道。

“当心，朋友，你要踩到我们了。”阿扎普步兵说道。

“啊！”陌生人惊恐地叫了一声。

“叫是没有用的，坐吧，你在这儿好得很，”阿扎普步兵说道，“你从哪儿来？”

“埃斯金基第九营。”那个人惊愕得连嗓音都变尖了。

“上面什么情况？”

“还是别问了。”

“围城里的人好像试着突围过一次。你知道吗？”

“不。我只知道他们在相互残杀。”

“请坐吧。放松点儿。”

“要是一名军官来视察呢？”

“他尽管来，”阿扎普步兵回答，“他会受到欢迎的。”

陌生人没有动。可能已经坐下了。

“战争……”阿扎普步兵嘟囔了一声。

没有人听明白他说了什么。

又是一阵沉默。他们再次听到了轰隆声，不过这一次，声音始终很轻。它在营地附近的某个地方盘桓、回荡着，消失了片刻，然后重新出现，接着再次消失了。这样反反复复，无休无止。

“我爬上去看看情况。”一个声音说道。

他们听到他踩着蓬松的泥土，爬上了梯子。他们等待着。他回来了。

“怎么样?”

“他们说战斗停止了。天还没有亮。”

有人在黑暗中动了一下。

“你要走了吗?”听到动静，一个声音说道。

“随便你。我嘛，我还要再待一会儿。我们还会见面的。一听到警报声，就赶快跑，你会在这里找到我们。”

切雷比也想起身，但是极度的疲乏让他动弹不得。想到他也许再也回不了自己的帐篷，又没有更好的栖身之处，他不由得闭上了眼睛。他不知道自己是在做梦还是仅仅是个幻象。一匹白马在他的脑海中不停地转圈，他不太肯定这是哪一匹马，是中午的那匹，还是更久以前，穆拉德在科索沃平原上骑的那匹。他感到从下午早些时候到现在，时间仿佛过去了整整一季。他想到那堆惨遭马蹄践踏的他撰写的史书书稿。军需总管有关皇帝被害的话同样令他心惊胆战，甚至比这些马蹄更有杀伤力。他试过不去想它们，但是做不到。刚开始他还想慢慢地忘记，后来不得不强迫自己，结果总是白费力气。他也试过将这番话稍微改动一下，缓和一下语气，可是它们重新组合在一起，压缩得越来越简练……伟大的穆拉德汗苏丹不是被基督徒，而是被他的臣子杀死的……往他的耳朵里灌点铅水大概也比现在好受。这里既有一种恐怖，突然断裂的时空，又有令人迷惑的猜疑。

他不明白为何在这样一个夜晚，没有任何来由，他的脑海中会反复出现这个画面。然后他似乎找到了原因：他独自坐在黑暗中，在一个他不熟悉的地方，既不在地面上，也不在帐篷里，更不在书桌前。一处虚无之乡，一个真正的法外之地，游离于人世和帝国之外。或许这是他第一次有机会深入思考他永远不敢写的事情：科索沃战役的真相。快点！他心里想道。再过不久，天就要亮了。

就这样，他趴在地上，鼻子触着泥土，构思着第一大调：战斗结束后，夜幕降临，穆拉德汗苏丹骑着白马，在躺满尸体的原野上穿行。突然，一个衣衫褴褛、浑身是伤的巴尔干人，从地上爬起来，千方百计向他靠近，说是要吻他的手。卫兵们拦住了他，但奇怪的是，苏丹对他们说："放开他。"然而，这个人走近了，却没有吻那只伸过来的手，而是从他的破衣烂衫里掏出一把更加简陋的短刀，他像一只野猫，从地上高高跃起，刺中了苏丹的心脏。这就是每本史书里都会出现的记载，但是军需总管的声音响了起来：撒谎！你怎么会相信，蠢货，在这个血腥的日子里，一名异教徒怎么可能距离皇帝那么近？而且你怎么能相信一个受伤的人从地上一跃而起，跳得和马儿一样高，一刀穿透了皇帝的胸甲，刺中他的心脏？

第一复调：虽然有些蹊跷，但是行刺的确发生了，就在天黑之前，在数十双眼睛的注视下。骑白马的人不是穆拉德汗，而是他的替身。那个刺杀他的也不是巴尔干人，而是一个伊斯兰教苦行僧，为了执行这项特殊任务，化装成了巴尔干人。帮帮我吧，缪斯女神，他哀求道，让我写出第二大调吧！

第二大调：苏丹的帐篷，大臣们围在苏丹身边。一个信使前来报告苏丹的死讯。苏丹笑了，大臣们却脸色阴沉。你们怎么像乌鸦一样黑着脸？这是个不祥的预兆，大维齐说道。当一个影子倒下了，影子的主人也会倒下。于是，他们用匕首杀害了他。

第二复调：长久以来，这桩罪行都被这样描述着。他们想让人相信苏丹死在一个基督徒手里……为了销毁一切证据，苏丹替身的卫兵和行刺的伊斯兰教苦行僧都被立即处死……来帮帮我，缪斯女神，他祈求道，为了第三大调！

第三大调：营地的另一头，皇位继承人亚库普·切雷比皇子得到消息："您那光荣的父亲召见您。"路上，他听到有人喊："苏丹被杀了！"不过信使让他放心："死的是他的替身，殿下。"皇子有一种越来越不好的预感。

第三复调：出发前往科索沃的时候，他们已经打算无论战争结果如何，胜利还是失败，都要杀掉皇帝。之所以这样做，是为了不让他的长子按照继承顺序登上皇位，而是让他的次子巴雅泽成为皇帝，因为他才是他们选定的继承人。帮帮我，缪斯女神，我还有最后一个大调！

末大调：亚库普·切雷比皇子走进他父亲的帐篷。苏丹的尸体倒在地毯上。可这是我的父亲，皇子喊道，他们跟我说死的是他的影子！——在这人世间，我们每个人都只是一个影子，一位大臣说道。于是，亚库普也像他父亲一样被杀害了。

末复调：那位弟弟，巴雅泽皇子，把脸埋在手心里。他装作一无所知的样子，但他其实什么都知道了。他们向他保证会妥善解决，不会造成流血，他也假装相信了。他凝视着科索沃平原，眼前的景色非常阴郁，他预感诅咒会一直跟着胜利者和失败者。远处有人在喊：苏丹被杀了！信使的声音再次传来，说那只是替身，和他哥哥刚才的反应一样，他也朝父亲的帐篷走去。他进了帐篷，打量着两具尸体。我父亲和他的替身……他想。但就在这时，一旁的高官匍匐在他面前，称他“皇帝”。他这才意识到其中一具尸体是他的哥哥亚库普。我们别无选择，大维齐低声说道。这不是事前说好的。新皇帝用手捂住了满是泪痕的脸庞，可永远没有人知道这眼泪从何而来，也不知道它们为何而流……

宽恕我，万能的安拉！史官叹息道。他感到万分沮丧，仿佛犯下了不可饶恕的罪行。这种感觉他以前也曾有过，那时他才十岁出头，几个伙伴教他学会了手淫。他整夜都沉溺其中，清晨全身瘫软，好像被掏空了一样。宽恕我，安拉，他再次祈求道，他想蜷起身子，像刚才一样挨着别人，但他感觉到身边的人都不在了。他害怕一个人待着，于是站了起来。他摸索着寻找出口，甚至以为自己找到了它。其实是天亮了。晨光熹微，浓重的灰雾中透出点点紫红色的斑斓，给眼前的景物蒙上了不真实的色彩。他一边走着，一边感到大地褪去了层层外衣。谁要是这时看见他，准会以为他刚从坟墓中苏醒。为了不被人认出来，他竖起领子，加快了步伐。营地在一片平和中沉睡着。一点也看不出刚刚发生过什么。就连他自己也觉得他的确刚从坟墓爬出来。他把唯一一段对帝国不利的记录永远地埋在了那里。他深吸一口气，很高兴就此摆脱了它。在帐篷倾斜的表面，隐约可见露珠弥漫的水汽，离人类间的仇恨是那么遥远。恐惧、惊慌的喊叫，万马奔腾的巨响，消散在无数颗小水珠里，每一颗都昭示着黑夜的结束和白昼不可抗拒的来临。然而，在稍远的地方，他眼中的景象突然变了样。前方横着一长溜翻倒的帐篷，上面尽是撕破的口子，地上散落着旗帜，躺着一具马的尸体，更远处还有一个死人，脸朝下趴在地上。切雷比的胸口一阵发紧。这样惨烈的场面令人触目惊心。还有一列帐篷长得见不到尾，个个东倒西歪，像被风刮过一样。他来过这儿，他一边这样想，一边疾步离开这里，回到了自己的帐篷。他听到前方传来深浅不一的脚步声。有人摇摇晃晃地走了过来。这是一个男人的高大身影，像盲人一样拄着一根棍子。等他走得更近，切雷比认出了对方，是萨德丹。盲诗人嘀嘀咕咕地说着话，不时挥舞手中的棍子，摆出威胁的姿势。

水源被切断的第二天，他们派了一个使团过来与我们谈判。使者们身着华服，在主城门前等候，我们让他们从那里进来。一个使者举着和平的旗帜，另一个轻轻地敲着鼓。我们从城墙顶上向他们喊话，要是不想被箭刺穿就赶快离开。那个敲鼓的人向我们喊道："可怜虫！你们听到这鼓声了吗？皇帝让人用敌人的皮做成了这面鼓。"他敲了一会儿鼓，然后又说道，"我们也要用你们的皮做成这样的鼓。一群疯子，你们知道等待你们的命运是什么！"

谈判到此为止。天气依旧酷热难耐。挖出的井水几近干涸。我们只好再挖一口。口渴让我们备受煎熬。这一刻终于来了，我们会渴死在围城里，谈判终止前他们屡次暗示了这一点。你们可以保存粮食，他们说，但水是不能储存的！

由于担心再次遭到袭击，他们一整天都在营地周围挖战壕，打木桩，以防万一。

他们准备攻城。他们的铸炮工坊一直冒着黑烟。显然，他们在铸造新的大炮。他们的工程师和攀爬城墙的加尼沙里新军一样残忍。他们想给我们致命一击。炎热的天气和日益严重的缺水给了他们可乘之机。好像拥有月亮对他们还不够，他们认为太阳也属于他们，这样他们才会感觉自己是宇宙的主宰。

他们加快了速度。想在第一场雨之前结束战斗。因为一旦开始下雨……

有时，我们久久盯着天空。万里无云。蔚蓝的沙漠，一片寂寥。

第十二章

战斗再次打响。与以往的战术不同，这次攻城选在了中午最热的时候。不计其数的攻城兵浑身血汗淋漓，沿着整道城墙一字排开，他们打着手势，攀上云梯，滚落下来，后退几步，猛冲向前，身子来回打旋，口中喘着粗气，在大炮的隆隆声和数百面战鼓接连不断的咚咚声中吼叫着。厚厚的黄色尘土不时遮住了部分墙面，使得露出的墙面上的战斗显得更加惊心动魄。

太阳无情地炙烤着大地。

图尔桑帕夏一反战争的常规打法，决定正午发动进攻，他这么做，目的很明显：口渴会加倍消耗对方的士气。根据建筑师的看法（他注意到一个奇怪的现象，他的长官越是跟他发火，对他的意见就越重视），断水七天足以让所有的蓄水池干涸，无论它们的容量有多大。至于井水（在严刑拷打下，俘虏们对井的数量说法不一，有人说是三口，还有人说是四口），单凭它不能同时满足给围城内的军民解渴和治疗伤员的需要。建筑师强调，在如此酷热的天气下，让对方受伤比杀掉他们更有价值。图尔桑帕夏竭力克制自己不大吼大叫：“你不会又要跟我们说你那些阴谋诡计吧？

你现在难道在劝我向部队下令，在混战中留点神，不要杀掉敌人，只是让他们受伤？”事实上，帕夏跟他提过类似的想法，不过态度比较温和，只当是开个玩笑。建筑师回了一句：“您爱怎么做就怎么做。”

不管怎样，帕夏就攻城时间做出了最明智的判断。大多数人赞成推迟进攻时间，好让口渴代替弯刀帮他们解决部分敌人。推迟进攻似乎有道理，他说，而且会让我们的武器更有杀伤力，但是不要忘记已经过了八月中旬，熟悉这一地区的人认为第一场雨很快就会到来。一阵突如其来的暴雨会毁掉一切。

这个解释足以说服帕夏做出这样的决定。不过，即便雨来得迟一些，他也不能将战斗无限期地拖延下去。他把堡垒围得水泄不通，可自己也像它一样动弹不得。如果说围城里缺的是水，那他缺少的则是时间。战斗顶多持续到秋季过半。第一场霜降通常意味着撤退的命令，也就是说，对他而言，一切都结束了。

他目不转睛地盯着一点，主城门，那里的进攻最为猛烈。神射手成功搭起一座新的脚手架，随即用浸湿的兽皮盖住了它。藤编的挡箭牌在攻城兵头顶来回移动，好像汹涌的海面上漂浮的木筏。在掩体的掩护下，他们开始用巨大的羊头撞锤撞击城门。

“城门松动了，”阿拉贝伊发现，“城门好像草草修葺过。”

“把切勿进入瓮城的命令再传达一次。”帕夏说道。

一名军官策马向城墙飞奔而去。

昨晚，在军事会议上，有人提出既然第一次攻城没能撞开城门，这次最好放弃这个想法。但是帕夏反驳说即便撞门毫无用处，最重要的是激发攻城兵的斗志。另外，与萨鲁加商议之后，他拟订了作战计划，要求无论如何都要将城门撞开。

“尊贵的帕夏，”他的副官俯身向他耳语，“医生请求和您说话。”

“现在?”图尔桑帕夏说道，眼睛始终没有离开主城门前混战的人群。

“是的，现在。”

“让他进来!”

西里·色里姆走了进来，将他那颀长的身躯弯了两弯，然后，以为帕夏没有注意到他，他第三次弯下了腰。

“说吧。”帕夏开了口，一道令人不快的黑影落在他的脚边，提醒他医生正站在他的身后。“说吧，要是说一句废话你可要倒霉了。”他在心里补充了一句。

“我很抱歉，帕夏，在这个时候打搅您……”

“长话短说。”帕夏打断了他。

西里·色里姆吞了吞口水。

“应当从围城里抓一个俘虏，”他说着向城墙伸出手，“最好是活的，受伤的也行。”或许是觉得自己要求太高，他停了一会儿又说道，“实在不行死的也可以。我会检查他的内脏看他是否喝过水，如果喝过，喝了多少。”

一个俘虏……第一次攻城的时候，他们想尽办法去抓俘虏，哪怕一个也好，可这样做的代价太大。让一个攻城兵爬上着火的梯子，独自将俘虏从城墙上带回来，这不是件容易的事。有两次，受伤的俘虏在攻城兵背上挣扎一番后滑落下来，拉着攻城兵一起坠下云梯。一个死人就不同了。一具尸体可以从梯子上抛下去，一个摔得粉碎的死人跟另一个被刺穿了胸膛的死人没有多大区别。

“一个死人！”图尔桑帕夏说道，甚至没有看西里·色里姆一眼，“抓一个俘虏回来，死的也行，不惜一切代价！”

过了一会儿，他看见一小队伊斯兰教苦行僧拿着武器向城墙跑去。他们很快消失在混乱的人群中。随后他好像又瞥见，他们迅速爬上了靠着城墙的无数云梯中的一架。但他的注意力被另一件事吸引，苦行僧又从他的眼前消失了。在撞锤越发猛烈的撞击下，高耸的城门就要被撞开了。城门前势不可当的攻城兵在漫天尘土中奋力向前。大炮的隆隆声此起彼伏，可以看到炮弹炸落了几块城墙。

“这是第三门。”最后一声炮响过后，军需总管对西里·色里姆说道。

“这门大炮的声音和其他的有点不一样。”西里·色里姆注意到。

城门即将失守。

“从铰链上断开城门，把它给我扛回来！”图尔桑帕夏命令道。

这道命令有些不合常规。他自己不是不知道，从军事的角度看，拿下城门没有任何价值，但是就象征意义来说，此举既对自己的队伍有利，又能打击敌人的士气。喧嚣声越来越响。守军大概猜到了攻城兵的意图，放出了密密麻麻的箭。失去了城门，没有人能在家里睡得安稳，图尔桑帕夏心想。他下了第二道命令，承诺给攻城兵一份特殊的奖赏。阿扎普步兵和工兵团没有这道命令就已经杀红了眼，此时表现得更加卖力。他们中有几个倒下了，身子还挂在城门上，其他人更加疯狂地冲了上来。然后，在七嘴八舌的吵嚷声中，响起了一声听不出是欢呼还是警告的吼叫，高大的城门随之轰然倒塌。离得稍远的士兵立即像蚂蚁一样围拢过来。最后，城门由绳子、钩子和数十双裸露的手臂拖着，缓缓远离了城墙。城内的人怒不可遏，箭矢和灼热的沥青像雨点一样落在运送城门的人身上。有些人倒下了仍抓着城门不放，于是在地上被一同拖向前去，其他人却对此毫不在乎。他们气喘吁吁，汗津津的身上落了一层黑色粉末，一边将又旧又沉的城门拖离战斗区域，一边朝天空大声叫骂，好像他们抢走的是一个年轻的新娘。

隆隆的炮声再次接连响起，又是在最后一声炮响后，军需总管对西里·色里姆说道：

“这个嘛，这是第三门大炮在开炮。”

“这一回，我也听出来了。”医生说着，眼睛望向城墙高处，一队伊斯兰教苦行僧在那里与敌人展开了肉搏战。

“越来越往下打了。”军需总管注意到。

“的确如此，”西里·色里姆表示同意，眼睛始终没有离开那些苦行僧。

在攻城兵和营地之间的空地上，往来穿梭的信使显得越发形单影只。每隔一段时间，一副副装满伤员的担架就从城墙跟前抬了出来。正对面，一小队士兵背着鼓跑向城墙，前去替换前线的同伴，后者中了箭伤，要么默不作声，要么只能根据受伤轻重发出一声或强或弱的呻吟。

“抓到他了，抓到他了！”西里·色里姆无力地喊道，他眯起眼睛想要看清楚些。

军需总管注视着同一方向。

“啊！我肯定是眼花了！”过了一会儿，医生嚷嚷了一句。

还有一次，他一脸茫然地喊道：“他在那儿！他在那儿！”可他又弄错了。然后一个伊斯兰教苦行僧真的背着一个人出现在城墙上。他像野猫一样身手敏捷，双手紧紧抓住梯子，带着背上的人一起往下爬。他肯定在喊他扛的是帕夏命他抓回的俘虏，因为下面的加尼沙里新军纷纷给他让出一条通道。这架梯子有两三处着了火，阿扎普步兵已经搬来另一架准备替换，不过苦行僧还是在梯子倒下前成功着地。他的身影消失了很久，随后他们又在人群中瞥见了他，肩上依然扛着他的俘虏。

“他在这儿，抓到俘虏了！”西里·色里姆喊道。

帕夏和他的副将们朝医生指的方向转过头去。苦行僧尽管背着一个人，还是赤脚跑了过来，脚下扬起一路灰尘。此时他们看清了他那张满是汗水的黝黑的脸。他的胸脯急剧起伏，贪婪地吸着灼热的空气。一道鲜血顺着他的脖子流下来，在他裸露的胸膛上凝住了，分辨不出这是他的血还是他背上那具无名尸体的。那个陌生人留着浅色头发，脑袋无力地垂在苦行僧结实的臂膀上。

“把他放在地上！”西里·色里姆用突然变得凶狠的嗓音喊道。他的脸一下子红到了长长的脖子根。

苦行僧使出最后一分力气，摆脱了几乎粘在他背上的俘虏，让他倒在地上。西里·色里姆蹲在俘虏身旁，飞快地检查着他的前胸、脸庞、嘴巴、眼睛。

“他还活着！”他喊道。

“活着？”

“是的，不过快要断气了。”

他掰开俘虏的嘴巴，查看他的舌头。

“他渴吗？”帕夏问道。

“是的，我的帕夏，但我们现在要知道他有多渴。”

西里·色里姆迅速从口袋里掏出小刀，再次俯身朝向俘虏。有些人背过脸去。他们中大多数有过杀人如麻的经历，然而，医生手上的动作却令他们脸色刷白。他们第一次意识到，慢慢地折磨一个人比用长矛或剑一下刺伤他残酷十倍。西里·色里姆在这具裸露的躯体上忙碌了半天。等他重新站起身，他的双手和前臂都沾满了鲜血。他抬起胳膊以免血迹弄脏长袍，朝帕夏走了过来。

“干透了——用我们的行话说是脱水了——但还是喝过一点水。”他说道。

帕夏感到疲惫不堪，他眨眨眼睛，深吸了一口气。然后他打了个手势，让人把那具残躯搬走了。苦行僧仍然气喘吁吁地站在那里。

“我们要赏赐他。”帕夏说道，他试图用困倦的目光审视整道城墙，那里的进攻还在继续。他眼前的景象不曾改变。战斗总是这样混乱，没完没了：成百上千架云梯，有的爬满了士兵，有的空无一人，还有的烧焦了一半，总是同样的黄色尘土，飞舞着，飞舞着，最后落在那些汗水涟涟、伤痕累累的身体上。太阳虽然开始西斜，却总是无情地炙烤着大地。帕夏感到他的眼睛因为疲倦模糊起来。有几次，他差点都要睡着了，只是不断响起的炮声将他拉了回来。

一名信使骑马飞奔而来。

“乌奇·顿基库特阵亡了！”他干巴巴地禀报道。

帕夏扭头望向埃斯金基民兵团围攻的东塔楼。士兵们的动作显得很迟缓，好像在半睡半醒之间，可帕夏并非不了解真实的战况，也并非不知道在这萎靡的假象背后有着怎样不懈的努力、怎样坚强的意志。

为了平复心绪，他将目光从他们身上移开，一路往下移到了城墙跟前，在那里，卡拉-穆克比尔和他的阿扎普步兵们一向承担着最为艰巨的进攻任务。不久前他曾指挥过这支队伍，深知处于他所谓的战斗底层意味着什么。不停地用新梯子替换烧焦的云梯，往往从上面跌落就再也爬不起来，身中不知从何处飞来的沥青、硫黄或一支不长眼的冷箭，最后，最可怕的是，被自己人——阿金基、加尼沙里新军、冲锋队、敢死队——踩踏，不仅无权抱怨一声，还要羡慕地看着他们，看他们朝着光荣攀登，自己却待在下面，待在最卑贱的底层，忍受死亡的折磨，而这死亡如同他们曾经的生命，自始至终几乎都不为人知……

老塔伏加让他的加尼沙里新军待在距离空地几步远的地方，那片空地是刚才拖主城门时留下的，奇怪的是，城门此刻显得更加令人生畏。加尼沙里新军蹲在多处冒烟的掩体下，等待冲进瓮城攻打第二道门的命令。

城墙顶上，埃斯金基民兵团奋力夺取巡逻道，可是没有成功。上到城墙高处的人依然寥寥无几。多数人在攀爬云梯的时候摔了下来，其他人就算用指甲牢牢抠住粗糙的墙面，还是受到了猛烈的袭击，身子吊在半空，直到最后松开手，拉着一个死伤的守军坠下城墙。派出冲锋队还为时尚早，更不用说派出最精锐的部队——敢死队。

炮声开始此起彼伏地响了起来，仿佛为了提醒活着的人还有一个更高的存在，每一声炮响都在召唤被上天带走的人们。

从里面那道城门的缺口处扬起一大团灰尘。

“萨鲁加现在要用炮弹轰开这道门。”军需总管对西里·色里姆说道。

医生沉默不语。他似乎正在思考什么事。

“任务会很艰巨。”一个独臂的桑扎克贝伊低声抱怨道。

“很艰巨，当然，可他们会出色地完成任务。”军需总管回答，“这是一门新式大炮，才第一次投入使用。”

桑扎克贝伊一脸沉思地摇摇头。

“困难至极，”他反驳道，“应该朝很低的地方瞄准，这太冒险了。”

“我知道。”军需总管回了一句。

又是一轮炮击。第三门大炮击中了第二道城门上方的城墙，向右偏了几米远，将原来的缺口拓宽了一些。

“下一次发射肯定能击中。”阿拉贝伊对着人群高声嚷道。

最后一轮炮击过后，加尼沙里新军在藤编的大掩体的保护下，再一次向打开的城门口靠近。

“塔伏加准备好了，”独臂的桑扎克贝伊注意到，“冲啊，你倒是快点，老笨蛋!”他在心里嘟囔道。

“他们要发动进攻了，看上去比海啸还可怕。”一个声音在他们身后嚷道。

这一小群观战的高官显得很不耐烦。他们等待着下一轮发射。此刻几乎没有人关心城墙沿线的战况。在震耳欲聋的鼓声中，云梯一排排倒下，骤然进攻又急速撤退，这一切重复了无数遍。众人的注意力集中在正门，那里，塔伏加的部队列成几大方阵，等候进攻时刻的到来。

射石炮开始接连发射。它们的炮弹越过雉堞，落在要塞中央。随后他们听到两门大炮的轰鸣声。所有人都静候着第三门大炮发出熟悉的怒吼声。可它迟迟不响。

加尼沙里新军此刻聚集在正门前，从门口可以瞥见瓮城的一角，里面显然空无一人。箭矢、标枪和浸满了热油和沥青的布条不断打在硕大的掩体上，但是加尼沙里新军没有退却。守军似乎猜到敌人准备进攻第二道城门，火力越发猛烈起来。然而，在其他各地方，阿扎普步兵、埃斯金基民兵团和志愿兵给整条防线施加了巨大压力，让守军来不及从前线的防守阵地撤下来回防。

帕夏依然没有出动冲锋队和敢死队仅剩的一个营。他在等待第三门大炮的发射。后者还是迟迟没有动静。

“它为什么不发射?”“萨鲁加在做什么?”大家的情绪越来越不满，到处都是这样的小声议论。帕夏火速派了一名骑马的军官去炮台。可这个信使还没有骑出百步，第三门大炮的轰鸣声就响彻大地。也许是精神紧张的缘故，所有人都觉得爆炸声听起来比实际上更响。紧接着一声尖厉刺耳、非同寻常的呼啸划破天空，低低地从他们头顶正上方越过。就在他们焦急地注视着，希望炮弹击穿第二道城门时，只见它径直飞进了加尼沙里新军的方阵中。

“噢！……”帕夏用一种异样的声音喊道。

刚才还一排排紧挨在一起的加尼沙里新军一下子四散开去。正门前陷入了一片混乱。军官们从四面八方跑来，想要了解确切的伤亡情况。

老塔伏加骑着他的黑马往回飞奔，身后扬起一路尘土。远远地只听他发出一声怒吼。两名卫兵赶忙上前，守在帕夏身边。这名加尼沙里新军的阿加一跃而下，就像是从马背上摔下来一样。他破口大骂，嘴里唾沫横飞，不时蹦出几个蒙古词，让他们一开始根本听不懂，只能猜测他话里的意思。每说一句话，他那双粗短的手还比画一下，似乎想要掐住什么人的脖子。等他的吼叫声稍稍平息，他们发现他说的话跟他们料想的差不多。

“他们骗了我们，这些畜生、叛徒、异教徒!”他又开始吼道，“现在可好，他们把炮弹打到了我们身上。可以容忍这样的事吗?不，绝不!”

“你们死了多少人?”帕夏问道。

塔伏加怒不可遏，使劲地喘着气。

“几十个，几百个！我要为我的加尼沙里新军报仇，他们是卡拉-哈里尔之子。我要抓到凶手。是的，帕夏，我要凶手的脑袋。我的加尼沙里新军要把凶手带走!”

“我们会把他交给他们的。”统帅说道。

“立刻!”塔伏加用洪亮的声音吼道，“他们立刻就要！他们气疯了。他们要自己处置凶手。把他给我!”

“立即找到凶手!”帕夏下令，“给我把查乌齐巴齐叫来!”

总务长跑过来。

“给我找到凶手，不管他是谁，马上逮捕他，”帕夏说道，“你把他交给加尼沙里新军。这是他们的权利，他们想怎么处置都行。”

“我的帕夏，”军需总管插了一句，他的脸色像纸一样白，“要是……这个人……不是别人正是萨鲁加呢?”

图尔桑帕夏抬眼望着天空，好像在说:“你希望我做什么呢?”

总务长前往炮台捉拿凶手去了，一队阿扎普步兵跟在他身后。

“这次行动被这个魔鬼的化身破坏了。”图尔桑帕夏似乎在自言自语地说道。他深知没有了加尼沙里新军，继续进攻毫无意义。他下令鸣金收兵。

疲惫不堪的部队顶着依然灼热的阳光接连撤回，军需总管目送帕夏转身离去后，迅速冲向了炮台。他在半路碰到了塔伏加率领的加尼沙里新军和总务长，他们一边吼叫一边往回走，好像一群野蛮的强盗。他在这群人里认出了萨鲁加的弟子，手脚被捆，面如死灰。三四名军官押着他走在尘土飞扬的路上。那个年轻人抬起迷茫的双眼望着军需总管，似乎在寻求帮助。但是队伍走得很快，军需总管没有被这个眼神困扰太久。他的注意力被一声熟悉的怒吼声吸引。这是萨鲁加的声音，他一路追了过来，身后跟着他的副官。

“站住，卑鄙的畜生！放了他，我在跟你们说话！你们动动脑子!”

“萨鲁加,”军需总管拉住他的袖子，轻声对他说，“听我说句话。”

“放开我！跟他没关系！站住!”

军需总管几乎要跑步才能跟上萨鲁加的步伐。

“等等，追着他们是没用的！你难道不明白，你这样不会有任何结果？听我说！”

“不！站住，卑鄙的畜生！塔伏加！查乌齐巴齐！你们就是一群禽兽，肮脏下流！站住，我在跟你们说话！”

加尼沙里新军继续快步向前，他们中甚至没有一个人回头。军需总管感到如果自己再不加以阻止，萨鲁加就会向他们扑过去，那他肯定会遭殃的。

“萨鲁加，我的兄弟，冷静些吧，我请求你。”

他试图将萨鲁加控制住，并示意他的卫兵帮忙。卫兵走上前来，但是不敢将手伸向这位军委会成员。

“塔伏加·托克马克罕，坏蛋，十足的蠢货，该死的废物，我要打烂你的大脑袋！我一有机会就用大炮狂轰你的加尼沙里新军！我要毫不留情地将你们摧毁。我他妈的要把你们所有人打得稀巴烂！”

军需总管费了九牛二虎之力，终于制服了他。萨鲁加口吐白沫，睁着眼睛一动不动。“按揉他的太阳穴！”总务长命令他的副官。他自己则为萨鲁加擦去嘴边的白沫。萨鲁加挣扎的动作越来越小。只有他的头始终青筋暴突，朝着加尼沙里新军离去的方向，而他嘴里的话由于声音嘶哑变得难以理解。

等那支队伍从他眼前消失，萨鲁加好像受伤似的呻吟起来。

“没有他我该怎么办？”他低声啜泣道，“他们会杀了他，这群畜生。告诉我，没有他我该怎么办？”

“我们会想到办法的。”军需总管回答，“我们可以试着把他救出来。”

“该去敲谁的门，向谁开口呢?”萨鲁加哀叹道，“我在这儿就像在茫茫大漠中一样。”

“我们会想到办法的。”军需总管重复道。

萨鲁加用迷茫的眼神望着他，极力想要弄清他的朋友是真的有几分把握，还是仅仅为了安慰自己。

“他们会后悔杀了他，可那时已经太晚了。”他伤心地加了一句。

军需总管暗暗盘算谁能在帕夏面前为铸炮师的弟子说情。他自己当然义不容辞，但是他与萨鲁加的交情众人皆知，他的游说可能不会有太大作用。应当找一个关系较远的人。居尔蒂基本来是最佳人选，可他在斯坎德培夜袭时受了两处重伤，此时还在帐篷里昏迷不醒地说着胡话。卡拉-穆克比尔和老塔伏加的关系向来冷淡，他的话估计不太受欢迎。而且，他和他的阿扎普步兵承担了最艰巨的进攻任务，在这么一场令人筋疲力尽的战斗过后，让一个刚刚看着数百名同伴在身边倒下的人去救另一个人的命未免有些讽刺。至于穆夫提就更不能指望了：他大概很高兴看到铸炮师的徒弟死呢。现在只剩下一个可以在紧要关头帮忙的大人物：阿拉贝伊。

“我们去见阿拉贝伊，”军需总管说道，“或许他能帮我们。”

他们向阿拉贝伊的帐篷走去，路上见到从城墙撤回来的士兵，他们的队列一眼望不到头。从表情和动作来看，他们已是极度疲乏。许多人背着受伤的战友，战友的头发透出一股焦煳味，脑袋在他们肩上奇怪地晃动着。军需总管两三次背过脸去，不想看到那些被金属、沥青和石块一起弄出来的可怕伤口。

他们试图走一条人少的小路，结果是白费力气。在一片无声的沉闷中，士兵们从四面八方走向自己的帐篷。此时西斜的太阳将天空染成红色，无边的营地就像一块浸透了汗水和血水的巨大海绵。

“这个时候去求情不太合适，”军需总管说道，“但我们不妨试试。”

帐篷里只有阿拉贝伊一个人。他凝神听着军需总管讲话，脸上阴郁的表情一刻也没有舒展过。萨鲁加则一言不发。直到军需总管说完，阿拉贝伊仍然站在原地纹丝未动。他们心里对他不抱任何希望了。谁知道，过了一会儿，阿拉贝伊表示能够帮助像他们这样杰出的技术人才让他备感荣幸。他深知处决这样一位能工巧匠有损皇帝的威严，也不符合帝国的整体利益，尤其是一个新式武器的时代刚刚开始，而全国的铸炮师屈指可数。不过，他认为向帕夏说情并不可取。他们应该清楚地认识这一点。他要他们设想一下士兵们的精神状态，他们在坚不可摧的城墙面前苦战了数小时，被标枪刺伤，被沥青灼烧，就在他们将全部希望放在铸造师身上时，却受到他们自己的大炮从身后发动的突然袭击。光是这些人就难以对付，尤其在这个时候，他们中的大多数还中了暑，更不用说塔伏加也搅到这件事情里来了。

听到加尼沙里新军长官那令人厌恶的名字，萨鲁加发出一声咒骂。

他们告辞的时候，阿拉贝伊鼓励他们设法见到帕夏，尽管他自己认为他们成功的希望渺茫。

他们刚走出帐篷，萨鲁加就激动地说道：

“我们去找帕夏！马上就去，否则那帮混蛋就要将他处决了！”

他们几乎是跑着来到了统帅的帐篷。入口前站着两名卫兵，手上各拿一把斧头。

“我们要见帕夏。”军需总管用生硬的语调对迎面走出的一名副将说道。

“帕夏累了，”这个人回答，“他下令不许打扰。”

“跟他说这件事很急，”萨鲁加加重了语气，“我是工程师，我朋友是军需总管。”

“我认识你们。”军官鞠躬说道，随后消失在帐篷里。

两名卫兵偷偷地看着来访者。斧头的利刃在最后一缕阳光下闪着寒光。

过了一会儿，副将回来了。

“帕夏喉咙不舒服，”他说，“他不能见你们。”

萨鲁加将手伸向他的脖子，好像对方冒犯了他一样。

“跟他说我们……我们……”

但是副将已经退回了帐篷。萨鲁加与一名卫兵斜视的目光交错了一下。

“我们走吧。”军需总管低声说道。

他们转身离开。两人慢慢地踱着步子。没必要再火急火燎的了。城墙前面的这片原野，刚才还鼓声雷鸣，杀声震天，此刻却一片沉寂，空无一人。只有那扇被拖到营地附近的大铁门像没用的废物一样躺在地上。

再往前去，他们碰到了一列前去收尸的长长的车队。

他们的双脚不由自主地走向加尼沙里新军安营扎寨的地方。他们默默地移动脚步，好像希望永远都不要走到一样。

即使看到一大群近卫军围成一圈，里面似乎发生了或正在发生什么事，他们也没有加快脚步。但是此时人群开始三三两两地散去。一切都结束了。不管怎样，他们还是不慌不忙地走向逐渐散开的人群。留在那里的士兵目光呆滞，神色茫然。有些人手中拿着斧头和雅塔干，好像失去了理智。在人群中，军需总管和萨鲁加瞥见了塔伏加宽宽的后背，几乎所有的加尼沙里新兵都跟着他离开了。他们走近了一些，正当他们用目光搜寻那具被处决的尸体时，他们看到坑道兵用铲子往一副担架上抛着什么东西。这团东西既不是一具尸体，也不是残肢断臂，就连一截截的残骸都不是，而是由雅塔干和斧头猛砍后混合了泥土、人肉、骨头和石子的一团泥。

他们无法将目光从填满的担架上移开。几名待在原地的加尼沙里新兵惊讶地望着这两个军委会成员。他们肯定参与了屠杀。从他们的眼神中已经看不到仇恨，只有茫然与无尽的疲倦。军需总管注视着他们。片刻之前，他们怀着满腔的憎恨杀死了铸炮师，与此同时，无知引起的恐惧让他们的神经备受折磨。他们以为将技师撕成碎片就能摆脱这个可怕的陌生人的影响。他们仅仅解脱了一时，很快他又不知不觉地回到他们的脑海中，再次让他们不得安宁。为了平静下来，他们会去寻找其他的目标……

军需总管和萨鲁加一言不发地走开了。太阳落了下去。第一批运尸体的车队回来了。车轮间不时滴下斑斑血迹。营地死气沉沉。一队坑道兵拿着铲子和镐走了过去。他们大概是挖墓穴去了。

一个声音从背后跟他们打招呼，但是两人起初都没有在意。

“你们好，两位大人。”西里·色里姆重复了一遍，原来是他正行色匆匆地赶来。

“你好。”军需总管回答。

“你们有事吗?”医生问道。

没有一个人回答。

“我往帕夏那里去，”见没有人问话他继续说道，“我又想出了一个让他们缺水的办法。”

他们不再理会他。医生现在和他们走在一起，他的影子在地上拖得很长，显得非常怪异。奇怪的是，他的脸和长脖子突然变得通红。

“你们认为光靠大炮和计算就能打仗吗?”他用尖酸的语气说着，加快了脚步。然后，与他们拉开几步的距离后，他又扭头对他们说：“还有老鼠，我的大人们，当然了，你们没有想过吗?”

“这应该是太阳的原因。”军需总管低声埋怨道。

萨鲁加默不作声。

他们来到了营地中央。这一片从来没有如此荒凉过。从居尔蒂基的大帐篷里走出一群医生。另一队坑道兵向公墓走去。

他们和第一次一样，向我们发动了猛烈进攻，我们也像第一次那样击退了他们。酷热的天气令人头昏脑涨，我们口渴得要命。不管怎样，我们坚持到了最后。

在最危急的时刻，命运让他们的一门大炮，最可怕的那门大炮，不仅没有打穿我们里面那道城门，反而击中了他们自己的队伍。结果，进攻被迫中断。

几天以来，寒鸦围着城墙上下翻飞。尸体已经运走了，但是血腥味久久不散。看到这些飞禽，听到它们呱呱的叫声让我们心烦意乱，可我们实在没有水冲洗血迹。

从这里，我们可以看到他们试验新梯子的训练场。他们在梯子上爬上爬下，左右晃动，用铁钩紧紧抓住梯子，好像一群魔鬼。有时，他们手举着火把专注地演练。有人说，他们准备发动夜袭。

至于我们这边，我们考虑了所有的可能性。我们让人烧掉了死者的遗骸，将骨灰放入深埋地下的瓮中，这样无论发生什么，敌人都无法找到他们，也不能让他们照惯例那样亵渎死者。

他们知道我们口渴难熬，但是，为了加重我们的痛苦，就在切断水源的地方，他们设法让水喷射而出，他们的士兵上身裸露，整日都厚颜无耻地往身上洒水，洒完了还抖抖身子。

为了瓦解我们的士气，或者激励他们的士气，他们有时会要些幼稚的伎俩。昨天就是这样，他们打着一面白旗走了过来，一直走到已经被卸下的城门前面。他们停下脚步，仿佛城门还立在他们面前，他们甚至做出攻打的样子，当然是对着空气。等我们的卫兵拉开弓，他们立即放下头盔的甲胄，我们的箭从他们身上弹开，由此可以推断在丝绸长袍下面，他们还穿了锁子甲。

第十三章

帕夏丝毫不把他们的话放在心上。他们一个接一个汇报了各部的伤亡情况，对日后作战要采取的战略战术还有第一次被召集来开会的西里·色里姆的新建议发表了各自的看法。但帕夏满脑子想的都是当天早上他读过的阿拉贝伊的最新报告。看着几页密密麻麻的字迹，他仿佛又听到两个月前在战壕里士兵们浑厚有力的唠叨，而现在，唠叨变得尖刻、苦涩，和以前一样，听他们唠叨的声音，他现在很清楚地听出了所谓的对战争的厌恶。他漫长的军旅生涯教会了他要对此严加防范。在他率领的很多次远征途中，总能等到这一刻的出现，似曾相识却无比可怕的体验。被敌人击退、军纪涣散、军官不听从命令和互相闹意见、亵渎先知的话或对他本人的辱骂、恐惧，甚至最初出现鼠疫的症状都没有这片默默压过来且不知不觉地落在他的士兵的脸上、眼中、手上、声音和武器上的乌云来得可怕。他很清楚，这一次，这片乌云会再度出现，尽管他已经竭尽全力推迟它的到来。最初的征兆出现在六周前，就在第一次进攻失败之后，但很快乌云就被驱散了。草率的判决，谣言满天飞，关于秘密调查，关于抓捕并宣判刺探新武器的间谍，关于囚犯的争执，关于一个幽灵——有人说他夜里在河边游荡——关于都城女伶的到来——一位善舞的名伶迷恋一个士兵迷得要死，两人都苦于不能结合——尤其是寻找和发现引水渠延缓了乌云的出现。但帕夏知道，这种萎靡倦怠的气氛并没有完全远离。它一直在那里，无处不在，伺机而动。他从来没有像现在那样害怕它的到来。而如今它终于出现了。不再只是像六周前显出蛛丝马迹，而是随着萎靡倦怠的气氛席卷而来，就像战争一样蔓延、古老、尘土飞扬。

他们在讨论下一轮进攻。军需总管坚持密集地进攻，不给又累又渴的阿尔巴尼亚人有丝毫喘息休整的机会。帕夏不是不知道军需总管主要担心的是粮草匮乏。当斯坎德培发起夜袭时，有几个粮草存放点被破坏了，尤其是盛蜂蜜和大米的坛子被打翻了。军需总管很生气，指出存放大炮、安顿精兵和将领的营帐（“我也不排除我的。”他补充道），所有这些地方对粮草库都不管不顾，好像粮草库不干他们的事。那天夜里，他继续说，蜂蜜洒在地上，被马蹄践踏，他看得心都碎了。“该不会是我们将领中的一个想出这么个战术来拖延敌人的行动吧?”他总结道，明显是嘲讽的语气。

负责营地安全的军官脸唰地白了。结结巴巴地辩解，说他很震惊在军委会里居然有人把粮草比如蜂蜜看得比土耳其士兵的鲜血还要宝贵，话中不无苦涩。军需总管做了个鬼脸，反驳说我们是在开军委会会议，而不是在集市上骂大街。从他愤怒的表情看来，他接下来的话肯定更辛辣，阿拉贝伊认为是时候出来当和事佬了，他说军委会意见上的分歧从来都没这么大过。他补充说，从今往后，帝国军队打仗的守则要规定在进攻之前给每个士兵发一份蜂蜜来振奋士气，这不仅可以证明蜂蜜的功效，他认为军需总管应该也是这个意思。

图尔桑帕夏劝大家回到攻城的话题上。有人提到占星官。

“我们的魔法师有什么说法？”帕夏问道，丝毫不掩饰揶揄的意思。

没有人回答。帕夏又问了一遍，这次是问通常和占星官有联系的穆夫提。

“目前他没有任何预感。”穆夫提回答道。

“没有？”帕夏阴沉地哼了一声，“那么，我们得替他预言未来了。”

一阵沉默。

“部队在城墙上厮杀，”他继续用带着一点嘶哑的嗓音说道，“而他却连预测一下都不乐意！得把他拖下去当众打板子，然后送到战壕里面去当苦力，就像他的前任一样！”

大家对这突然爆发的怒火一点都不惊讶。帕夏丝毫不掩饰自己对都城派来的钦差和官员的愤怒。他感觉他们当中的大多数只是来看他的笑话的，所以他完全有理由不给他们好脸色看。

大家稍事休息，这期间文书记下了对占星官的宣判，军委会的成员继续讨论。有些人反对继续攻城。他们认为，按照西里·

色里姆的计划，不如等病毒污染到敌方的井水、感染到守城的士兵再攻城。帕夏听了一会儿他们的讨论，然后他又走神了。

有人提到天上的云。

“可惜，皇帝不能指挥天上的云，”军需总管说道，他说这句话是为了反驳不赞成立刻反攻的卡拉-穆克比尔，“我们费了那么大的劲才让他们缺水，可是一天早晨，天边会出现乌云，一阵急雨就会解了他们的干渴。”

雨！两周来帕夏前所未有地被下雨这个念头困扰着。他恨这个念头，努力要把它从脑海里清除干净，但无能为力！看到云开日出，碧空如洗，滚烫的太阳照耀着帝国的大地，有时候他以为雨永远都在这片土地上消失了。可是，同时他也心知肚明，就在他们受着炙烤之苦的时候，在某处，在别的地方，雨静静地、定期地下，就像死亡一样让人消沉。眼下，雨还远在天边，但用不了多久，阴险的云朵就会把雨带来，可恶的雨滴会让一切泡汤。

“他们期待下雨，”军需总管继续说道，“他们在一个塔楼顶上摆了一些白铁的大圆盘，用它们来预报天气。这说明他们已经濒临崩溃了。我们应该赶紧行动。”

军委会乱成了一锅粥，又闹得底朝天。最早受到攻击的是桑扎克贝伊。一直都没有出过他们视线的穆夫提一副虚弱的样子，无精打采的。他认为对占星官的惩罚就像是人身攻击，让他义愤填膺。突然，他要求发言。

“所有发生的事都归结于同一个也是唯一一个原因，”他用低沉的嗓音说道，“军队变得越来越放纵，就像是邪恶的十字架得逞了。我们的宗教意志涣散了。亵渎宗教的人越来越多。在上一次进攻中，很多埃斯金基民兵都喝醉了。到处都是沉沦和堕落，而军官们却假装什么也没看见。”

穆夫提劝他们早点清醒，趁为时未晚。他请求把诵读《古兰经》当作每天的课业，严禁饮酒、买卖俘虏，同样也禁止狎妓。他表示反对首都女伶的到来。奥斯曼帝国的士兵既不需要扭动腰肢的妓女，也不需要时髦的浪荡子和公子哥儿。

“我还有要补充的是，”他继续说，目光直视图尔桑帕夏的眼睛，“为了军队，也为了您自己好，您把随军带来的女人送回去吧。我说完了。”

沉默是那么压抑，文书都不敢动笔记录了。

“毒蛇！”帕夏暗地里骂了一句。他的眼睛比戒指上的红宝石还闪亮。大家都屏住呼吸。他们知道，战争期间军委会可能会发生的种种冲突，最严重的结果就是军队的统帅和宗教领袖杠上了。这就好比拥有世俗和精神两种权力的皇帝本人在分裂。

“蛇蝎心肠。”图尔桑帕夏恨得牙痒痒。另一个肯定知道他在宫廷里已经不受宠了。就是因为这个原因，他才敢冒犯我。不过有一件事宗教领袖不知道：如果打了胜仗，帝国所有的穆夫提和伊玛目在统帅面前就不值一提。相反，他很清楚一旦溃败，甚至一只蚂蚁都会让他跌跤。

“害虫！”他心里又咒骂了一句。他很想用萨鲁加前几天骂塔伏加的脏话咒他，卡普杜克阿加在一份备要中曾经向他汇报过。不过因为他平时不习惯骂脏话，所以他想不起来是些什么话了。有一天萨鲁加还骂过这样的话：老废物，我要用你的胡子擦屁股！

在他还没有开口反驳的时候，大家就已经明白他在气势上胜了，光这一点就让大多数人都站在他这一边。

“我已经听过你说话了，穆夫提，”他一字一顿地说，“我听你污蔑我们浴血奋战的光荣将士。现在，轮到你听我说话了：不允许抢女人，首都的艺妓也会来，诵读《古兰经》既不会比过去多也不会比过去少，士兵们需要休整，我和他们都一样，我们想怎么消遣就怎么消遣。如果看不下去，你就走人。甚至马上走都可以！”

塔汉卡发出一声仿佛被人割了喉的声音。看来，虽然大家还不知道这一冲突要怎么解决，但因为塔汉卡喉咙里发出的汩汩声谁都猜不透它的意思，还是惹得不少人忌妒。此外大家又不是不知道，文书会用什么样的措辞来记录塔汉卡的话：“塔汉卡的谣言。”尽管他原本有机会和帕夏站在同一个阵营，因为他之前曾经为埃斯金基辩护。

“帕夏，掂量掂量你的话，”穆夫提在座位上大声说道，“我这个职务可不是您任命的。”

“在这里，我才是统帅！”图尔桑帕夏反驳道，“从现在开始，我剥夺你的发言权。”

一阵意味深长的沉默，书记官的笔在纸上发出刺耳的声音，仿佛是对这一封口的禁令最好的诠释。

“从现在开始，我清清楚楚地警告你们大家。如果有人造反，哪怕是你们当中的任何一个，我都会把他给烙了。之后我会亲自向苏丹汇报。”

军需总管要求发言。

“大家都听到了，命令一出，无一例外。”

“是的，”帕夏又确认了一遍，“就是这样。”

“我明白了，帕夏。”军需总管说完坐了下来。

“现在，你们可以讨论医生的汇报了，”总务长说，“要言简意赅。”

阿拉贝伊似乎想缓和一下气氛，用很自然、若无其事的口吻问西里·色里姆，第一场疫病爆发还需要等多久。

“在第二次围攻阿勒颇的时候，疫病是在把受感染的动物投放到城里两周后爆发的。”医生回答道，“但是不要忘了，那次围城，我们用的是动物的死尸。但如果用活物，因为动物会四处乱窜，病毒也会传播得更快。”

“冒这样的风险是不是需要最高统帅的允许呢？”萨鲁加问道。有两三个声音嘀咕道：“他这话是什么意思？”于是，他气呼呼地继续说：“我不觉得我的问题有什么可大惊小怪的。使用任何一种新式武器，都要得到最高统帅的许可。我知道动物尸体是被允许使用的，但我不确定活的动物是否同样被允许使用。”

“直到目前为止，出于安全的考虑，使用活的动物的确是被禁止的，”医生明确地解释道，“不过三个月前，钦差大臣送来了许可。”

“有没有什么限制条件？”萨鲁加问。

所有人都好奇地竖着耳朵听他们的交谈。这是专家们第一次这么针锋相对。

“是的，但有条件的。”医生回答，“禁止使用投石器，因为害怕关动物的笼子在半空中就散架了。”

西里·色里姆解释了摆在他们面前的要遵守的条件：如果笼子非常结实，保证不会在空中散架，那么它们落在城池里头也不会散架。同样，如果它们不够结实……这就是为什么他们想到的是让士兵们把笼子运到城墙上头。

“你们想过士兵没有？”卡拉-穆克比尔打断他的话。

“当然，”医生回答，“他们会戴上皮手套和一个只露出眼睛的风帽。”

“就像刽子手一样。”有人提醒道。

“就像刽子手，或幽灵一样。”

“刽子手或幽灵，有什么关系呢！”医生说道，“重要的是他们在打开笼子的时候可以保护自己不被动物咬伤。”

仍然被之前紧张的气氛所影响，这一打岔的确让大家感到放松了一点。统帅对此似乎也颇为赞赏。

“总之，这比用投石器扔动物尸体好，”老塔伏加觉得，“我记得在第一次围攻色芒德的时候，我们花了一星期的时间用投石器扔死老鼠、死狗，甚至是腐烂的驴！之后，在扔完囚犯的尸体之后，投石手意犹未尽，开始扔装满废水、屎尿和鬼知道是什么的罐子。当然，城池被感染了，最终投降了，但那又怎样？投诚后，城里臭气熏天，士兵们都不愿意进去接管。传染病扫了他们胜利的兴致。既没有抢到东西也没有掳到人，没有胜利的快感。从那以后，据我所知，用投石器扔脏东西被禁止了。不过对活的动物而言，情况就不一样了。我不反对。”

每个人都依次表达了自己的意见。之后，大家都觉得轻松多了。只有穆夫提还气鼓鼓的。大家猜想是活跃的气氛让他更加火冒三丈，也让他变得更加孤立。

除了萨鲁加，大家也搞不懂他为什么会反对，其他人都表示支持医生。

最后，帕夏本人也发了言。他的发言比平时要长，语速缓慢，语气冷淡，有点沙哑。他决定接受西里·色里姆的建议，尝试用得病的动物去传染守城的敌人。西里·色里姆高兴地涨红了脸，连脖子根都红了。并且，军队会再次发起进攻，时不时地骚扰一下，不给敌人喘息的机会。“我们来就是为了攻城略地的，不是来讲大道理的。”他说，“每天，或者说三天两头都要打一打，不计困难和死伤。”他说这话的时候信念非常坚定，因为经验告诉他，只有连续进攻，不让士兵们有空闲思考，才是治愈战争厌倦症的良方，也只有这样他们才有救。之后，他加重语气，补充说他期待部队为进攻所做的准备工作更加紧锣密鼓地进行。他还希望，这才是最关键的，他希望在场的各位亲自上阵。说到这里，他朝每个人都严峻地看了一眼，仿佛在审视这个时候谁原本不应该在这里。参加军委会的会议，靠着长长一排靠垫，而应该长眠在地下，或者至少，像居尔蒂基一样因受伤而呻吟。在紧随其后的一阵长时间的沉默后，文书的笔唰唰唰地把这些话写在纸上，一笔一画刻在纸上就像一把把匕首刺过去一样。他们明白，日复一日，将领们的神经越来越紧张，一切都有可能发生。最终，图尔桑帕夏要求大家严格保密要使用传染病毒的消息，为了让负责运送染病的动物的士兵们不知道他们肩负的真正使命。为了不让对鼠疫的恐惧蔓延开来，这是必需的。

会议结束了。阿拉贝伊、卡拉-穆克比尔和军需总管，听从帕夏的号令，在西里·色里姆的陪同下一起去了医生养动物的棚屋。在路上，他们遇到了成群结队的士兵前往营地的广场上看占星官受鞭笞之刑。

巫师的诉讼在离得稍远处举行，在一个半掩的围墙那边，但诉讼持续了太长时间，最后大家都觉得索然无趣。人们懒得继续等宣判，不想知道到底是判斩断罪犯的双手呢，还是从轻发落，只砍一只手，砍掉在诅咒时犯了错的那只手。

医生饲养患病的动物的地方——用他的话说是“腐烂场”——和铸炮工坊一样，坐落在土丘上，两个地方被一堆铸炮厂废弃的灰烬和垃圾分开了。和铸炮工坊一样，这里给人的感觉很凄凉，同样也围着一圈木栅栏，上面钉了一块“禁止入内”的牌子，不过和铸炮工坊不同的是，在第一圈栅栏后面还有第二圈栅栏，围成一个带屋顶的大棚。

西里·色里姆的贴身侍卫掏出一把钥匙，打开栅栏的门，与此同时，本宅主人面对众人说道：“欢迎来到我的‘腐烂场’！”

“这是我的王国！”西里·色里姆继续得意地说道，用他长长的手臂把这个封闭的空间里一排排堆放整齐或参差不齐的笼子指给他们看。在笼子里面，动物们发出颤抖的叫声，奄奄一息地呻吟着。“别怕！现在还没有传染的危险。”

他跟大家讲述了他以前作为军医参加过的所有围攻，他已经习惯弄一堆这样的笼子，里面放着不同的动物，他在它们身上试验各种毒品和细菌的反应。

卡拉-穆克比尔不屑地看着这些几乎都装满了老鼠和其他小动物的笼子。也有小狗、小猫、兔子，还有一些他第一次见到的灰色动物以及刺猬、蝗虫，甚至有一个笼子里放了一个装满水的坛子，里面是青蛙。阿拉贝伊格外认真地听医生的所有解释，而军需总管有些心不在焉。

“在战争中使用生病的动物，”西里·色里姆说道，“并不是什么新招。过去的迦太基人和后来天主教的军队，还有离我们更近的蒙古人都知道怎么利用这个招数。到目前为止，我们只是朝被围攻的城堡里投过腐烂的动物尸体，而往后，或许我们更多地会使用活的动物。”

注意到卡拉-穆克比尔一脸不屑的神情，他继续说道：

“或许你们中有人会认为这种手段配不上我们伟大光荣的军队，但那也没办法。有时候，传染病比刀剑和炮弹更有杀伤力。”

卡拉-穆克比尔沉默不语。他继续充满嫌恶地看着一个个装满老鼠的笼子。

“看这只绿色的蝗虫，在那边，”医生指着其中的一个笼子说道，“这可真是个宝贝，只要人们知道它的价值所在。这里的人称它为‘巫婆之马’，看来不是徒有虚名。它可以祸害一片片的庄稼地，如果带着传染病，它的危害性就变大了十倍，成了一匹真正的害群之马！”

仔细地查看过所有的笼子后，阿拉贝伊向医生提了一串问题。西里·色里姆给他提供了种种详细的说明，从动物所携带的疫病病毒到把它们传播到堡垒里的途径。他指出，生病的动物先要几天不让它们吃喝，然后在攻城之前把它们放在藤编的笼子里，让攻城的士兵背在背上。当围攻者到达城池的缺口或城墙顶上时，他们用刀割开笼子，让动物们跑出来。在混战中，守城者可能很难注意到这个阴谋；当他们意识到这一点时，他们也不可能追踪那些动物，尤其是那些又饿又渴的老鼠，它们一定会飞奔去食品铺或井边。

关于老鼠传播疾病的神奇的能力和这一战争中的新式武器的远大前途，西里·色里姆还提供了很多其他的细节。

当他们正准备要离开的时候，西里·色里姆突然情绪高涨，朝城墙伸出手臂，夸张地宣布道：

“这个据说从泥土中出现的民族，有可能会死于一只老鼠。”

这句话他早就想在军委会会议上说，但一直没找到合适的机会。

军需总管毫不费劲就猜到医生和梅弗拉·切雷比经常往来。

西里·色里姆陪他们走了一段路，然后就散了，各自朝各自的营帐走去。看到史官从相反的方向走过来，军需总管对自己的怀疑就变得更肯定了，史官和医生的关系非同一般。

“你去西里·色里姆那儿？”他问他。

史官以为自己在他的声音中听到了讽刺的意味。

“是的，”他回答，然后又补充了一句给自己找了个理由，“不走动走动我的腿都要僵硬了！”

“我刚从他那儿来，”军需总管接着说道，“和我一起走几步。我觉得很无聊。”

史官的额头皱了皱。

“您不是哪儿不舒服吧？”

“没有，”军需总管微笑着答道，“我去西里·色里姆那儿另有原因。你的史书写得怎样了？”

切雷比也笑了。

“还不错。”

他们所经过的路上到处都是训练归来围观占星官受刑的士兵。看到军需总管过来，士兵们都给他让了道。很多人都躺在营帐下休憩。

“他们都累垮了，”军需总管注意到，“最近的这次攻城让他们筋疲力尽了。”

“对方应该也油尽灯枯了。”切雷比指着城墙说道。城墙显得很荒凉，它被轰开了几个巨大的豁口，黑色的沥青几乎流到了地面上。

军需总管沉默不语。

“据说他们在城墙上头日夜盯着路上看，看是否有人来增援他们，据说瞳孔的颜色都看得黯淡了。”切雷比说。

军需总管好像在想另外一件事情。

“看，盲诗人来了，”他用手指了指萨德丹，用讥讽的语气说道，“我想他也是你的一个朋友？”

切雷比没有回答。

萨德丹独自前行，手上拿着一根棍子，不停地敲打跟前的地面。换了别的情形，史官一定会可怜他那不幸的朋友，但是，这一次，他有一种感觉，仿佛萨德丹是故意出现在他面前让他掉价的，他不由得生起气来。有几个军官从诗人身边走过的时候跟他打了招呼。因为瞎子转过身回了他们一句，军需总管放慢脚步，很好奇想听听他到底会说些什么。

“你们在这个世上能看到什么？”他用沙哑的嗓音对着军官们喊道，转过身用空洞的眼眶对着他们，“我啊，就算我的眼睛是好的，我也会把它们戳瞎，免得它们看到你们可耻的溃败。”

军官们看到军需总管，恭敬地向他鞠了个躬，后悔刚才和瞎子打趣。可惜为时已晚。

“就让帕夏的面包噎死你们!”

萨德丹转动着他空洞的眼睛，感到很奇怪，因为周围一下子安静了下来。

“你们在这个世上能看到什么?”他用深沉的语气又重复了一遍，“一个星光下的孤儿院，此外啥都不是!”

他又折回来，一边用棍子敲着地一边继续往前走，好像他担心每走一步地上都会裂开一道深渊。

军官们一动不动，一声不吭。军需总管看都不看他们一眼，继续在史官的陪同下一路走去。

“天很热，”过了一会儿他开口说道，“要是在海边就好了。”

“好像海离这儿也不远。”

“是的，是一片非常美丽的海水，尽管它的名字有点复杂。”

“卡德里亚海，”切雷比一字一顿地回答道，“我想人们都这么喊它。”

总务长大笑起来。

“幸好你没叫它‘卡德里贝伊’!现在，给我好好听着，是:亚得里亚海，亚得里亚海……”

切雷比有些尴尬。

“的确，这会儿在海边应该会感觉很舒服，”总务长继续说道，“好像皇帝去安纳托利亚的马格尼西亚休养去了。”

切雷比不知道怎么回答。他的朋友漫不经心谈论的人和事都是他平时连想都不敢想的。

“据说他现在在思考宗教问题，不管是哪个宗派的。”

“愿真主保佑他长寿!”切雷比边说边遗憾在诸如此类的场合他唯一会说的话就只有这一句。

远远看到军需总管的营帐，他心里暗自高兴。他希望一旦到了那里，也就是说，等军需总管一到他的营帐，自己就可以告别这个让他担忧的讽刺的声音了。

“你坐一坐吧,”他们一进营帐，军需总管就这样对他说，“现在，我要告诉你一个秘密。”

他告诉史官那些生病的动物很快在下一次攻城的时候会在战场上被释放。切雷比听着，惊呆了，但同时又觉得很安慰，毕竟他又赢得了别人对他的信任。但不由自主地，他又想起那些他想像掐毒蛇一样掐死的恶毒的话。就这样，那些战场上的龙虎之师马上要攻占城墙，要背着装了跳蚤、蝗虫、癞蛤蟆和青蛙的笼子。啊！害群之马，他一边说一边指责自己，今后别人折磨你，你可别抱怨!

“这是我们最后的尝试，梅弗拉,”军需总管又补充了一句，“我们能做的都已经做过了，但是命运一直不肯冲我们微笑。这是我们最后的机会了。”

史官不仅没有在主人的嗓音里听出一丝嘲讽的痕迹，反而听出了悲怆的味道。

“打仗的季节就要结束了,”军需总管喃喃自语道，声音几乎有点忧郁，“就像你的史书一样，已经没剩下几页可写了。”

“那然后呢？他会怎么样，万一……”切雷比不敢把句子说完，“如果我们不能攻下城池的话……”

军需总管平静地凝视着他，史官永远都看不透他目光中的清澈和淡漠。

“星光下的孤儿院。”他做梦般地重复了一遍，回想起萨德丹的说法。

“然后，明年开春会开始一次新的远征，”军需总管用一种变得很奇怪的嗓音回答道，“不计其数的军团排着队行军，在战鼓的隆隆声和战旗飞扬的簌簌声中，就像以前一样。”他继续用他奇怪的嗓音说道，“他们日夜兼程，步行的步行，骑马的骑马，骑骆驼的骑骆驼，坐车的坐车，直到他们到了城墙脚下。就在这里，”——军需总管指了指地面——“他们将看到我们曾经安营扎寨的痕迹，被冬雨冲淡了，盖满了泥土，但这些痕迹没有被完全磨灭。他们将再次在同一个地方支起他们的营帐，然后故事重新开始。”

军需总管的眼睛盯着史官，透出不祥的亮光。

“或许你很好奇地想知道，如果明年城池依然不破会发生什么事？”

史官除了一身冷汗。显然他没有傻到会问这么危险的问题，但他也不敢不顺着眼前这个位高权重的朋友的话说。

“如果明年春天还破不了城的话，”军需总管说，“那么来年的春天将会有一次新的远征。”

切雷比不知道眼睛该往哪里看。如果他是萨德丹——让那个不幸的人见鬼去吧！——有一对玻璃眼珠子，那反倒容易了！

“只是到了那时，队伍会更壮大，或许皇帝会御驾亲征。”

史官感到自己的额头湿了一片。

“远征也会变得更威严，”总务长接着说，“就像是皇帝御驾亲征。兵团的人数会更多，军官也会级别更高。我们的军委会里将有朝廷重臣，有帕夏和埃米尔[①]，卡拉-穆克比尔和居尔蒂基将会被鲁梅利亚和阿纳托利亚的贝勒贝伊[②]取而代之。老塔伏加将被近卫军的阿加接替，穆夫提将被伊斯兰教的谢赫[③]替换，今天受鞭刑的占星官将被宫廷的占星官替换，而你，梅弗拉·切雷比，将被著名的伊本-苏本人替换。”

沉默了一会儿，军需总管继续说道：

“只有士兵还是这些士兵，城墙还是这些城墙。死亡依旧是同样的颜色和同样的气味。”

切雷比感到血液都凝固住了。如果军需总管开始回答一个他自己提出来的而他的对话者丝毫没有想到要问他的新问题该怎么办？他等了一会儿，焦躁不安，但主人依然默不作声，史官心想即便是那些位高权重的人，尽管他们有权有势，也知道有些规矩

① 埃米尔：某些伊斯兰国家的酋长、王公、统帅的称号，穆罕默德子孙的尊称。
② 贝勒贝伊：意为“贝伊的贝伊”，官职介于维齐和贝伊之间。
③ 谢赫：伊斯兰教教职称谓。阿拉伯语音译，意译为“长老”。

不可逾越。

慢慢地，军需总管目光中那抹清澈不祥的光芒暗淡下来，他的眼睛恢复了平时的模样，只有一点点的冷漠和一丝慵懒。

副官端了两杯糖汁。

“这场战争将持续很久，”军需总管说，“阿尔巴尼亚会慢慢耗尽它的精力。这只是一个开端。”

他一饮而尽，长长地叹了口气。

“每年春天，”他继续说道，“当大地返青，我们将再次出现在这里。大地将在我们军队的脚下颤抖，山谷将被烧光，那里生长的一切都将化为灰烬。这个国家繁荣的经济将变得萧条。到了那时，他们会用‘土耳其’这个词来吓唬他们的孩子。不过，我已经对你说过了，切雷比，如果我们不能在第一场战役中告捷，那在第二场战役中就要用两倍的力量才能成功，第三次就需要三倍的力量，以此类推。如果他们得到喘息的机会，之后就很难把他们消灭了。他们将习惯于被围困，习惯饥饿、焦渴、屠杀和警报。而与此同时，他们的孩子会在战场上出生。更糟糕的是，他们会习惯死亡。死亡就像一头被驯服的野兽，再不能令他们恐惧。到了那个时候，就算我们征服了他们，我们也永远不能令他们臣服。攻打他们，无情地袭击他们，用我们浩浩荡荡的大军去包围他们却不能把他们打垮，其实我们在无意间反而成就了他们。”

军需总管苦涩地摇了摇头。

“我们以为把死亡带给了他们，殊不知，正是我们亲手让他们变成了不死的神话。”

切雷比听呆了。

“有一天，如果我没记错的话，我跟你提到过斯坎德培，”军需总管继续说道，“大家常常谈论他，把他当作是我们这个时代战场上最伟大的人，异口同声地称他为狮子、违背教义者、伊斯兰教的叛徒、基督教的楷模，我不知道其他还有哪些。似乎所有称号都和他相符，不过，对我而言，我不会这样去评说他。在我看来，他是一个走在时代前面的人。我们能打击的只是他看得见的部分，而他还有另一部分已经逃出了我们掌控，我们拿他无能为力。眼下，他正把阿尔巴尼亚拉进深渊，却坚信自己在让它变得不可战胜，让它也去改变时代。或许他是对的。我们试图要把他们分开简直是枉费心机，是不可能办到的。”

史官听着对方说话，巴不得瞅到一个停顿或一声叹息好换个话题。但军需总管一打开话匣子就滔滔不绝，切雷比现在算是明白了，那是再小的一个停顿都不会有的。

“他试图让阿尔巴尼亚穿上一件无坚不摧的铠甲，”他继续说道，“为它塑造一个可以逃过眼下乱世的形象。我想说的是，一种变形，让它可以浴火重生。换言之，让它准备好迎接另一个世界。我不知道你跟不跟得上我的思路……以他们的上帝为榜样，他努力让阿尔巴尼亚基督化，让它也变成耶稣的化身，可以复活。死后三天，三个世纪，三千年，都无所谓！重要的是，他们对未来的一种愿景……”

军需总管深深地吸了一口气，他的眼皮耷拉下来，好像他也预见到了什么一样。

“你的史书，梅弗拉，会写得又长又无聊。”他又说了一句。他盯着历史学家灰白的头发，后者以为在前者的目光中看到了一丝同情和怜悯，不由得感到一点安慰。“这次围攻持续了很久。”他继续说道，“秋天将至，战斗会变得更加惨烈。”

他们谈了一会儿马上要到来的秋天，现在，一点秋意都看不出来。它只存在于他们的心中。但几个星期前，一天早晨，原野初露曙光，极目望去，星星点点的是数以千计的大小水洼，像一双双迷茫的眼睛望着天空。

“萨鲁加在做什么？我有好久没见到他了。”史官问道，以为终于找到了一个改变话题的机会。

对方看了他一会儿，好像要花点时间来回忆谁是萨鲁加。

“他一直都处在震惊和悲痛之中。整天都待在铸炮工坊。”

“他和助手的感情很深。”

“是的，助手的死对他打击很大。现在他总是一个人待着。”

“他一直在工作？”

“是的，他被仇恨冲昏了头脑。这让他片刻无休地工作。听说他正在设计一门可怕的大炮。”

“真的？”

“是的。不过我唯一担心的是还没等他有时间去试试他的炮，战争就结束了。”

“或许下次远征的时候再用……”史官没有把话说完。

“当然,”军需总管同意他的看法,“以后会有更大口径的大炮。”

他的眼中突然又出现了清澈而不祥的光芒。

“对了,好像建筑师加乌尔被急召回首都了。他刚被任命到一个新的职位上。你知道是哪个职位吗?”总务长啧啧了两声,“围攻君士坦丁堡的建筑师!”

“为什么?在准备另一处围攻?”

“是的。据说是最后一次围攻。拜占庭就要垮台了。”

“愿真主保佑!”

“昨天,打仗时要喊的新口号传过来了。你眼睛都睁圆了……当然,你不知道打仗时喊的口号大多数是由朝廷拟定的吗……”

“这我还真是第一次听说。”史官承认道。

“对那些决定性的战役,这些口号会从战场中央传出来。这一次,其中的一个口号,确切地说是最重要的一个,听上去有点奇怪。围城的士兵要喊‘罗马!罗马!’”

“真的?”

“我想你应该明白这个词的分量,”军需总管接着说,“它意味着帝国最终决定要打下东方的罗马——君士坦丁堡,而言下之意又是要对抗西方的罗马,换言之就是对抗欧洲……到了那一天,这片平原将血流成河……”

自从云团一出现，他们就好像从麻木中清醒了，加大了进攻的力度。我们焦急地等待着这些云团，当它们在山上出现，我们甚至欢天喜地地跑去教堂把钟敲响。但是它们来得快去得也快，轻轻地来，轻轻地走，没有带来雨点也没有带来冰雹，什么都没有，只是让龙骑兵们空欢喜了一场。

我们知道在我们脚下围着世界上最可怕的军队，但我们当中谁都没有预料到他们是这么百折不挠。就像雪崩，就像不是从天而降而是从地上滚过来的雷鸣，他们把我们圈住了，要把我们碾碎。

每一次新的攻城都伴随着从没见过的战争武器：新式的梯子、装了轮子的塔楼、像刺猬一样长满刺的铁球，还有各种魔鬼般的新奇玩意儿。在最近的一次战斗中，我们看到他们有几个士兵戴着面罩。我们琢磨这会不会又是一个新的战略，他们想用这样的方式让我们害怕。我们把他们的用意想得太天真了：这些士兵把一堆可恶的小畜生也弄到了城墙上，往我们一个刚挖好的井里，丢进去了好多老鼠。另外两口井有我们的士兵把守。一听到有人叫“老鼠！老鼠”，他们就把井口用大铁盖盖住了。我们的打铁匠日夜打制的老鼠夹子摆在城里的每个角落。他们叮叮当当的打铁声吵得我们不能合眼。

他们尝试了所有办法来攻打我们。天知道他们还会想出什么招！但有人应该站出来阻止他们。既然历史选择了我们，而我们也接受了，那就意味着这就是我们的命运，我们的十字架。

天亮了。天空阴沉。但这一次，云很不一样，黑压压的。我们的士兵已经跑到城墙上头去看到底会发生什么。他们低声地说话，好像是在圣殿里一样。抛弃了我们那么久的老天似乎开始帮忙了。这些云都是从神那里来的。带着它们轰隆隆的战车，带着它们命运的长矛和天平。在云中，有人说看到了阿尔巴尼亚的女神，还有跟在她身后的凶神。钟楼的钟声敲响了。主啊，不要抛弃我们！

第十四章

帐篷里潮湿闷热，令人喘不过气来。史官勉强又写了几行，用手托住额头。他再也没有心情往下写了。大炮的隆隆声像一群飞过的乌鸦，扰乱了他的思绪。已经是第十遍了，他又读起那个没写完的句子：“在战斗的波涛中，鳄鱼们一次又一次冲向城墙，但是命运……”战斗的波涛。他觉得这样描绘很贴切，但他对“鳄鱼”一词有所保留。波涛常用来指大海，而鳄鱼呢，众所周知，它们只在河流中生活，这样一来，为了准确起见，他本该写成“鳄鱼在战斗的河流中”，但“河流”的形象失去了“波涛”的气势，后者令人想到大海，它那雷鸣般的吼声、滚滚的波浪和骤然的汹涌，用来表现战斗再合适不过。他宁愿牺牲“鳄鱼”一词也不愿放弃“战斗的波涛”。而且一开始，为了描写在水中激战的士兵，他沉吟许久，想到好几种鱼和海洋动物，可没有一种适用于这些威名赫赫的战士。在他看来，一般的“鱼”显得太过柔软光滑，“鲨鱼”贪婪狡诈，“鲸鱼”太过笨重，“章鱼”又惹人嫌恶。只有鳄鱼，凭借它们的凶猛和致命的杀伤力，能够恰如其分地形容匍匐着冲向城墙的士兵，更不用说它们坚不可摧的鳞甲足以让人想到士兵的盾牌。

“在战斗的波涛中，鳄鱼们一次又一次冲向城墙，但是命运……”这句话难以接续，他感到头疼不已。他试着写过“……没有冲他们微笑”，但“微笑”这个词似乎不太恰当。这场恐怖的屠杀还有微笑可言吗？他搁下笔，若有所思地凝视一页页书稿，上面写满了他年迈后歪斜的字迹。这些字迹就是终有一天，这骄阳下抛洒的鲜血，这成千上万道骇人的伤口，这大炮的轰鸣，辛苦跋涉扬起的黄色尘埃，攻城兵在城墙跟前没完没了、如噩梦般涌上又退下，迎着沥青和箭矢向上攀爬，坠落到城墙脚下，随后同伴冲了上去，他们再也认不出战友那因受伤而变形的脸。这些字迹就是它们留下的全部痕迹，就是士兵们晒黑的皮肤留下的痕迹，锋利的金属、硫黄、沥青和石油在一块块皮肤上刻下狰狞的图案。等到战争结束，这些图案还会不断变化，仿佛拥有了自己的生命。最后，它们还是这一望无际的帐篷留下的痕迹，这些帐篷一经搭建，此后的几周内，将在这片光秃秃的大地上留下数不清的足印，仿佛一大群奇特的动物曾经浩浩荡荡地从这里经过。然后，到了春天，小草钻出这片土地，无数棵小草的嫩苗兀自生长，浑然不觉世间发生的一切。

切雷比在纸箱中放好书稿，站起身走了出去。天空又布满了云。一阵热风吹来，火烧火燎，令人窒息。风儿不时扬起厚厚的尘土，将帐篷淹没其中。士兵们躺在帐篷跟前，没有任何躲闪。他们个个灰头土脸，一副听天由命的样子，等着部队集结的鼓声响起。这应该是一周内发动的第五次进攻。就连年龄最长的老兵也没见过如此疯狂的攻势。此刻所有人都知道，随着天上的预示要下雨的积雨云越堆越多，进攻将会越发猛烈和频繁。

史官在军营里游荡许久，没有遇见一个熟人。在这潮湿闷热的天气里，他盯着士兵和军官们一张张陌生而困倦的脸。他们的目光显得很呆滞。灰尘从干燥的地面上升腾起来，漠然地向周遭的一切投下一层阴霾。没有人再去理会帕夏的营帐，士兵们从前面经过时通常会放慢脚步，怀着崇敬的心情仰望高高的金属杆顶悬挂的铜质新月，那是奥斯曼帝国古老的象征，而它旁边的那座帐篷，无数帐篷中那抹唯一的淡紫色，它曾经像一团在欲望的潮水上空翻滚的紫色云朵，悬在万千男人的心上，此时也不再引起人们的注意。

大炮的轰鸣声不时响彻天际。

每个人都在等待。

史官终于发现一张熟悉的面孔。那是图兹·奥克恰，那名加尼沙里新兵。切雷比先是高兴了一阵，随即注意到新兵惨白的脸色。他缓缓地迈着步子，最让切雷比惊讶的是，一个全副武装的士兵护送着他。

“图兹·奥克恰，你出什么事了？”他问道。

“没事，”加尼沙里新兵回答，“他们要送我去医院。”

“被护送去医院？可是等一下，你没有参加上次战斗吗？”

“正相反，我参加了，”加尼沙里新兵苦笑着回答，“那时，我不知道怎么回事，用刀扯开那笼该死的老鼠时，我把自己划伤了。”

史官的眼睛闪过一丝恐惧。加尼沙里新兵抓住他的衣袖。

“听着，梅弗拉，”他的声音近乎哀求，“你和西里·色里姆关系不错。老实说，我们在战斗中放走的那些老鼠到底染了什么病？他应该很清楚！”

史官耸了耸肩膀。

“我以安拉的名义向你发誓，我对此一无所知。”

“不会是鼠疫吧？”加尼沙里新兵紧张地问道。

“鼠疫？你疯了！不可能，你怎么会这么想？”

“我太难受了！”

切雷比无言以对。加尼沙里新兵没有跟他告别便跟着那名卫兵离开了。他们的会面匆匆结束，令史官感到如释重负。他向相反的方向走去，唯恐加尼沙里新兵中途折返。新兵由一名卫兵护送，这让史官有了不祥的预感。他已经听说第一批染病的士兵遭受的命运。等他们的身体开始腐烂，人们就把他们转移到四周撒满石灰的狭长的木板房中，他们被关在里面直至死亡。

“又去了一个。”史官想道。就像萨德丹那样，像占星官那样。他想起第一次进攻前夜，他们四人同喝一瓶茴香酒的光景。那一晚对他来说显得很遥远，仿佛属于另一个世界。

他不知不觉走到了帕夏营帐前的空地。和往常一样，两名哨兵一动不动，面前立着长矛，守在入口两边。一阵沙尘席卷而来，顿时遮住了卫兵的脸、长矛和铜质的象征。在风的作用下，泛黄的火烧云笼罩了一切，它们的形状变幻不定，组成各种奇特的图案，好像回到了远古时代。梅弗拉·切雷比隐约感到脑海中产生了一些危险的联想，于是转身往回走，希望借此摆脱这些想法。然而就在这时，他瞥见军委会的几名成员，正向统帅的帐篷走去。紧接着穆夫提出现了，陪他来的还有一名桑扎克贝伊。他们的副官待在外面，躺在远处的草丛中。

又是一次会议，史官心里想着，停下了脚步。军需总管也到了，他是一个人来的。他看上去忧心忡忡，一路上都没有回头。稍后到的是卡拉-穆克比尔，他的表情同样凝重。有人说他在前天的战斗中再次负伤。接着，在萨鲁加和两名桑扎克贝伊之后，居尔蒂基在两名副官的搀扶下出现了。红棕色的头发下面，他的脸第一次显得呆滞、枯黄，几近苍白。显然，他刚刚离开病床，在病情如此严重的情况下，他依然来到统帅的帐篷，让人猜想此次会议应当事关重大。炮声还在轰隆作响。

阿拉贝伊独自前来。随后赶到的是聋哑人塔汉卡、卡拉杜曼、卡普杜克阿加、阿斯朗罕以及在他后面进来的因暗疾而痛得面部扭曲的老塔伏加。几乎所有人都面色阴沉。只有迈着异常均匀的步伐最后一个进来的建筑师加乌尔，脸上始终挂着无动于衷的表情。

眼前的滚滚沙尘没有扰乱切雷比的思绪。帝国是强盛的。即便陷入困境，它也依然伟大。奥斯曼人的新月将永世长存。几个精明强干的大人物正在商量对策。他们会想出办法的。他们不会轻易放弃这座城池。此刻，他们掷地有声的话语正在彼此交锋，就像战斗中的武器一样叮当作响，文书把他们的话记在纸上。一阵苦涩的忌妒之情猛地刺痛了他。他再次转身准备离开，目光却落在了西里·色里姆那张修长的脸上。后者静静地站在距离营帐几步远的地方，全身像木头桩子一样挺得笔直。西里·色里姆似乎没有看见他，这让史官有些尴尬。他不敢一声不响地离开，生怕医生已经看到他了。但是另一方面，他又怕先开口说话，尤其在这样一个日子，那双因失眠而通红的眼睛在医生那张修长的脸上显得特别吓人。他决定待在原地，直到对方流露出看到他在场的样子。色里姆神情恍惚。史官甚至觉得他站着都要睡着了，好像随时都会睡倒在地上。

终于，医生发现了他。那张沉思的脸忽然有了血色。

“他们在商议。”他指着帕夏的营帐说道。

史官点头表示赞同。

“他们没有召见我，”西里·色里姆接着说，他那通红的脸和脖子多处涨成了紫色，“他们对我很不满。”他提高了声调。

切雷比战战兢兢地向四周看了一眼。

“他们想一下子解决所有问题，可天底下哪儿有这样简单的事情。坦白说，我对兔子、蟾蜍和狗没抱多大期望。但是老鼠……”他的声音因为激动几乎嘶哑了，“我不瞒你，切雷比，老鼠令我非常失望！”

史官无法相信自己的眼睛：这个曾经在众目睽睽之下将一个人肢解成肉块的令人恐怖的瘦高个儿竟然说着说着就泣不成声！

“那些不幸的人，这恐怕不是他们的错……别人给他们设下陷阱，想知道他们在断气前有多么痛苦！或许他们忍受着我给他们带来的病痛，但是事实上……”

他让自己镇定下来。他的声音越发坚定，一只眼睛黯淡无光。

“事实上！”他重复道，“这一切痛苦都是因为区区小病……他们不让我插手，切雷比。啊，如果我有行动的自由，你就会看到我能做什么……亲爱的朋友，我要告诉你一个秘密。我给皇帝写了一封信：‘把鼠疫病菌给我吧，哦！我的圣主。’是的，这就是我写给他的话！”

史官感到脊背一阵发麻。他想起了图兹·奥克恰和有关祸不单行的谚语。

“可是上面拒不同意，”他接着说，“他们给我提了一堆反对意见。至于那两种最厉害的疾病，他们只字不提：不提鼠疫，也不提霍乱。他们隐瞒肯定是为了他们自己！”

史官趁对方长叹一声的空当问他还跟上面提过哪些病菌。医生向他一一列举，不过大多数名字对他都很陌生。有些会损害内脏，有两三种会导致失明，还有一种会让人失去理智。

“可你又能怎么样呢，”西里·色里姆哀叹道，“就像我说的，这都是些常见病。我刚才说的两种最厉害的疾病，它们却是另一回事。它们会摧毁你，而不仅仅让你发烧呕吐。”他又叹了口气，眼睛开始放光，好像里面被照亮了一样。“一只携带鼠疫病毒的老鼠……啊，假如他们告诉我的话……我真想教训他一顿，这个小兔崽子，拥有七条马尾标[①]的帕夏……你在皱眉，史官？”

“哦，没有，西里·色里姆。你怎么能这么说！”

医生的表情更加严肃。涨红的脸色也暗淡下去。

“是的，这就是你的想法，但我敢肯定你在书里绝对不会写到老鼠！”他突然提高了声调。

炮声又此起彼伏地响起来，也不知道为什么，西里·色里姆猛然背过身，大步流星地走开了。过了一会儿，医生停下脚步，回过头来，远远地冲他喊道：“你知道，我，我会拿你的史书干什么吗？你真的想知道吗？”

说到这里，他用了两个让切雷比目瞪口呆的字眼……

他活到现在，从来没有像在这次战役中一样，听到别人用各种各样的叫法，如此频繁地提到人的臀部。多少次他假装什么都没听到，即便那些乳臭未干的新兵无端地叫他“老废物”，或者更糟的是，他们在暗处对他说些羞辱的话：“喂，老东西，你想摸摸吗？”他安慰自己如果他们知道他是做什么的，知道他有多关心他们，他们也许会为这些话感到后悔。当他发现一个像萨鲁加这样杰出的人（有人说他已经染上了目前流行的热病），逮住机会就嚷嚷，他每次上厕所的时候，只想用穆夫提的胡子来擦屁股，他就

---

① 马尾标：在奥斯曼帝国，帕夏的等级以其持有的马尾标的数量区分。

更加释然了。然而，此刻在他面前的是一个有教养的人，知识非常渊博，可以说是位同行，可他并非开玩笑，而是当面跟他说想用他写的史书做的恰恰是萨鲁加想用穆夫提的胡子干的那件事！

切雷比满面愁容，两膝发颤，向相反的方向走去。

其间，在帕夏的帐篷里，军委会已经开始了讨论。桑扎克贝伊一个接一个汇报了各自部队的情况。

其中一个汇报完后，众人陷入了沉默。忽然，塔伏加不由自主地发出一声痛苦的低吼，用手按住双腿。

他想开口说话，沉默的气氛却一下子沉重起来，所有人的目光都望向帕夏。人人都知道塔伏加患有风湿，他的呻吟意味着这名老兵粗短扭曲的四肢预感到大雨将至。他的低吼荡出了不祥的回声。

帕夏的眼神变得更加冷酷。

“接着讲。”他说道。

穆夫提接过话头。他提起那些死者和他们的灵魂，此刻正在天国的花园里畅饮殉难者的美酒。

事实上，帕夏没有听他们讲话。他只是注意他们和自己一旦四目交接便马上移开了。他意识到这样的躲闪无疑意味着从现在开始，他们不再将自己的命运与他的紧密相连。他们就在他眼前，肩并肩围坐成半圆，指头拨着念珠，戴着他们从来不会忘记的徽章和勋章。他回想起准备出征的那个春日，他第一次仔细查看了准备交给大维齐批准的幕僚名单。上面有他们的名字。他私底下认识其中的几个，也知道几个大名鼎鼎的人物，还有几个他没听说过的，也被热情地引荐给他。每个人都受过苏丹的恩宠和冷落，他们的事业就是一次次远征，一场场艰苦的战役、一次次漫长的围攻、一道道伤口、一个个通过阴谋诡计或残酷斗争得到的权位、一个个打败的敌人以及一片片寸草不生的荒芜之地。他那时希望他们和平相处，这对优秀的人来说总是更容易做到。刚开始，他们确实做到了相互理解。可是眼下，这些躲闪的目光来得比他预料的还要早。然而，和他设想的截然不同，嫉妒此时啃噬的恰恰是他的心。这场战役渐近尾声，无论结果如何，他们仍将继续自己的事业，他们会参与新的远征，继续在从没见过的堡垒前搭起帐篷，在政治或军事的等级序列上升高或降低。而他，却没有机会了。他的路将在这些城墙前终止。此刻对他来说，要么登上荣耀的巅峰，要么堕入无底的深渊。他们很清楚这一点，正是因为这个他们的目光才转向帐篷的角落，尽可能远地避开他的眼神；也是出于这个原因，当老塔伏加的四肢（它们对帕夏来说短得可怕）预感到大雨将至，帐篷里随即陷入了沉默。突然，他感到他们所有人不仅不再害怕下雨，甚至对它有所期盼。他们厌倦了战斗，渴望回去与妻妾重逢。在他们眼中，统帅的面目变得日益可憎。就像一个落水的人会紧紧抓住救命稻草那样，他可能会拖着他们一起堕入深渊。

时间一分一秒地过去，他逐渐认清了这一切。他们都在设法与他撇清关系。任由他坠落下去。但他仍是他们的统帅，他不会这么轻易地放开他们。他要让他们知道一个真正的领袖在绝境中会迸发怎样的能量。他们期盼着大雨。就像崇拜偶像一样，他们仰慕地看着塔伏加畸形的肢体宣告雨的到来。他们悄悄竖起耳朵倾听雨的鼓点。好极了。他会满足他们的愿望。他会给他们想要的，一场雨。他会让他们淋个痛快，不过是另一种……

外面响起了集合的鼓点。沉闷的轰隆声如潮水般涌来，盖住了所有其他的声响。

最后一个人的发言结束了。帕夏扫视着每一张捉摸不透的面孔。他简要地向他们宣布战斗马上开始。他说所有部队都要连续不断地投入进攻的浪潮。他又补充说没有人会天真地以为大雨能够中断进攻。可他很清楚第一滴雨落下的时候，一切都将无法挽回，这些不能轻易出口的话，他好不容易才忍住没说。他朝他们坐着的地方抬起头，露出恐怖的表情，告诉他们：

“今天，我要亲自参战。”

众人默不作声。他们知道这句话的意思。这意味着所有人，从穆夫提到建筑师，无一例外都要参加战斗。老塔伏加的脸上闪过一丝笑容。

“传话下去，军委会的成员这次将亲自参战！”帕夏说完站了起来。

他们一个接一个弯腰走出帐篷。

集合的鼓声停了。一名副官拉着缰绳将统帅的白马牵了过来。

在此期间，各部队都集结完毕。广阔的原野上黑压压地布满了军队，一眼望不到边。这支队伍从未在进攻中投入如此多的兵力。灼热的风扬起无数的军旗，似乎想要一窥这些旗帜曾为诗人和史官勾勒出的每一幅画面。

帕夏走出他的营帐。他抬起头。厚重低矮的云团在天空中涌动，没有任何轨迹可循。他跳上马鞍，在侍卫和副官的护卫下，来到他通常观战的地方。过了一会儿，他像往常一样举起戴指环的右手，下达了进攻的命令。空气中顿时鼓声大作。他疲倦的双眼漠然地注视着志愿军团的第一波进攻，接着是第二波，再下来是阿扎普步兵接连不断的攻势。除了这次投入的军团更多以外，一切都和往常一样。大部队抵达了城墙脚下，人群中竖起成百上千架云梯，仿佛无数根伸长的木头手臂缓缓地（看上去就像在梦里一样）靠在墙上。随后，阿扎普步兵的队伍刚被冲散，埃斯金基民兵团又汹涌而来，向堡垒发动一波又一波猛烈的进攻。一切都和先前的战斗一样，想到这一切都在重演，帕夏的心中涌起一丝沮丧。他下了一道命令，接着又下了一道，然后是第三道。传达第一道命令的军官回来了，然后是第二个，第三个表情凝重，一路跑了回来。

城墙那边，可以感到死神已经蠢蠢欲动。他总是从部队微微战栗的样子认出死神的第一击。随后，部队的身影变得越来越模糊，它遭受的攻击越猛烈，反抗也越发微弱。

他对这点心知肚明，就像他本能地让事情顺其自然，遵循它们必然的历程。

加尼沙里新军方阵出动了，那张严肃的脸和往常一样，在他们头顶挥动一面巨大的星月旗帜。然而，他下令他们投入战斗的时间是否为时过早？

他摇摇头，似乎想要摆脱这种令人沮丧的想法。一切都在按部就班地进行，可他的脑海中出现了几个固定的节点，提醒他时间流逝得多么飞快。

他几乎是惊讶地看着达基里奇冲锋队的精锐向前线进发，仿佛他们不是由他下令投入进攻的。

他拍拍自己的脑门，差点儿喊出来：用不着这么急呀！空气中弥漫的倦意让这种感觉更加强烈。

敢死队员……他们在他心里依然是最初的样子。与其说是他们，不如说是他们的那支歌："我们与死神订下了婚约！"那一天，他前所未有地感到自己的命运和他们的融为一体。我们与死神订立了契约，他一边在脑子里重复着这句话，一边嘶哑着嗓子叫道：

"敢死队！"

他们走了之后，他只剩下一件事，为整座建筑加盖穹顶，换句话说，就是他自己。

他示意侍卫递给他盔甲和雅塔干，然后放下头盔的脸甲，骑马向城墙一路小跑，身后跟着他的副官和一队骑兵。

他感到马儿轻快的步伐逐渐缩短了他与城墙间的距离。他一点也不害怕。只是嘴里又干又涩。

城墙越来越近了。离得越近，它们看起来就越高大，墙上的缺口也越发骇人。再往上是雉堞，像怪物露出的獠牙，开始撕咬一具具尸体。正是在那里，在它们无情的齿间，悬挂着，挣扎着，他血淋淋的命运。

堡垒出现在他面前。这是他头一次那么近地望着它。上面的沥青像层层黑纱在他眼前飘动。它们遮住了部分墙面和砖石，但是没能覆盖整座墙体。春天，他在朝这里进发的路上，已经在梦里见到了它。它看上去像一个女人，或许是因为在以前的战争记载中，史官们为了将那些战功赫赫的将军的征服欲表现得更加强烈，常常用描写女人的意象和词汇来描绘堡垒。它在他眼里成了一个难以驯服的女人。他紧紧搂住她，汗水浸湿了衣裳，可她就是不从。她的城墙、她的塔楼、她的城门、她的四肢和她的眼睛萦绕在他心头，从他的指间滑过，只为最终反过身来将他紧紧地搂在怀里，让他窒息而死。奇怪的是，她的私处并不像人们想的那样在主城门，而是在更靠里的地方，或许还要更远。

成千上万名士兵见他来到城墙下面而发出的欢呼声将他从恍惚中惊醒。他加入了进攻的大军，身边是他的卫兵和骑兵。城墙此刻近在眼前。沥青化成的层层黑纱阴郁地来回摆动。加尼沙里新军、西帕希、阿扎普步兵、志愿军、埃斯金基民兵团、达基里奇冲锋队、穆色林姆工兵团都在源源不断地沿着着火的云梯攀缘而上。

“冲呀！”帕夏喊道，“进攻！”

他的声音没有传到士兵们的耳中，但是所有人都看到了他的手势，此时在数百架云梯下面，士兵们投入了一场真正的战斗，争先恐后要最先登上城墙。他们知道这些血迹斑斑、快要烧焦的梯子，承载着他们事业的第一步。通往权力、财富、女人的道路正是从这里开始的。

帕夏沉浸在战斗的快感中。战鼓、军旗、火油的气味、沥青、着火的梯子、飞扬的尘土、冲锋的呐喊声，这喧嚣沸腾的一切在血腥和硝烟中将他团团包围，像烈酒一样冲昏了他的头脑。此时，在副官和卫兵的护卫下，他正纵马沿着城墙奔驰。围城里的人显然认出了他，因为他们对着他一通乱射，箭矢和燃烧弹伴着刺耳的呼啸声落在他的周围。卫兵们用盾牌保护着他，自己却暴露在外面。他身旁的一名副官脖子上的血痕不断加深。帕夏继续在部下的欢呼声中飞奔，他们将他的名字与先知和皇帝的名字连在一起。不时有人高喊："罗马！罗马！"他顿时想起了建筑师加乌尔的新任务，确切说是与此有关的传言，传言说如果他，图尔桑帕夏，能够得胜归来，那么攻打君士坦丁堡的重任就将要交给他。

"进攻！"他又喊道，"为胜利而战！"

云梯脚下，士兵们向城墙顶端发起的攻势越来越猛烈。在他们向上攀爬的途中，可以看到空中飞落的有时是盾牌和雅塔干，有时则是一截截断臂残肢，仿佛攻城兵为了减轻重量自己将它们卸了下来。

突然，城墙开始旋转，塔楼骇人地从他头顶掠过，阴郁的沥青黑纱被鲜血镶了一层红边，一阵大风使黑纱拂动起来，似乎马上就要将他覆盖。他摔了下来。眼前的天空一团漆黑。卫兵们立即为他筑起一道盾牌墙。

有人高喊：

“帕夏阵亡了！”

脖子上有血痕的那名副官朝他俯下身去。

“扶我起来，”帕夏说，“我没有受伤。”

“死的是马。”另一名军官叫道。

图尔桑帕夏重新站了起来。虽然双脚踩着地面，但他觉得自己掉进了一个窟窿里。

“帕夏阵亡了！”那个声音还在喊。

他跳上刚刚牵来的另一匹马，扬鞭飞奔起来。他的卫兵们紧随其后。

“帕夏，离城墙远点，”一名副官冲他喊道，“那些异教徒认出你了！”

箭雨此时变得更加密集。可他没有退却。他依旧沿着城墙徐徐前行，城墙脚下进行的正是人们所谓的“战争”。这一回，它采取的形式是一群人自下而上逼迫高处的另一群人。后者藏在沥青燃起的浓烟背后，像魔鬼一样模糊难辨，想尽一切办法阻止前者上来。毫不留情地从上面击打他们、点着他们、烧焦他们，从他们身上卸下不计其数的胳膊和腿。但是攻击者不会回头。他们一级级地攀登，踏着自己的鲜血，指甲紧紧抠住岩壁，当对方砍掉他们的肢体，他们又瞬间长出无数只手、无数只脚，只想奋力地向上爬、向上爬……

这场噩梦一直持续到黄昏。然后撤退的鼓声传来。空无一人的营地再次挤满了数不清的队伍，帕夏已经回到营帐，焦急地等待着伤亡统计的结果。即便这个结果并不代表胜利，也不能说明战斗失败了。还从来没有这么多的士兵登上城墙。攻城兵一旦翻过雉堞，通常只有少数人可以活着下来，留在上面的大多数人都会英勇战死。而这一天的进攻想必也让围城里的人伤亡惨重。断水开始发挥作用了。再来几次这样猛烈的进攻，因干渴而人数骤减的守军，将再也无法阻止整条战线的攻势。对帕夏而言，干旱的气候还需要再持续几天。只要几天而已。他的脑海中转过这些念头，可在内心深处，他知道几天不下雨是不够的。长期的紧张状态让他疲惫不堪，甚至陷入了荒谬的幻想。他想象如果九月后面不是十月和十一月，而是七月和八月，那么一切都会迎刃而解。他幻想下一秒突然狂风大作，让一年四季像十月的落叶般交织在一起。还有一次，他觉得从出征那日算起，时间已经过去太久，以至于许多事都遗忘了，激情逐渐退去，对胜利的期许和等待在记忆中一次次被定格，又一次次被抹去。这种感觉在夜晚尤为强烈，当他走出自己的营帐，注视着巨大的营地，注视着营地上的帐篷，那些用黄铜、青铜和黄金铸成的星月标志，凄然地映照着天上的星星和月亮。仿佛天空的一角被扯了下来，卷入了人类的流血冲突。他久久地望着夜色苍茫，开始猜想在遥远的某个地方，在路和云的尽头，也会有一座座城市，一个个堆满卷宗的房间，卷宗上记载着每件事的来龙去脉，百官的长处和短处，当然也包括他的。此时此刻，当他站在这里，形单影只，面朝黑夜，行动不需要考虑结果，前因后果也不再明晰，一切似乎都变得合情合理。然而到了早晨，刺眼的光芒照亮了一切，所有的事情、行为、日常活动，都恢复了它们的逻辑，而他知道，这样的逻辑与他格格不入。

副官们给他带来了第一手消息：各级军官共有三百一十人阵亡。士兵的伤亡人数还不清楚。他问起军委会的成员，他们全都安然无恙。想到他们把自己照管得这样好又让他感到有些失落。

不过，接下来的日子，他可不能保证他们还能平安无事。他需要的只是几个晴天，仅此而已。他现在只担心一件事：雨鼓。它们的轰隆声停歇了几个月，随时可能再次响起，到那时一切都结束了。

西里·色里姆向他作了简短的汇报。四个阿尔巴尼亚人在战斗中掉下城墙，医生检查了他们的腹腔，发现他们干渴的情况比上次进攻抓到的那名俘虏还要严重。至于疫病，没有任何症状。显然他们不再喝受到污染的水，这更成倍地加剧了他们的口渴。要是能再持续几天，我的主！他祈求道。士兵的伤亡人数一直没有消息。图尔桑帕夏命令增加守卫，还让几个营处于警戒状态。夜晚将至，斯坎德培随时会发动袭击。这是属于他的时刻。

帕夏坐下来稍事休息，眼睛注意到他的手肘沾上了泥土。他直到这时才发现。他细细地端详了一会儿，好像被催眠了一样。

副官走进他的帐篷，发现他正盯着自己的手肘。

“请原谅，帕夏，”他说道，害怕因为失职遭到训斥，“我来就是想了解一下，您在摔倒的时候是不是蹭破哪儿了……”

但是帕夏没有理会。他在想，世界上所有的地方，泥土都是一样的，唯一的区别只是上面长出的东西不同。他的目光露出倦意，于是副官压低了声音。统帅打起了盹。副官小心翼翼地给他盖上一条薄毛毯，轻轻走出了帐篷。

经过几个辗转反侧的夜晚，浓浓的睡意终于将他淹没。侍卫送来了他的晚餐，前来向他报告伤亡人数的副官们发现他睡着了。他们没有叫醒他。其中一个将毯子拉了拉，盖住他的肩膀，随后他们小心地合上帐篷门帘，默默地走远了。

他睡了好一会儿，睡得很安稳。没有做梦，只是在快醒的时候才做了一个。他看见一面面雨鼓排成长列。突然，它们自己响了起来。他命令它们停下，但它们不听他的话，继续发出低沉的轰鸣。他下令给它们点教训。他的卫兵们冲上前去，用长矛和匕首戳破鼓面，可雨鼓始终咚咚地响着。帕夏醒了。帐篷里一片漆黑。他动了动有些麻木的手臂，发现他穿着战袍睡着了。他感到自己还没有完全清醒，因为耳边一直回荡着刚才梦里的鼓声。他掀开毯子，坐了起来。这是什么声音？轰隆声还在继续。这肯定不是在梦里。远处，从营地深处的某个地方，的确传来了鼓声。他听到帐篷坡顶上沙沙作响，一切顿时豁然开朗：下雨了。

他站起来，在长沙发前站了一会儿。然后，踩着地上铺的兽皮，他走到门口，撩起盖在上面的油布帘，走了出去。晨曦初露，天边微微泛白。缩在帐篷边上躲雨的卫兵一看到他，马上跳起来站直，重新竖好手中的长矛。可他甚至没有扭头看他们一眼。

一股浓浓的土腥味，泥土久旱之后被雨水打湿的味道，从地面升腾起来。天空中铅云密布，凝结不散，下起一场没完没了的绵绵细雨，一场真正的秋雨。

天亮了。

他望向阴沉的天空，然后是巨大的营地，成千上万座灰色的三角帐篷像一个个坟冢，立在三万名士兵的梦乡中。他背过身，走回了营帐。随后他叫醒了一名侍卫。那人全身发抖。

“去把哈桑叫来。”帕夏对他说。

过了一会儿，哈桑来了。他也浑身打着哆嗦。

“把艾吉尔给我带来。”

太监鞠了个躬，走了出去。他很快就牵着那个年轻女子回来了。她的眼睛嵌在那双可怕的黑眼眶中。

“听着，”他对她说道，可她还没有完全睡醒，他使劲摇晃她的肩膀，“听着!”他又说了一遍，抓起她的一条发辫，将她那张受惊的脸猛地拉到自己面前，“如果这是个男孩，”——他用手指着她那薄衫下的肚子——“你要给他取我的名字。”

年轻女子木然地望着他。

“你听明白了?”

“是的。”

“现在，出去吧。”

太监进来带走了年轻女子。

帕夏在暗处又站了一会儿。然后他向侍卫要了一杯水，侍卫给他端来了。

“我要再睡会儿。”他说。

他从床头的盒子里取出一个装有安眠药的小瓶，往杯子里倒入些许药粉。

他想象药粉怎样在水中溶解、翻滚，让水混浊得如同天空的一角。这里的药粉够他睡上一夜，或者两夜。他又倒入一些。睡上一千夜，他想，一千年。他将杯子放到唇边，一口干了。

他又站了一会儿。外面，远远的地方，雨鼓沉闷地响着。一阵晕眩袭来，他靠在垫子上，合上了眼睛。他的脑海中思绪纷乱。他极力回想着某个崇高的形象，可什么都想不起来。就这样吧，乌古尔鲁·图尔桑·图加斯朗·塞尔特·奥尔衮帕夏！他对自己说道。然后，在向真主乞求宽恕之前，他回顾了自己的一生，心想是否有必要为这么短的生命取这么长的名字，他想到了那个人，他所有的努力都是为了那个人的荣耀——徒劳，唉，都是徒劳！——还有，仿佛出现了幻象，想到这个喧嚣的世界不断退去，只有他的灵魂在雨中踽踽独行。

圣辛米特月的第一个清晨下起了雨。我正准备让哨兵换岗的时候，第一滴雨飘落下来，沉重得宛如泪滴。

天已经亮了。我本想大喊一声，让排钟齐鸣，叫醒我们的人，可这个念头仅仅停留在脑海中。事实上，我只是头靠着城墙，静静地待了许久。墙砖湿漉漉的，不但释放出夏天积聚的热气，而且似乎驱散了这个季节充斥的所有不安。它们仿佛获得了新生，我觉得它们随时会张口呼吸，让人听到它们的喘气和叹息。

土耳其军营中央响起了报雨的鼓声。从这里可以看到士兵们用篷布遮盖武器。他们的营地立着不计其数的长矛和新月标志，帐篷像一个个黑点延伸到天际。统帅的营帐周围看上去异常活跃。几个拿着火把的人不停地进进出出。这说明出了大事：召开某个紧急会议、下达罢免令抑或有人死了。

哦，上苍，不要停下你的脚步！我听见自己祈祷的声音。是你在结束这场战争，不要抛弃我们。哦，我们伟大的上苍！

末章

运送女眷的车子门扉紧闭，孤零零行驶在路上。起初，这辆马车与另一辆载着已故统帅的衣物和武器的车子几乎是并排走的，但是走了两天之后，女眷的车子不得不放慢速度，落在了后面，因为其中一个年轻女子艾吉尔身体不适。

外面下着蒙蒙细雨。她们若有所思地望着泥泞的道路，路上到处是刚刚形成的水洼。

“瞧，”阿伊塞尔伸出手臂指向右边，“我们来时发现的小村庄就在那座山上。你们看到教堂和钟楼了吗？”

“啊，看到了！好凄凉的村子！”

“那座堡垒呢？它离这儿应该不远。你们还记得我们刚见到它的时候吗？那是在傍晚，整面旗看上去都是黑的。”

“堡垒还有很远呢。”

“你这么认为？我觉得它离这些村子很近。”“金美人”说道。

“你全记混了。去问问蕾伊拉。这条路她走第二回啦。”

“别吵醒她！”

车轮嘎吱嘎吱响个不停。薄薄的丝绸门帘轻轻飘动，帘子后面映出车夫和哈桑的身影。

阿伊塞尔不停望着荒凉的道路和阴郁的秋野。蕾伊拉还在睡着，车子每颠簸一下，她的脑袋似乎就要从肩膀上掉落下来一次。

“快看，工兵团！”阿伊塞尔喊道，“他们在修新桥。”

“他们在为部队撤退做准备。”蕾伊拉说道。

她们看了一会儿在雨中忙碌的士兵。

“可**他**永远回不去了！”阿伊塞尔说道。

“今天应该是下葬的日子。”

“是的，当然了，”阿伊塞尔肯定地说，“现在这所有的雨都落在了**他**身上！”

金发女子微微抬起头，随后又垂了下去。那件事发生之后，这是她们第一次谈起她们的主人。只是她们的舌头还不习惯。

“是你陪**他**过的最后一晚，”阿伊塞尔接着说，“跟我们讲讲，**他**睡觉的时候说话了吗？”

“说了。”金发女子一动不动地回答。

“**他**说什么了？”

“我不大懂那些话。我的土耳其语不好。”

“你什么都没听到？也许**他**暗示了那么做的原因？你们有没有聊到斯坎德培？”

“我不清楚。**他**好像提到了**他**的名字。可**他**一直在跟苏丹说话。他含糊地解释着什么。**他**表示自己是无辜的。**他**也说到斯坎德培，不过是用另外一个名字，那……”

“那个可怕的名字乔治·卡斯特里奥蒂?”

“是的，我想就是这个。”

“他有说梦话的习惯。”蕾伊拉嘀咕了一句。

金发女子正要补充点什么，但她改变了主意，再次垂下眼帘望着地毯。

“姑娘们！快看那些绞死的人!”阿伊塞尔边喊边向外面伸手。

她们挤到小小的窗户跟前。

“这是我们来时看到的那些人吗?”

“是的，就是他们!”

“现在只剩下骨架了。”

一群乌鸦被车子的声音惊起，沿着整条路四散飞去。

“我们第一次经过这里时，这些尸体还是完整的，他们那时肯定刚刚被吊上去。”

“他们在这里吊了多久?”

“谁知道呢?”

“再往前就到刺死人的木桩了。”

“不，那里我们夜里应该已经走过了。再往前是有三个十字架的修道院。”

“确实如此，我全搞混了。”

“可能因为我们走的是相反的方向。”

车子震了一下，然后停了下来。可以听到有人粗着嗓子喊：站住！让开!

“出什么事了?”她们惊慌地问道。过了一会儿她们才知道,对面来了一支队伍。几名侦察兵在前面开路。士兵们迈着沉重的步伐,头盔和铠甲都湿透了,疲惫的双眼看上去好像失明了一样。

“他们用了新装备,”蕾伊拉低声说,“你们看到他们的短剑了吗?还有绿色的头盔?这些东西我还是头一回见到。”

她们默默地望着这支队伍,长得似乎没有尽头。士兵们拉动手中的镳衔来控制骡子。几辆长长的六轮车驶过,发出震耳欲聋的轰隆声。

“流动餐车,”蕾伊拉解释说,“它们通常都在队尾,”她叹了口气,“我想这是最后了。”

她们的马车又开始缓缓移动。

“我们现在算什么?年轻的寡妇?”艾吉尔问道。

“想得美!”阿伊塞尔喊了起来,“年轻的寡妇……如果真的能做寡妇,我可是再高兴不过了。但是……”

“我们不该抱怨。**他**死了以后,我担心的是更糟的事。”

“那是什么?”

“他们很可能把我们全杀掉。”蕾伊拉提醒道,“那天早晨,军委会开会的时候,我的血液都凝固了。我提心吊胆,生怕他们让老塔伏加接任统帅。哈桑听值勤的卫兵说如果塔伏加被任命为统帅,他会把我们的头统统砍掉。他和穆夫提认为军队所有的不幸都是我们造成的。”

“真可笑!”阿伊塞尔脱口而出。

“等到会议结束，”蕾伊拉接着说，“他们告诉我将由三位大将军共同指挥，我才觉得血液恢复了流动。”

说话声渐渐平息了，好多次谈话都是这样结束的。阿伊塞尔用下巴靠在窗框上。

“你还难受吗？”蕾伊拉侧身问艾吉尔。

后者点点头表示肯定。她的嘴唇变得苍白，眼神慌乱不定。

“我好像又开始流血了。”

她们许久不再说话。最后，艾吉尔终于平静了一点。阿伊塞尔离开了那扇小窗户。金发女子细长的手指穿过发间。“那是一个冬季牧场，”蕾伊拉说道，“你们那儿有吗？”

“我不知道，”阿伊塞尔回答，“我从来没有到过这些地方。”

路边不时出现鹳鸟的巢穴和戴着黑色风帽的牧羊人。两旁始终是同样的碎石坡。

“这就是国家？”艾吉尔指着窗外的景色问道，“我的意思是：国土和国家是一回事，还是两者有所区别？”

她们爆发出一阵哄笑，但是没有一个人能回答她。蕾伊拉说国家其实就是帝国，而阿伊塞尔认为国土和国家的区别在于后者无法用肉眼看到。

“我的天哪！”金发女子瞪大眼睛突然喊道，“快看跟着我们的那辆车……”

透过后面那扇小窗的栅栏，的确可以看到一辆密闭的马车，马车表面上了色，装饰着她们熟悉的军章。

“他的棺材不会在里面吧？”蕾伊拉问道。

“我们就差这个了，被他的棺材追着跑！”

那辆车伴着恐怖的嘎吱声靠近了。她们以为它要超过她们。一个个缩在角落里，等着看接下来会发生什么。车夫和太监也不安地转过身来。

有那么一会儿，两辆车可以说是并驾齐驱。年轻姑娘们用双手捂住脸。只有蕾伊拉还紧紧贴着窗户。比起被帕夏的棺材追赶，眼前的景象似乎更加让她害怕。

“我的天！”她喃喃道，“建筑师加乌尔！”

车轮的嘎吱声太响了，她的同伴们没有听清她的话。直到那辆车离她们稍远一些，蕾伊拉才向她们描述了她看到的景象。建筑师像恶魔一样双眼通红，对着几个巨大的纸板涂涂画画。

“传言说他在为攻打君士坦丁堡做准备。”阿伊塞尔说道。

她们望着那辆车变成一个小黑三角，当它终于消失在雾中，她们才松了口气。

“这是只下雪前的小鸟，”蕾伊拉说，“小东西，小东西，靠近点！”她用指头拍着栏杆，娇嗔地呼唤它。“这些鸟不会弄错的，”过了一会儿她又说，“冬天快到了。”

“我太痛苦了！”艾吉尔呻吟道。她面无血色，全身颤抖。她们相看一眼，“这条该死的路要了我的命。我觉得我要去了……”

“让哈桑再停下来休息一下怎么样？”

“有什么用，以后呢？”蕾伊拉提醒道，“不管怎样，她都要流产的。”

艾吉尔啜泣起来。

“话说他还希望我给他生个儿子呢。”她在两声抽泣的间歇说道。

“躺下休息一会儿，”蕾伊拉对她说，“也许血就止住了。”

艾吉尔躺了下来，膝盖蜷缩在胸前。过了一会儿，她似乎好些了。

车子又震了一下，随后停了下来。

“又来了一队，”阿伊塞尔说，“好长一支队伍啊！”

源源不断的队伍看上去可怕至极。除了士兵，马也披上了铠甲。它们的脑袋，还有变成两个黑窟窿的眼睛，令人生畏。

在长长的六轮或八轮车上，士兵一排排坐着，目光呆滞，下巴抵着武器。紧随其后的是几辆更笨重的车子，上面可以看到大炮黑洞洞的炮管。

“每天都会冒出新玩意儿。”蕾伊拉说道，“真主啊，他们怎么还不知足！”

她们默不作声，直到队伍走完。然后，窗外又出现了起伏的山峦、斜在路边的十字架和结霜的树木。走一段路还能见到一根柱子，上面钉着写有“首都，113 里”或“君士坦丁堡，300 里”的牌子，牌子上带有指示方向的箭头：

“现在，谁会把我们买走呢？”阿伊塞尔问道。

金美人抬起眼睛。让人觉得有什么事情即将发生。

“人什么时候能预知自己的命运?”蕾伊拉说道，她的脸始终贴着窗户，“要是一个军官买下我们，说不定哪天我们还要再走一趟这条路?”

“啊，说什么也不要再走一趟!”艾吉尔哀叹道，“这条路简直就是地狱!”

“金美人”再次垂下眼帘，轻声哼起一首曲子。这是首忧伤的曲子，她用家乡话唱出的歌词别人都听不懂。

“又是些村庄，”蕾伊拉说道，打破了刚刚恢复的平静，“我们大概已经把欧洲甩到后面了。”

车子继续在雨中前行。

地拉那，1969—1970

巴黎，1993—1994